Nicole Yrle

Les dames de Paulilles

Roman

Cap Béar éditions

À tous les enfants de Paulilles et à leurs descendants

« Il n'est point de secrets que le temps ne révèle. »
Racine – *Britannicus*

Avant-propos

Sur la Côte Vermeille, entre le cap Béar et le cap Ullestrell, s'ouvre la baie de Paulilles qu'entoure le massif des Albères. Son nom garde le souvenir des marécages qui bordaient sa plage et expliquent la luxuriance de sa végétation.

Longtemps inhabitée, fréquentée seulement par des pêcheurs, cette anse au paysage contrasté de roche et de verdure vit naître à la fin du XIXe siècle une usine Nobel. Durant près de cent ans, dans ce site paradisiaque, des hommes et des femmes travaillèrent, un village ouvrier s'installa, des enfants grandirent.

Ce lieu unique marqué par l'implantation d'une dynamiterie sert de cadre à l'intrigue romanesque de mon livre. Même s'ils ressemblent parfois aux habitants qui l'ont peuplé, tous mes personnages sont des êtres imaginaires. Ce qui leur arrive s'inscrit dans l'Histoire de la France et du Pays Catalan mais reste une pure invention. Il serait donc vain de chercher à reconnaître des personnes précises ou de croire que ce qui est raconté a été réellement vécu.

Ceux qui se souviennent de ce lieu magique sont encore nombreux. Puissent-ils ne pas voir autre chose dans mon livre qu'un hommage à tous ceux qui furent et restent les enfants de Paulilles.

N. Y.

Prologue

1

Elle emprunte le chemin de la plage Bernadi. Par les rochers noirs, elle contourne le cap et atteint la sienne, celle de son enfance, celle où elle a joué toute petite, celle où, adolescente, elle a échangé fous-rires et secrets avec ses copines et connu ses premiers émois amoureux ...

Marine n'est pas revenue ici depuis plusieurs années. Elle n'en avait pas le courage. Comme autrefois, elle franchit le mur des Allemands qui sépare la plage del Mitg et l'espace défendu de la dynamiterie abandonnée. C'était dangereux, rappelaient les panneaux, mais tout le monde y allait, adultes et enfants ! De temps à autre, les intrus se faisaient interpeller et rappeler à l'ordre, lors d'une patrouille de gendarmes. Dociles, ils repartaient, pour revenir presque aussitôt et personne n'était dupe de ce manège qui durait depuis la fermeture officielle du site en 84.

Allez donc interdire un lieu à ceux à qui il a appartenu ! Les habitants de la région considéraient tous qu'ils étaient chez eux. Ils y avaient travaillé, ou leurs parents, parfois depuis des générations. Beaucoup, comme Marine, y avaient passé leurs premières années. Quand on a grandi dans un vallon aussi joli, tout près d'une pinède et de sa grève, on n'oublie pas et on ne saurait être ainsi délogé ! C'était impensable !

Aujourd'hui, personne à l'horizon ; la tramontane a balayé le ciel et peut se calmer maintenant qu'il est redevenu bleu ; l'air encore tiède fait oublier l'arrivée de novembre. L'été s'est éloigné et de toute façon les touristes ne s'aventurent guère par ici. Le coin reste celui des autochtones. Les souvenirs se bousculent dans la tête de Marine. Ses lèvres dessinent un sourire et elle se sent envahie par une douce quiétude qu'elle croyait avoir perdue. Hier encore, elle se sentait lasse, oppressée, inquiète. La mer était grise sous l'épaisse couche nuageuse. En cette après-midi finissante, l'anse de Paulilles a retrouvé ses couleurs sous un soleil éclatant.

L'année universitaire de la jeune fille s'annonce difficile : la préparation au concours exige un niveau élevé qu'elle n'est pas sûre d'avoir. Elle rêve de devenir archéologue, un rêve nourri depuis l'enfance. « Je me demande où tu as été pêcher une idée pareille ! » lui répète souvent sa mère. C'est vrai qu'a priori rien ne destine une enfant d'ouvriers à entamer des études longues pour embrasser une carrière où les places sont comptées. Mais le passé, l'histoire l'ont toujours passionnée. Chaque fois qu'il lui a été donné de contempler d'anciens vestiges, elle en a été émue ; pour elle, les vieilles pierres parlent, il suffit d'apprendre à les écouter.

Ce n'est pourtant pas cette perspective qui l'angoisse depuis quelque temps. Elle est reconnaissante à ses parents des sacrifices qu'ils consentent pour lui permettre de suivre sa vocation. Est-ce à cause de l'éloignement indispensable à ses études, est-ce parce qu'elle a changé depuis qu'elle évolue dans un milieu plus intellectuel ? Ou y a-t-il autre chose ? Hier, en retrouvant sa chambre à Banyuls dans la petite maison paternelle, elle a eu une drôle d'impression, un peu comme si elle ne se sentait plus chez elle.

– Je n'ai touché à rien, j'ai juste fait les poussières ! a déclaré fièrement sa mère en lui ouvrant la porte.

Et c'était vrai : en apparence tout était à sa place.

\ \ \

En se frayant un passage à travers les herbes envahissantes du site de l'usine, Marine éprouve des sensations presque semblables : les lieux qu'elle reconnaît sans hésiter lui semblent étrangers et la tristesse plane.

Elle croyait pourtant qu'en revenant ici, elle trouverait les vérités qui lui échappent. Seulement, rien n'est plus comme avant. Aucun oiseau ne chante. Ce silence insolite la frappe. Autrefois, une véritable volière habitait les arbres et les buissons.

Tous les bâtiments sont en ruine. Aucune toiture n'a résisté. Des bouts de ferraille traînent partout. Sur un mur, des tags agressifs et colorés témoignent du passage de jeunes marginaux. Ils sont incongrus mais au moins, ils redonnent vie à ce que l'abandon a tué.

Sur la gauche s'ouvre brusquement un labyrinthe que Marine se rappelle très bien : elle et ses copains ont souvent joué à se faire peur en se hasardant dans les couloirs étroits. Elle se souvient même avoir vu un jour la silhouette d'un petit fantôme tout blanc tracée par une main inconnue. Elle se demande s'il est toujours là, il fait trop sombre pour pouvoir distinguer quoi que ce soit, il faudrait une lampe de poche comme celle qu'elle prenait soin d'emporter jadis quand elle partait ainsi à l'aventure. « Jadis », ce mot suranné lui est venu à l'esprit mais ce n'est pas si vieux ! Il lui semble parfois que son enfance remonte très loin.

La jeune fille a traversé presque sans le vouloir un immense bâtiment délabré, encombré de poutrelles tombées à terre, de tuyaux, de cuves, de morceaux de ferraille impossibles à identifier. Difficile de ne pas trébucher sur ce passé qui refuse de disparaître tout à fait. Le vent s'est remis à souffler, soulevant une poussière rougeâtre, donnant une voix plaintive aux murs encore debout.

Marine s'est éloignée si vite qu'elle en a les jambes écorchées. Elle reconnaît à peine ce qui fut le jardin du directeur mais il y a des survivants, ici un oranger, plus loin un eucalyptus dont les longues feuilles argentées frissonnent, et voici un figuier de Barbarie, une ondulante herbe de la pampa. La maison est toujours là, imposante, veillant encore sur ce qui reste. En écartant les herbes et les ronces, Marine retrouve l'ancien lavoir dont il était interdit de s'approcher alors que c'était si tentant de l'escalader pour voir un peu ce qu'il y avait au fond !

Les buissons épineux se multiplient comme pour barrer la route à l'imprudente qui veut aller toujours plus loin. Un parfum de fenouil flotte dans l'air, rappelant le souvenir de plusieurs ouvriers qui mâchaient les tiges anisées sous les yeux de Marine amusée mais nullement tentée par ce goût étrange. Du regard et de la main, elle caresse quelques ombrelles fines de la plante gracile.

La jeune fille cherche à s'enfoncer davantage, elle aimerait bien aller jusqu'à la voie ferrée entrevue à plusieurs reprises. Se frayant un passage à travers une végétation qui s'est densifiée, elle se glisse à travers un trou dans le mur d'enceinte et franchit la route puis un grillage tordu.

Elle n'a pas oublié les jardins entretenus avec tant de soin par les uns et les autres. On arrivait à faire pousser de tout car la terre était riche et bien arrosée. Aujourd'hui, la nature sauvage a repris ses droits mais se souvient des cultures d'autrefois car, ici ou là, on peut voir de l'oseille, de la sauge, du fenouil, de la sarriette, de la menthe et même de l'ail. Marine reconnaît des fleurs dont elle a perdu le nom mais qui poussaient en abondance sur les merlons[1], tendrement ensemencés par des générations de femmes désireuses d'oublier qu'elles travaillaient sur une poudrière. Emportées par le vent ou les oiseaux, les graines sont allées germer jusqu'ici. Et cet églantier encore en fleurs, n'est-il pas le rejeton vivace d'un rosier délicat ?

Après plusieurs détours, elle arrive enfin au pied de la butte sur laquelle court la ligne de chemin de fer. En contrebas, les vestiges des anciens rails du funiculaire à crémaillère subsistent encore.

Il est temps de rentrer à Banyuls. Si elle ne devait pas reprendre sa voiture laissée au parking Bernadi, elle serait tentée de revenir à pied, par les sentiers tant de fois foulés qu'elle y retrouverait son chemin les yeux fermés.

Poussant un soupir, elle retourne à la route pour contourner le cap Nord par l'arrière et retrouver la vie moderne un moment laissée de côté.

La Clio blanche la ramène au bercail en quelques minutes.

\ \ \

1 Merlons: Levées de terre suffisamment hautes et larges, destinées à isoler les uns des autres les bâtiments et baraques susceptibles d'exploser dans la dynamiterie.

2

À la cuisine, Marion s'active. Quand sa fille ouvre la porte, elle ne se retourne pas, elle sait que Marine est là. Elle sourit de contentement, heureuse de ces retrouvailles toujours attendues.

Un parfum d'enfance flotte dans l'air : le gâteau à l'orange, le préféré, finit de cuire au four. Le rôti de bœuf, paré, ficelé, attend son tour sur le plan de travail. Sur la gazinière, la soupe de légumes parfumée aux herbes mijote à petit feu.

Les narines palpitantes, Marine s'assied sur une chaise de paille et contemple sa mère toujours de dos, occupée à quelque mystérieuse et ultime préparation pour le repas du soir.

– Bonne promenade ? interroge Marion, soucieuse de ne pas paraître indiscrète.

– Oui, répond Marine qui, sans trop savoir pourquoi, ne veut pas dire qu'elle vient de Paulilles.

Le silence s'installe. On n'entend que le tic-tac familier de l'horloge et le murmure de la soupe sur le feu.

– Papa n'est pas rentré ?

– Il ne va pas tarder. Il est juste allé faire un tour sur la place.

Ce rituel tient lieu d'apéritif au père, même s'il ne boit pas. Non, c'est histoire de se dégourdir les jambes avant la fin du jour, de croiser les amis, d'échanger quelques mots, de sentir les odeurs qui tantôt montent de la mer, tantôt glissent le long des pentes à vignes, selon le sens du vent. Une fois vérifié que tout est en ordre, François rentre chez lui, l'esprit en paix. Un réflexe de sa vie d'autrefois ? Peut-être. Du temps de l'usine, les ouvriers partis, il entamait sa tournée de surveillance avant la fermeture du soir. Cela faisait partie de son travail et il accomplissait sa mission avec rigueur et minutie, soucieux de garantir la sécurité de tous en ces lieux qui ne souffraient aucune négligence.

\ \ \

– Bonsoir les filles !

François aime utiliser cette formule insolite quand il rentre chez lui, satisfait de retrouver ses « femmes » à la maison. Il a écourté sa promenade, impatient de voir sa fille. Elle lui manque. Il est fier de savoir qu'elle poursuit ses études avec succès mais les repas en tête à tête avec Marion lui paraissent bizarres. La place vide en face de lui le gêne. Surtout pour le souper, quand la nuit descend et qu'il se demande si la petite est bien rentrée chez elle. Toulouse est loin et il ne peut s'empêcher de redouter pour elle les dangers d'une grande ville, dangers qu'il n'identifie pas vraiment.

Les années ont beau passer, il ne s'y fait pas. « Marine n'est plus une gamine ! » lui rappelle souvent Marion plus réaliste que son époux. Mais pour lui, elle n'a pas fini de grandir. C'est comme si le temps où elle venait s'asseoir à table après qu'on l'eut appelée deux ou trois fois datait d'hier. Jamais pressée, celle-là ! Elle avait toujours quelque chose à finir ! L'a-t-il assez grondée de se faire ainsi attendre, alors que le respect de l'heure est essentiel à ses yeux. Elle arrivait en agitant ses couettes, l'air pressé, la moue enjôleuse avec un : « Pardon, pardon, j'arrive ! »

Maintenant qu'elle est là, il a presque du mal à y croire. Elle vient si peu à Banyuls, toujours en coup de vent. Les couettes ont disparu. François n'est pas sûr d'aimer les cheveux courts et lisses de sa fille, avec sa frange qui lui mange la figure et une couleur qu'il ne reconnaît pas : ce sont des reflets, paraît-il, pour illuminer la chevelure. Comme si elle avait besoin de ça pour être une très jolie fille…

Marine se lève pour embrasser son père. Sa peau rugueuse lui rappelle des souvenirs :

– Tu piques toujours autant !

– Je ne crois pas que ça puisse changer, tu sais.

Lui aussi entend l'écho des paroles d'autrefois quand en riant, il frottait sa barbe contre les joues tendres, qu'elle protestait à grands cris et courait devant la glace pour constater qu'elles étaient devenues toute rouges.

– Allons, à table, le rôti n'attendra pas, fait la mère qui sort les assiettes du buffet.

Marine prend les couverts et les serviettes dans le tiroir, attrape les verres et le dessous de plat tandis que Marion apporte la soupière ventrue.

La famille s'installe. Un instant, Marine attarde son regard sur le portrait qui orne le mur juste derrière son père. C'est celui de son arrière-grand-mère maternelle qu'elle n'a pas connue. La couleur sépia de la photo estompe les contours et donne de la douceur à l'ovale régulier du visage juvénile. La jeune femme esquisse un demi sourire et semble fixer quelque chose ou quelqu'un au loin. Marion ne sait pas dire si le portrait date d'avant ou d'après le mariage de l'aïeule. Qui sait, peut-être la photo a-t-elle été réalisée pour que le jeune mari mobilisé en 14 l'emporte avec lui au front ? Dans une boîte à biscuits, mêlé à d'autres, un cliché plus petit, aux bords cornés, est en tous points semblable à celui-là. Marine a souvent essayé d'imaginer le soldat au fond de sa tranchée, cherchant un peu de réconfort avec cette image de son aimée tirée de sa poche dans un moment de répit.

À la maison, on parle peu du passé et Marine le regrette. Elle est curieuse de tout et aimerait bien savoir comment on vivait autrefois. Elle n'y met aucune malice mais ses questions sont peut-être maladroites ou trop directes. Elle a souvent essayé d'interroger aussi bien son père que sa mère mais ils ne répondent que par monosyllabes, au point que la jeune fille s'est demandé s'ils ne cherchaient pas à dissimuler quelque secret. Son amie Christine prétend que tous les gens de leur génération réagissent de cette façon. Ils n'aiment pas se raconter, font preuve d'une pudeur surprenante comme si on leur volait un peu de leur intimité et ils sont encore plus réservés quand il s'agit de leurs parents ou de leurs grands-parents.

Et pourtant, des générations se sont succédé ici, à Banyuls et dans ses environs. Marine sait que dès la création de l'usine Nobel, ses ancêtres ont vécu et travaillé à Paulilles, des hommes et des femmes aussi bien du côté de sa mère que du côté de son père.

Sa nostalgie à elle tient au fait qu'elle a grandi dans une caserne du site mais peut-être aussi aux souvenirs qu'y ont forcément laissés tous les siens pendant plus de cent ans. « Une caserne ? » Le terme utilisé intriguait Christine.

– Pourquoi une caserne ? Vous ne viviez pas sur un terrain de l'armée ! Ton père n'était pas militaire !

– Oh non ! C'était un ouvrier. Mais toutes les maisons, on les appelait des casernes, je ne sais pas pourquoi. C'était comme ça.

Tout en écoutant d'une oreille distraite ses parents parler de choses et d'autres, Marine se promet de retourner dès demain à Paulilles. La caserne où elle habitait est en ruine mais elle voudrait la revoir. A y bien réfléchir, ce mot qui a surpris son amie s'explique. Les familles qui vivaient dans ces logements n'étaient pas à proprement parler chez elles. Ils appartenaient à la compagnie qui les prêtait comme l'armée ou la gendarmerie loge ses hommes et leurs familles sur place.

Cela n'empêchait pas chacun de se sentir chez soi. Elle-même regagnait le cocon familial avec bonheur et leur appartement lui paraissait totalement différent de ceux d'à côté ! Il faut dire que sa mère, habile couturière, s'y entendait pour enjoliver et personnaliser les lieux d'une tenture, d'un bout de tissu, d'un rideau ou d'une nappe.

– La nappe, Marine…

– Quelle nappe ?

– Tu rêves, ma parole ! Tu veux bien aller la secouer dehors ? dit la mère lui tendant le morceau de toile coloré qui a égayé la table en son honneur.

Marine sourit et s'exécute aussitôt.

– Demain, j'irai voir Iaia.

– Vas-y. Tu sais, elle ne rajeunit pas, elle sera contente de te voir.

Maria vit seule dans sa petite maison de Cosprons, au-dessus de Paulilles. C'est un charmant village qui émeut sa petite-fille chaque fois qu'elle y monte et pas seulement parce que sa grand-mère y habite. Toutes les maisons ou presque lui racontent un événement heureux : une fête, une cargolade en famille ou entre amis, un goûter au retour d'une balade dans les vignes alentour et surtout LA fête de Cosprons toujours impatiemment attendue.

Sa Iaia est plus bavarde que François et Marion. Et si elle perd un peu la mémoire, c'est plutôt pour des souvenirs récents car, pour ce qui est de son jeune temps, elle se rappelle tout, dit-elle, et Marine n'est pas loin de penser que c'est vrai tant elle l'a entendue raconter avec force détails des événements qui remontaient parfois à plus de cinquante ans.

Quand elle était petite, elle se lassait vite d'écouter le bavardage de la vieille dame et son esprit vagabondait vers des univers enfantins plus captivants, croyait-elle. Aujourd'hui, elle prend conscience que Iaia Maria a beaucoup à lui apprendre sur le passé de la famille mais qu'elle ne sera pas toujours là pour le raconter.

\ \ \

3

Maria est assise près de la fenêtre de la salle à manger dans sa petite maison douillette. Les lunettes au bout du nez, elle confectionne un napperon ouvragé comme de la dentelle avec un crochet d'une extrême finesse. Ses doigts sont moins agiles, affirme-t-elle, mais personne ne la croit. Elle a vu Marine pousser le portillon du jardin.

– Entre, crie-t-elle. La porte n'est pas fermée.

– Ce n'est pas prudent, Iaia. On te l'a dit cent fois !

– Que veux-tu qu'il m'arrive ? Tout le monde me connaît et puis, ici, il n'y a pas de voleurs !

– Ils peuvent venir d'ailleurs, Iaia ! Et tu dis toi-même qu'il y a de plus en plus d'étrangers au village !

– Dis donc, tu es venue pour quoi ? Pour me faire des remontrances ? On dirait ta mère !

Marine plaque deux baisers sonores sur les joues parcheminées de l'aïeule et approche un tabouret près d'elle, comme elle le faisait quand elle était enfant.

Elles bavardent un bon moment. L'étudiante doit décrire par le menu sa vie à Toulouse, raconter ses projets. La vieille dame écoute d'une oreille attentive, posant parfois son ouvrage sur ses genoux pour mieux écouter. Elle a toujours été curieuse de ce qui se passait ailleurs, spécialement quand cela concerne « ses petits ».

– Alors tu es en vacances maintenant...

– Oui, pour quelques jours.

– Tu n'as pas peur de t'ennuyer ? À cette époque de l'année, il n'y a plus beaucoup de distractions pour une jeunesse.

–Tu sais, je suis venue me reposer, voir les parents et te voir, toi !

Marine ne sait pas comment s'y prendre pour faire parler sa grand-mère et aborder les sujets qui l'intéressent. Elle ne veut pas l'inquiéter en lui faisant part de ses doutes, de ses interrogations personnelles, ni courir le risque qu'elle la trouve indiscrète, se taise et ne veuille plus dire ce qu'elle sait.

Maria conserve dans sa chambre, en haut de son armoire, plusieurs albums de photos qui sont autant de trésors. Après une hésitation, elle accepte que Marine aille les chercher.

– Ils doivent être pleins de poussière, il faudra les essuyer !

– Pas grave. Je m'en occupe.

On dirait de gros livres anciens. Les trois sont maintenant sur la table. Ils sont d'un marron noir austère avec des arabesques gravées dans l'épais carton qui leur tient lieu de couverture. Rien ne les distingue les uns des autres mais la grand-mère sait que le premier de la série c'est celui-là !

Pas d'erreur, il s'ouvre sur le portrait de Marie en première communiante. Marine la reconnaît tout de suite. Elle a l'air d'une petite mariée avec son voile sur les cheveux et sa robe d'organdi immaculée. La vie de son arrière-grand-mère va jaillir des pages tournées. Marine retourne s'asseoir près de Maria, conteuse d'une histoire déjà lointaine qui remonte au temps de la Grande Guerre.

\` \` \`

Première partie

Marie

4

Des rumeurs insistantes annonçaient l'imminence de la guerre. Augustin serait mobilisé, c'était certain. On avait beau dire que le conflit, si conflit il y avait, serait court, Marie était désespérée. Les promenades sentimentales avec son fiancé se transformaient en errances sans but, ponctuées d'interrogations et de larmes difficilement retenues.

Augustin voulait se montrer brave et rassurant. Il avait fait son service deux ans durant mais était conscient qu'il n'était pas quitte de ses obligations militaires. Depuis l'année précédente les nouveaux conscrits faisaient trois ans et les réservistes aussi partiraient. La guerre, il la sentait venir, comme tout le monde. Il ne comprenait pas tout de la complexité de la situation mais tant de pays se trouvaient concernés qu'il en était impressionné. Et même si l'Alsace-Lorraine perdue était difficile à imaginer depuis le pays catalan, il était influencé par le courant de pensée nationaliste du moment et le désir général de revanche qui animait tous les Français.

Entourant de ses bras les épaules menues de Marie, il lui jurait qu'il serait très vite de retour, soulignait qu'il n'était pas encore parti ! Ils avaient toute la vie devant eux, et ils seraient heureux, il le lui promettait.

Quand la menace se précisa davantage encore, le jeune homme eut envie de sceller leur amour, comme il disait, par quelque chose de fort. Marie n'avait que dix-huit ans, elle était toute innocence et il s'en serait voulu de lui demander ce qu'elle n'imaginait pas du tout accorder avant les noces. La seule solution était d'avancer la date du mariage ! Il fallut convaincre les parents des deux côtés et ce ne fut pas facile. Le père de Marie rappela qu'il avait toujours été dit qu'ils attendraient un peu, sa fille était si jeune. D'ailleurs les fiançailles officielles n'avaient pas encore été célébrées, ajoutait la mère et il était sage, comme le voulait l'usage, de laisser passer ensuite au moins une année.

– Une année, vous n'y pensez pas ! J'ai besoin de savoir qu'elle est devenue ma femme pour toujours, avant de partir.

Marie ne disait rien mais n'en pensait pas moins. Et quand on lui demanda son avis, elle avoua en rougissant que son plus cher désir était de s'unir à Augustin avant son départ.

Cédant aux instances des amoureux et par peur d'une « bêtise », on finit par fixer la date du mariage au 20 juin.

C'était un samedi. Dès le matin, la journée s'annonça radieuse. Pas un souffle de vent, un ciel limpide, c'était de bon augure. La mariée avait l'air d'une enfant à cause de sa petite taille, de son apparence menue et de ses joues roses d'émotion. Quand elle s'avança dans la nef de l'église Notre-Dame de Bonne Nouvelle à Port-Vendres, au bras de son père méconnaissable dans son beau costume, toutes les têtes se tournèrent vers eux. Suivaient derrière les quatre nièces de la mariée, toutes imprégnées de leur importance. Les deux familles étaient connues et estimées. Chacun avait tenu à être là. Pas un banc n'était vide. Il resta même du monde sur le parvis, tous ceux qui n'avaient pu trouver place ou qui étaient arrivés en retard ou encore qui ne tenaient pas à entrer dans un sanctuaire religieux.

À l'issue de la cérémonie, toute la noce s'attarda un moment devant l'église, imposante avec son clocher-tour surmonté d'une coupole. A ses pieds, de paisibles barques de pêche se balançaient dans le port. Le paysage familier offrait les couleurs changeantes de la mer sous un ciel uni. Les yeux clignaient au soleil et le voile de la mariée s'envolait dans la brise légère tandis que les enfants, enfin libérés, s'amusaient à monter et descendre les escaliers. Quelques Port-Vendrais, venus en voisins, retournèrent chez eux par les quais. Tous les autres reprirent ensuite le chemin de Paulilles, qui en voiture, qui en charrette, qui à pied. Le repas de mariage devait se dérouler dans la grande salle de la cantine, décorée pour la circonstance d'une multitude de fleurs et de rubans.

Mais auparavant, il était indispensable de fixer sur le papier l'image de l'événement. Le photographe était déjà là, s'épongeant le front avec un mouchoir blanc aussi grand qu'une serviette, car le soleil était haut et dardait sans pitié ses rayons sur les abords de l'usine.

Augustin, qui lui aussi transpirait, tenait à faire bonne figure. Plus heureux qu'un prince, il se redressait, bombant le torse et sa princesse, souriante, n'en paraissait que plus petite. Leurs mains se rejoignirent et ils regardèrent l'homme de l'art, prêt à disparaître sous son drap noir.

Pas moins d'une cinquantaine de personnes, hommes, femmes et enfants, assis ou debout, entourent les mariés. Les toilettes rehaussées de chapeaux ou de coiffures compliquées embellissent ces dames. Presque tous les messieurs tiennent à la main leur couvre-chef mais quelques-uns ont tenu à le garder sur la tête. L'un d'eux arbore de façon crâne – c'est le cas de le dire – un canotier. Des fillettes aux belles boucles regardent Marie et on devine dans leur regard levé l'admiration la plus vive.

Ainsi fixée pour l'éternité, la photo traversera les années et fera rêver ceux et celles qui ne sont pas encore de ce monde.

La noce, elle, ne pensait pas du tout à cet avenir lointain et ne voulait surtout pas envisager les lendemains angoissants qui attendaient tout un chacun. L'heure était à la fête et l'on avait hâte de se restaurer. Le père de la mariée donna le signal des réjouissances en pénétrant dans la vaste salle et en conviant les invités à s'installer. Le menu était impressionnant mais Marie n'y toucha guère et l'avait oublié dès le lendemain. Pourtant, son époux l'encourageait de la voix et du geste, parvenant à lui faire boire un peu de ce vin de Banyuls qui répandait sa chaleur dans la gorge et le cœur.

Augustin travaillait à la dynamiterie mais ne disposait pas encore d'un logement. Il avait donc été convenu que le jeune couple s'installerait pour l'instant chez les parents de Marie.

– D'ailleurs, lui avait dit sa mère, pragmatique en toutes circonstances, si ton mari part à la guerre, il vaut mieux que tu ne restes pas seule. Là-dessus, Madeleine avait rabroué sa fille en voyant les larmes lui monter aux yeux. Il importait de réagir, de ne pas se laisser aller, de se comporter en femme et plus en petite fille.

Comme toutes les épouses et les mères, Marie dut affronter une réalité qui ne cessa de se durcir. Les événements se précipitèrent dans le monde entier. Le souvenir de la fête s'estompa dès les jours suivants. Une semaine après le mariage, à Sarajevo, un étudiant bosniaque assassina l'archiduc François-Ferdinand, héritier du trône d'Autriche-Hongrie. L'Europe retint son souffle quelques semaines ; l'ultimatum adressé par Vienne à la Serbie précéda de peu la déclaration de guerre.

\ \ \

Le premier août, partout en France, fut placardé l'ordre de mobilisation générale. Au climat d'angoisse et de résignation apparente des quelques jours qui avaient précédé, succéda une effervescence inimaginable. Les préparatifs de départ commencèrent aussitôt à Paulilles comme ailleurs.

Avec quelques camarades, Augustin se précipita chez le marchand de chaussures de Port-Vendres. À la demande des autorités militaires à court, les réservistes s'étaient vus recommander de se procurer des chaussures de marche qui leur seraient remboursées. Arrivé parmi les premiers, Augustin trouva facilement sa pointure, mais d'autres, moins chanceux, durent se contenter d'un chaussant approximatif, source ensuite de bien des déboires !

À l'usine, le travail se trouvait désorganisé depuis plusieurs jours. La direction avait entamé des démarches dans l'espoir qu'un certain nombre d'ouvriers seraient affectés sur place, au moins pour les plus qualifiés, et pourraient donc assurer la continuité d'une production utile à l'effort de guerre. Néanmoins dès les premiers jours plusieurs postes allaient se trouver vacants.

Au moment de quitter Paulilles pour rejoindre son unité, Augustin serra fort sa femme contre lui sans rien dire. Elle se blottit en silence contre sa poitrine rassurante et sentit un air glacé l'envelopper quand il la lâcha. Pourtant, août promettait d'être chaud car, dès les premières heures du matin, le soleil plombait.

À la gare de Perpignan, le 15 août, la cohue était indescriptible. Le 253e régiment était sur le départ. Marie contempla son homme si beau dans son uniforme. Il portait le pantalon garance, serré aux mollets par des guêtres de cuir, une capote gris bleuté ornée d'une double rangée de boutons dorés et un képi bleu clair. Elle le reconnaissait à peine mais il gardait son sourire confiant et ses yeux moqueurs. Elle trouva impressionnantes ses trois cartouchières accrochées au ceinturon et surtout sa baïonnette heureusement dans un fourreau. Un havresac de toile cirée complétait l'ensemble. Qu'il fût aussi bien équipé la rassurait d'une certaine façon. Elle ne réalisait pas combien cet accoutrement le rendrait voyant sur un champ de bataille. Ils s'embrassèrent dans la bousculade et le brouhaha. Bientôt il fut englouti dans la masse des soldats tous semblables à lui, il lui cria quelque chose qu'elle n'entendit pas et très vite elle ne le vit plus.

Figée sur place, elle ne savait que faire. Des femmes la dépassèrent en la bousculant. Elle les suivit avec l'espoir de l'apercevoir encore une fois dans le train. Mais elle ne sut pas le trouver. Quand le chemin de fer s'ébranla dans un puissant jet de vapeur assorti du roulement caractéristique, une clameur sourde monta de la foule des parents et amis éperdus. Elle eut l'impression que son cœur se mettait à battre au même rythme que le train et qu'il allait s'arrêter à l'instant où le bruit cesserait.

Son père l'attendait sur la place de la gare pour la ramener.

– Il est parti.

Le vieil ouvrier hocha la tête sans qu'on sût s'il marquait ainsi sa résignation ou son émotion.

5

Une atmosphère lourde pesa sur la cité ouvrière dans les jours qui suivirent. On aurait dit que le temps s'était mis à l'unisson des pensées des femmes et des ouvriers restés sur place. Le ciel bas et plombé étendait une couleur grisâtre sur la mer, la plage et même l'arrière-pays. L'orage grondait sur les hauteurs par intervalles irréguliers sans que la pluie se décidât à tomber. Jour et nuit, les peaux étaient moites.

Pourtant, on s'était remis au travail. Il fallait bien. La dynamiterie ne pouvait pas s'arrêter de fonctionner. Pas maintenant. Nitreurs et pétrisseurs culpabilisaient parfois, sachant que certains de leurs camarades étaient au front. Pourtant, eux non plus n'étaient pas à l'abri d'explosions meurtrières mais ils l'oubliaient.

Le lendemain du départ d'Augustin, Marie croisa l'instituteur, trop âgé désormais pour être mobilisé. Ils avaient été tous les deux ses élèves à la petite école du hameau et le bon maître les connaissait bien. Posant son bras sur celui de la jeune femme qu'il appelait toujours « ma petite », il fit de son mieux pour l'encourager et la réconforter. Il savait qu'elle avait l'intention de solliciter un emploi à l'usine et s'inquiéta de savoir quel poste était envisagé pour elle. Quand elle lui dit qu'elle pensait devenir encartoucheuse, il soupira :

– Ta mère ne voulait pas pourtant…

– Oui, mais maintenant c'est plus pareil.

– Elle pourra t'aider, te guider à l'atelier. C'est un métier dur, mais je ne t'apprends rien.

– Je m'y ferai. Comme les autres.

– J'en suis sûr. Comme ta mère et ta grand-mère avant elle. Elles ont commencé à dix-huit ans, comme toi.

Il soupira de nouveau mais n'ajouta rien de plus. Les parents de Marie avaient rêvé d'un autre métier pour leur fille devant ses bons résultats scolaires. Le sort, la guerre en décidaient autrement. Elle serait encartoucheuse.

Le premier jour, Marie prit la direction de la plage avec sa mère quelques minutes avant six heures. Au milieu de la baie coulait le Cosprons qui serpentait jusqu'à la mer en murmurant. L'heure était matinale mais déjà le ciel bleuissait et les premiers rayons du soleil ne tarderaient pas à dorer le paysage. Les deux femmes obliquèrent à droite vers « la montagne ». La colline ainsi nommée abritait le cœur de l'usine, l'enceinte clôturée de la dynamiterie. C'est là qu'on préparait et conditionnait les explosifs, dans des bâtiments légers reliés par des tunnels et isolés les uns des autres par des merlons, ces levées de terre protectrices.

Plusieurs ateliers d'encartouchage étaient alignés le long de trois allées. Les deux femmes passèrent d'abord par le vestiaire et Marie, imitant les autres ouvrières, enfila une longue blouse en toile un peu informe. Certaines ajoutaient une ceinture pour resserrer l'ampleur et peut-être garder un peu de féminité ; Marie, qui n'en avait pas, se promit d'en trouver une pour le lendemain. Puis elle chaussa les sandales à semelles de corde qu'on lui tendait. Ainsi équipée et marchant toujours dans les pas de Madeleine, Marie gagna l'atelier qui allait devenir son univers quotidien. Elle était émue. Dans sa tête, l'appréhension le disputait à la fierté car elle connaissait les dangers du lieu et la responsabilité qui serait sienne désormais.

L'exiguïté de l'atelier la surprit : presque carré, il ne mesurait pas plus de quatre à cinq mètres. Du plomb et du bois partout. Une épaisse couche de sciure sur le sol.

– Pour la sécurité, expliqua Madeleine, laconique. Faut pas qu'il y ait d'étincelle.

Elle fit signe à sa fille de s'approcher d'une table, pas très grande mais massive et lourde car elle était en plomb pour réduire les risques de l'encartouchage.

– Voilà, on va essayer ensemble. Tu vois, il faut être à deux, une qui bourre et une qui ferme. Regarde comment elles font.

Une deuxième équipe avait déjà commencé. Le travail se faisait entièrement à la main. Il fallait être adroite et rapide. Lucienne, debout, roulait le papier pour préparer la cartouche que Thérèse, assise, remplirait. Trois tubes d'avance étaient prêts. La « bourreuse » en saisissait un d'une main, de l'autre, elle prenait la poudre dans le pétrin juste à côté d'elle et la tassait avec le bourroir. Puis la « tubeuse » reprenait la cartouche pleine, la fermait d'un geste vif et précis avant de la poser dans le second pétrin prévu à cet effet.

La poudre était fine comme de la farine et Marie comprit pourquoi on parlait de pétrin comme dans une boulangerie !

– Tu vas d'abord bourrer, dit Madeleine. Mais attention, ne perds pas ton temps et ne va pas trop vite non plus. Pense que la « matière », c'est mystérieux et dangereux.

Ouvriers et ouvrières, tous parlaient de « matière » et non de dynamite. Le mot ne surprit pas Marie qui l'entendait depuis l'enfance. Vague et anodin, servait-il à conjurer le sort et à donner une apparence inoffensive à ce qui explosait dans le terme « dynamite » ? Ceux qui la manipulaient devinaient-ils d'instinct qu'elle tirait son nom de la « puissance » grecque ? En tout cas ils savaient qu'elle était dotée d'un pouvoir destructeur sans rapport avec son apparence.

Marie s'attela à la tâche et fabriqua sa première cartouche.

– Tasse bien, conseilla la mère. Tu peux quand même y aller un peu plus fort.

Il fallut trouver le rythme. Ce ne fut pas réussi d'emblée. Patiente et compréhensive, Madeleine s'adapta d'abord à sa fille mais peu à peu la cadence s'accéléra sans toutefois être comparable à celle de Lucienne et Thérèse que liait une longue habitude.

– Tu ne te débrouilles pas trop mal.

– C'est dur, murmura Marie qui avait déjà mal aux bras.

– Je sais. Dans un moment, nous changerons, tu feras la tubeuse.

La fatigue se faisant de plus en plus sentir, quand le rythme ralentit, Madeleine décida d'intervertir les rôles. Marie fut heureuse de se retrouver debout. Rouler un tube était moins facile qu'elle ne l'aurait cru. Le premier avait une drôle d'allure. Il fallut le refaire. Mais fermer la cartouche lui parut encore plus difficile, d'autant qu'elle voulut faire vite pour ne pas retarder Madeleine. Elle lâcha la cartouche qui ne tomba pas de bien haut. Le couple des deux autres ouvrières leva les yeux et Madeleine eut un geste d'agacement. Mortifiée, Marie rassembla tout son courage pour recommencer.

À la fin de la matinée, la jeune femme se sentit épuisée. Il y avait bien eu une petite pause en cours de travail mais si courte qu'ensuite elle avait eu encore plus de mal à reprendre sa tâche. Elle avait à peine eu le temps de se précipiter aux toilettes et de revenir. Elle avait couru en direction de la plage du Forat et, juste au-dessus de la mer, elle avait trouvé les deux petites baraques en surplomb qu'on lui avait indiquées, une pour les hommes, l'autre pour les femmes avec des WC à la turque des plus rudimentaires. Le vent s'était levé, des bourrasques s'engouffraient par la porte branlante et entre les planches disjointes.

– Je vais me retrouver à l'eau ! avait pensé Marie.

Cette idée l'avait fait rire tout haut et elle s'était demandé si par hasard ce n'était pas déjà arrivé à quelqu'un !

À l'heure du casse-croûte, à midi, elle n'avait pas faim du tout.

– Il faut manger, lui dit sa mère, sinon tu ne tiendras pas le coup.

Marie avait la nausée. Elle était sûre que rien ne passerait.

– Tiens, bois ! Il le faut ! Ça va te faire du bien…

Lucienne lui tendait l'antidote, une bouteille de lait. Par la suite, Marie emporta sa provision personnelle. Elle en but des litres et des litres.

Regardant ses compagnes qui riaient et plaisantaient en attendant la reprise, elle les envia. Elle se sentait de plus en plus mal et son estomac refusa de garder ce qu'elle avalait pour faire plaisir à sa mère.

– Ça passera, c'est le premier jour…

Madeleine n'était pas du genre à s'apitoyer. Dure pour elle-même, elle l'était aussi pour les autres. Sa fille s'habituerait, voilà tout. Elle avait un cœur d'or, tout le monde le répétait à l'envi. Mais le travail, c'était le travail. Depuis l'enfance, elle avait trimé, aussi bien à l'usine qu'à la maison. Comme sa mère, ni plus ni moins, se plaisait-elle à rappeler comme si, à ses yeux, la condition de la femme était tracée de façon immuable.

À cela s'ajoutait la conscience aiguë qu'on était en guerre. Les hommes se battaient au loin, dans le Nord. On attendait avec impatience les premières nouvelles qui n'arrivaient pas. On avait beau lire dans les journaux et entendre partout que c'était l'affaire de quelques semaines, quelques mois tout au plus, on n'était jamais sûr de rien. Une guerre, on sait quand ça commence, on ne sait jamais d'avance quand ça finit.

Madeleine ne disait rien mais n'en pensait pas moins et redoublait d'ardeur au travail comme si l'énergie de chacune pouvait renforcer l'effort demandé à tous et surtout aux combattants.

De retour dans l'atelier avec ses compagnes, Marie n'en menait pas large. Elle fut soulagée de s'asseoir au poste de bourreuse car elle sentait ses jambes flageolantes. Elle portait un fichu en coton, noué derrière la nuque, qui ne laissait voir qu'au-dessus du front ses cheveux sagement séparés par une raie en deux mèches lissées. Le fin tissu lui parut trop serré. Un mal de tête de plus en plus prononcé lui martelait les tempes. Elle desserra le nœud du foulard entre deux cartouches et faillit en lâcher une qu'elle rattrapa de justesse tout en retenant l'étoffe bleue qui avait glissé sur ses épaules. Sa mère fit semblant de n'avoir rien vu. Elle la surveillait du coin de l'œil car son visage pâli prenait au fil des minutes une teinte cireuse.

Tout à coup Marie glissa de sa chaise en un étrange mouvement ralenti. Sa tête pencha sur le côté, ses yeux se fermèrent malgré elle et ses mains s'abandonnèrent sur la table sans lâcher la cartouche à demi remplie. Madeleine n'eut que le temps de la soutenir ou plutôt de la retenir jusqu'à ce qu'elle se retrouvât allongée au sol. Les deux autres ouvrières vinrent lui prêter main forte et, à elles trois, elles portèrent Marie dehors, à l'air libre. Aucune ne s'affola. Les malaises étaient fréquents et on savait quoi faire.

On étendit Marie contre un merlon. Thérèse, partie mouiller un mouchoir dans l'un des seaux de bois posés à côté de la porte, revint passer le linge humide sur le front et les joues de leur compagne qui retrouva quelques couleurs et ouvrit les yeux, en se plaignant de la tête. Madeleine sortit de sa poche un cachet qu'elle fit avaler à sa fille avec un peu d'eau.

Entretemps, le contremaître était arrivé. C'était un brave homme sous des dehors bourrus. Il était respecté et on lui obéissait au doigt et à l'œil. Ce n'était pas toujours facile de contrôler les ateliers de femmes. Quelques-unes avaient de fortes personnalités qu'il fallait prendre en compte tout en restant ferme. Les meilleures ouvrières se trouvaient souvent parmi elles. Et dans un métier aussi éprouvant que celui-là, il était important de savoir à qui se fier. Quant aux encartoucheuses, elles appréciaient d'être dirigées par un homme sévère mais juste qui connaissait la difficulté et la pénibilité de leur tâche.

Il s'approcha du groupe et ordonna qu'on laissât Marie se reposer au grand air le temps qu'il faudrait.

– Elle n'a pas besoin que vous restiez agglutinées autour d'elle. Et pendant ce temps, les cartouches attendent. Retournez au travail !

Dociles, les femmes regagnèrent l'atelier. Le contremaître retint Madeleine par la manche :

– Vas-y doucement avec ta Marie. Tu sais ce qu'il en est. Laisse-lui le temps de s'y faire. Si, dans un moment, ça ne va pas mieux, renvoie -la à la maison. J'espère que demain, elle sera d'attaque.

– D'accord. Merci. Elle est jeune. On y est toutes passées, elle s'y fera.

Madeleine jeta un coup d'œil à sa fille qui semblait assoupie. Ses joues avaient retrouvé quelques couleurs. En rejoignant sa table où elle allait être seule pour la fin de la journée, la mère était rassurée mais une faille se dessinait dans son armure d'ouvrière dure au travail. Elle regarda Lucienne et Thérèse et réalisa brusquement à quel point elles étaient toutes les trois marquées dans leur chair par ce contact permanent avec la « matière ». Tous les lundis, Lucienne débarquait avec la migraine quand elle n'était pas prise de vomissements. Chaque semaine, elle devait réapprivoiser cette maudite poudre qui, au fil des années, leur jaunissait les cheveux et les ongles, leur rongeait la peau.

Une heure après, Marie vit revenir sa mère et crut qu'elle venait la chercher pour retourner à l'atelier. Aussi fut-elle surprise d'être renvoyée au logis sur un ton brusque dans lequel elle décela pourtant une tendresse inattendue.

\ \ \

6

Les jours succédèrent aux jours. Comme l'avait prédit Madeleine, Marie s'habitua à son emploi d'encartoucheuse. Elle apprenait vite et d'apprentie, elle devint demi-ouvrière, demi seulement car elle n'était pas encore capable d'avoir le rendement attendu et sa paie s'en trouvait réduite. Elle attendait avec impatience le jour où enfin elle deviendrait ouvrière à part entière. C'était impératif car, pour l'instant, sa mère aussi se trouvait pénalisée, puisqu'elles formaient équipe mais ne parvenaient pas à atteindre à elles deux les trois cents kilos de dynamite exigés.

Le contremaître qui, chaque soir, procédait à la pesée globale des cartouches réalisées, en tenait compte et s'arrangeait pour que Madeleine touchât un complément car c'était une excellente ouvrière, l'usine entière le savait. Marie regardait son carnet de travail sur lequel tout était noté et rêvait du jour où elle franchirait la fameuse barre des trois cents. Rien à espérer avant au moins une année. Ses compagnes l'avaient prévenue : c'était le temps qu'il leur avait fallu pour surmonter la fatigue et acquérir la dextérité nécessaire. Marie, toujours un peu impatiente, soupirait et se disait que, puisque Simone, de l'atelier voisin, se vantait d'y être parvenue en huit mois, il n'y avait pas de raison pour qu'elle n'y arrivât pas aussi !

Sa mère tempérait son ardeur : c'était bien joli de vouloir aller plus vite que la musique mais il ne fallait pas oublier que le travail devait être irréprochable. Elle avait peur que Marie ne se souciât pas assez du danger. Toutes les ouvrières chevronnées, celles qui, après des années de pratique, parvenaient à aller au-delà de ce qui était demandé et, pour cette performance, touchaient des primes, connaissaient bien le délit d'habitude. Il coûtait très cher aux imprudentes et elles avaient toutes en tête le terrible accident survenu à l'atelier trois, sept ans auparavant. Beaucoup n'y pensaient plus, d'autres étaient trop jeunes pour avoir connu cette époque-là.

Marie s'énervait et haussait les épaules quand Madeleine lui disait :

– N'oublie jamais Alberte !

La poudre de dynamite était si fine que parfois, maniée un peu trop vivement, elle s'envolait et il suffisait de pas grand-chose pour qu'elle prît feu. Un jour, c'était arrivé. Toutes les ouvrières avaient quitté l'atelier en courant et en criant pour appeler le chef. Toutes, sauf Alberte qui, l'instant d'avant, rigolait et faisait son intéressante. Elle était restée comme pétrifiée. Saisissant les seaux d'eau à l'entrée, le contremaître accouru avait éteint les flammes mais pas assez vite pour la malheureuse restée à l'intérieur. Elle avait été grièvement brûlée au visage, aux mains et aux jambes. Se retrouver défigurée à vingt-cinq ans, c'est dur.

– Plus grave, ajoutait Madeleine, elle n'a jamais retrouvé l'usage de ses mains. Ses doigts ont été tellement déformés par les brûlures qu'ils sont restés tordus et ont perdu toute souplesse.

Marie n'était pas sûre que, pour une jeune femme, le problème des doigts abîmés était pire que celui du visage ravagé par les cicatrices. Elle se souvenait vaguement d'Alberte qui avait quitté Paulilles et vivait, disait-on, chez son frère, au fin fond du Vallespir. Elle trouvait aussi que sa mère et quelques autres ouvrières de l'ancienne génération leur parlaient un peu trop souvent d'accidents. Autant ne pas y penser ! Sinon, il valait mieux partir en courant et faire autre chose ailleurs !

À l'encartouchage, elles étaient plusieurs à être très jeunes. Marie était la benjamine et elle s'entendait bien avec ses compagnes dont elle connaissait d'ailleurs la plupart avant de venir à « la montagne ». Toutes n'habitaient pas sur place comme elle mais, le plus souvent, elles étaient filles ou sœurs d'ouvriers de l'usine et, à ce titre, elles étaient déjà venues à Paulilles. Plusieurs, dont les parents habitaient à Cosprons, sur les hauteurs, ou dans un mas voisin, étaient allées à l'école du hameau. Et comme il n'y avait qu'une seule classe, même si elles étaient plus âgées que Marie, elles s'étaient trouvées à étudier ensemble sous la férule du maître unique.

Le jour où Marie vit sur la table l'enveloppe à son nom, son cœur battit plus fort. Elle attendait cette première lettre d'Augustin depuis le premier jour et sa déception avait peu à peu fait place à une résignation amère. D'autres qu'elle avaient reçu des nouvelles mais son mari à elle n'écrivait pas. En tout cas, elle n'avait rien reçu depuis son départ. Avant de partir, il avait pourtant promis mais il avait aussi rappelé en souriant qu'il n'était pas un grand « écrivain », signifiant par là qu'elle ne devait pas s'attendre à une grande quantité de pages noircies.

La lettre était là. Marie s'en empara et fila dans sa chambre en la serrant contre elle. Assise sur son lit, elle l'ouvrit avec soin. Un seul feuillet, laconique, mais tendre malgré tout. Il allait bien. Il pleuvait souvent et lui n'avait pas l'habitude d'une humidité aussi pénétrante et aussi constante. Il pensait à elle, à son Paulilles. Elle lui manquait, il l'embrassait.

Marie relut plusieurs fois le message et embrassa la signature :

« Augustin, ton mari qui t'aime ».

Puis elle sortit fébrilement une feuille de papier du tiroir de sa table et s'installa pour lui répondre tout de suite. Une sorte de pudeur s'empara d'elle. Elle trouvait plus facile de dire « je t'aime » que de l'écrire. Elle lui raconta qu'elle était à l'usine maintenant et qu'elle aimait bien ce travail. Sa lettre non plus n'était pas très longue car, finalement, elle n'avait pas grand-chose à raconter. Les jours se suivaient et se ressemblaient tous. Bien sûr, il y avait les dimanches. Comme il faisait beau encore, elle allait sur la plage avec ses amies mais elle pensa qu'elle ne pouvait pas le lui dire, à lui qui se battait peut-être, même s'il n'en parlait pas.

Finalement, chacun garda pour soi ce qui faisait l'essentiel de sa vie. Ainsi, l'éloignement des deux jeunes mariés était-il double : la guerre les avait séparés, envoyant l'un à des centaines de kilomètres de l'autre et, comme si cela ne suffisait pas, s'ajoutait l'impossibilité de communiquer vraiment, de raconter ce qui était vécu et ressenti au quotidien. Les mots ne venaient pas et quand ils venaient, ils n'étaient pas sûrs de leur justesse. Et puis, tout n'est pas forcément bon à dire, qu'on souffre ou qu'on s'amuse.

\ \ \

Si Augustin et Marie n'en avaient pas une conscience claire, du moins en avaient-ils l'intuition et cela suffisait à les rendre malheureux, y compris quand une lettre arrivait entre leurs mains pourtant impatientes de décacheter l'enveloppe.

Quand Augustin déplia la feuille pliée en quatre par sa femme, il en tomba un minuscule trèfle à quatre feuilles qu'elle y avait glissé après l'avoir fait sécher entre deux pages du dictionnaire. Il le ramassa en soupirant mais il se brisa entre ses doigts engourdis par l'humidité.

Son régiment était dans les Vosges depuis des jours et des jours. Les pertes avaient été lourdes et tous les hommes étaient épuisés. Augustin ne cherchait plus à comprendre ni où il était ni ce qu'on cherchait à leur faire faire. Comme ses camarades, il obéissait mécaniquement. Il lut et relut les phrases de Marie sans que leur sens parvînt à son cerveau. Il lui semblait que plus rien n'avait de réalité.

La veille encore, caché dans les herbes, il avait tiré parce qu'il le fallait, parce qu'il en avait reçu l'ordre et tous ses camarades, à ses côtés, avaient tiré eux aussi, sans éprouver ni haine ni remords. Face à eux, des ombres grisâtres se déplaçaient puis chutaient. Sur leur droite, des obus tombaient en continu avec un bruit sourd. Si par hasard, ils touchaient la surface de l'étang voisin, ils soulevaient une gerbe d'eau et c'était presque beau.

Plus tard, ils s'étaient relevés et avaient entamé une marche harassante qui n'en finissait jamais, traversant le champ de bataille où se mêlaient des cadavres français et allemands, corps que la mort rendait frères.

Au milieu d'un bois touffu dont les arbres immenses semblaient n'avoir pas de cimes, ils s'étaient enfin arrêtés pour bivouaquer. Une insoutenable odeur de pourrissement flottait partout. Le sommeil l'avait terrassé, il devenait indifférent au danger, au froid, à la souffrance…

Et maintenant, rétréci dans sa capote de soldat, tassé au fond d'un boyau exigu, les pieds alourdis par la boue, il tenait la lettre de Marie sans la lire. Sa main était retombée sur sa cuisse et le mince feuillet pendait au bout de ses doigts prêts à le lâcher. Il ferma les yeux un instant mais il était si las qu'il n'arrivait plus à se représenter le visage pur et lisse de sa femme. Il avait l'impression de l'avoir quittée depuis une éternité, au point que ses traits ne lui apparaissaient plus qu'estompés dans une brume cotonneuse.

Sa section décimée ne comptait plus que des survivants, désemparés, démoralisés. Tout à l'heure, il faudrait repartir. Pour où ? Pour quoi faire ? Sous les ordres de qui ? Il ne se posait plus de question depuis longtemps. Il se levait, il marchait, il tirait. Parfois, et ce n'était pas si désagréable, juste un peu étrange, il avait l'impression d'être au-dessus de lui-même, de se voir de l'extérieur, comme si son corps et lui faisaient deux. Il se regardait agir avec détachement, presque avec curiosité. La morsure du froid ou la bourrade d'un camarade le faisait revenir à lui.

Le ciel était si sombre qu'on aurait dit que la nuit allait tomber. Au loin, des lueurs le traversaient de part en part. Un village brûlait, disait-on. Quel village ? Que de fois ils avaient traversé un bourg resté anonyme. Un soir, ils avaient couché dans les ruines d'un hameau désert qu'ils avaient quitté avant le lever du jour sans savoir comment il se nommait. Ils étaient dans les Vosges, c'est tout ce qu'il savait. Jusqu'à présent, il n'en connaissait que ce qu'il avait appris à l'école de Paulilles ; ce n'était alors pour lui qu'un massif lointain, coloré en marron clair sur la carte de France accrochée au mur de la classe, avec des sommets qu'on appelait des ballons. Maintenant, on lui parlait plutôt de cols à défendre, de secteur, de position principale ou de cote à protéger.

Le maître d'école avait évoqué de vastes forêts avec des arbres immenses mais jamais Augustin n'aurait imaginé une pareille boue qui alourdit capotes et chaussures, donne une teinte uniforme à tous les soldats et à tout ce qu'ils touchent. Il n'aurait pas imaginé non plus devoir creuser son trou le plus vite possible et le relier ensuite à celui du voisin pour former une tranchée, bientôt envahie par l'eau. Précaire abri dans lequel il fallut bien se résigner à vivre, à dormir et, qui sait, à rêver.

\ \ \

Marie ignorait tout ou presque de ce qu'endurait son Augustin. À Paulilles, on préparait des colis pour les hommes au front. On entendait parler du froid qu'on avait peine à imaginer ici, où l'automne s'attardait avec, certains jours, des allures d'été de la Saint Martin. Les femmes tricotaient pour leurs hommes. On récupérait la laine comme on pouvait. Pénélopes d'un nouveau genre, les épouses, les mères ou les sœurs défaisaient tel ou tel ouvrage, fabriquaient des écheveaux qu'elles lavaient avant d'en tirer des pelotes prêtes à l'emploi.

Des chaussettes épaisses, des cache-nez, des gants, des passe-montagne sortaient des doigts qui s'activaient dès la sortie des ateliers, aux heures de pause ou le soir. À l'école, le maître avait réussi, lui aussi, à faire acheter de la laine par la Société de Bienfaisance et les fillettes s'appliquaient à confectionner les précieux tricots pour leurs aînés, anciens élèves de Paulilles, qui se battaient sur le front.

Noël arriva sans qu'on eût vu revenir un seul permissionnaire. La déception était grande. Nul n'avait le cœur à se réjouir. Par petits groupes emmitouflés, les femmes accompagnées de quelques hommes se rendirent à Port-Vendres pour assister à l'office religieux. Même les mécréants se déplacèrent, peu désireux de rester seuls dans le hameau déserté. Les plus irréductibles attendirent dehors malgré le froid. Dans l'église, la ferveur des croyants communiqua à tous les présents une sérénité qui ne durerait pas mais que chacun apprécia comme un répit en cette période de tristesse inquiète. Le prêtre sut trouver les mots qui s'imposaient pour redonner du courage à celles qui le perdaient de plus en plus, au fur et à mesure que les jours passaient.

\ \ \

Augustin eut enfin sa première permission six mois après son départ. Janvier s'achevait. Il était amaigri, épuisé mais la joie du retour illuminait son visage. Aussi protesta-t-il quand il vit Marie fondre en larmes. Elle était bouleversée de le voir dans un tel état. Ses lettres n'étaient pas gaies et il disait parfois sa souffrance, mais elle était loin d'imaginer qu'il lui reviendrait aussi peu semblable à l'homme vigoureux qu'elle avait épousé.

Il commença par dormir, d'un sommeil si pesant qu'il avait l'air d'un mort. C'est à peine s'il prit le temps de se dévêtir et de se laver avant de se jeter sur le lit. Sans cesse, Marie ouvrait la porte et le regardait. Durant de longues heures, il ne bougea pas d'un pouce. La bouche entrouverte, le menton levé, une jambe repliée, l'autre pendante, il était immobile. Elle n'osa pas le toucher, se contentant de le recouvrir comme on couvre un enfant malade.

Au bout de plusieurs heures qui parurent interminables à sa femme impatiente, il ouvrit les yeux et contempla le plafond un long moment avant de se rappeler où il se trouvait. Puis il sourit à Marie qu'il devina derrière la porte entrebâillée et elle se précipita dans ses bras qu'il replia sur elle avec tant de force qu'elle s'écria :

– Aïe ! Tu me fais mal !

– Tu m'as tellement manqué. J'ai cru ne jamais te revoir… Si tu savais…

Le jeune couple se redécouvrait. Ils étaient comme au soir des noces, eux que la guerre avait séparés trop vite. Maladroits et heureux, ils vécurent leurs retrouvailles dans la plénitude, oubliant qu'elles n'étaient que provisoires. Les dix jours accordés à Augustin passèrent si vite qu'ils n'eurent le temps de rien. C'est ce que confia Marie à sa mère après le départ de son mari.

Il fut déchirant pour les deux et amer car les derniers jours avaient été gâchés par la perspective de ce retour au front. Dès le sixième jour, quand tous deux réalisèrent que la moitié du répit accordé était déjà révolue, ils se sentirent envahis de désespoir. Ils ne croyaient plus comme au début à une guerre qui finirait rapidement. La révolte n'était pas loin devant l'injustice et l'inutilité d'une lutte dont le sens leur échappait. Et encore ne pouvaient-ils en parler qu'entre eux car il fallait faire bonne figure, se montrer patriotes et courageux.

Marie osa même suggérer à Augustin de passer en Espagne.

– Je sais qu'il y en a tous les jours qui le font !

– Non, pas moi.

– C'est facile, tu peux me croire, il y a des filières ; je connais quelqu'un qui me renseignera.

– Tais-toi. Tu ne sais pas ce que tu dis.

Augustin parlait avec rudesse. Il bouscula Marie qui revenait à la charge, la repoussant quand elle se fit câline. Puis il se radoucit quand il vit ses yeux pleins de larmes.

– C'est dur pour moi. J'ai besoin que tu m'aides et tu fais tout pour me démoraliser. Nous avons trop peu de temps à passer ensemble pour le gaspiller en disputes. Sois vaillante et je le serai aussi.

Augustin parti, Marie eut honte d'elle et se reprocha de n'être pas parvenue à faire du court passage de son mari un enchantement pour lui et pour elle. Elle repassait dans sa tête les moments vécus ensemble et elle trouvait qu'il y en avait très peu de pleinement heureux, sauf les premières heures juste après son réveil quand ils s'étaient unis si intensément qu'elle avait eu l'impression qu'ils ne faisaient plus qu'un et que cela n'aurait pas de fin. C'était elle qui avait rompu l'enchantement, en se projetant dans l'avenir et en l'entraînant avec elle dans de sombres pensées.

Elle lui écrivit une longue lettre enflammée pour lui crier son amour et surtout son regret de l'avoir rendu malheureux avec ses plaintes. Elle affirma avec tant de force sa détermination à ne plus se laisser abattre qu'elle finit par s'en convaincre elle-même.

Aussi fut-elle désarçonnée par la lettre qu'il lui envoya et qui croisa la sienne. En l'ouvrant, elle s'attendait à y trouver des reproches qu'elle jugeait mérités.

« L'hiver n'en finit plus, écrivait- il. Il neige et j'ai froid. C'est triste un retour de permission. Les permissions devraient être supprimées. Retrouver quelques jours sa vie d'avant, sa maison, sa femme, pour replonger ensuite dans l'enfer, c'est trop dur, il vaudrait mieux oublier tout ça. Ici, nous n'avons pas le plus petit espoir de jours meilleurs, de retour à la normale. Nous pataugeons dans la boue et la neige sale. Nous n'avons pas de feu. Là où je suis ce soir, il n'y a pas de table, pas de banc, j'écris à la lueur d'une bougie plantée dans une boîte de conserve cabossée que j'ai trouvée en chemin. Tout à l'heure, je dormirai par terre avec juste un peu de paille et c'est terrible parce que je pense à notre lit, à ta chaleur, à ta peau douce, à tes cheveux dont j'ai encore l'odeur dans les narines. J'en pleurerais de rage. Vraiment, je n'aurais pas dû revenir chez nous.

Ton mari bien malheureux, Augustin. »

Marie enfouit son visage dans la lettre, incapable de réagir devant pareille détresse et se demandant si elle le reverrait un jour.

Elle attendit presque une semaine avant de se décider à lui écrire à nouveau. Lui aussi espaça ses lettres sans interrompre tout à fait ses envois qui devinrent irréguliers. Elle ne savait jamais à l'avance quelle serait la tonalité de ses messages, souvent brefs et de moins en moins précis. Une fois, il l'avertit de se méfier de la censure et de faire très attention de ne jamais lui parler de la guerre ; sinon, ajoutait-il, il ne recevrait pas sa lettre. Il reconnut que lui-même avait sans doute eu la langue trop longue et que c'était révoltant mais qu'il n'avait le droit de rien dire ou presque. Surprise, elle comprit alors pourquoi elle était restée plusieurs semaines sans la moindre missive.

Elle en fut rassérénée car elle s'était imaginée qu'il l'aimait moins.

\` \` \`

7

Les mois et les saisons passaient. La guerre, dont on avait cru qu'elle serait de courte durée, semblait devoir s'éterniser.

Les échos de terribles batailles glaçaient d'effroi toutes les familles qui avaient un ou plusieurs des leurs à la guerre. L'héroïsme des combattants, la vaillance des soldats célébrés au quotidien dans les journaux n'empêchaient pas l'angoisse de monter.

À cela s'ajoutait une vie de plus en plus difficile car dès 1914 les prix étaient montés, il y eut pénurie de nombreux produits, le pain même vint à manquer à plusieurs reprises, en particulier au printemps quand il ne resta presque plus rien de la récolte de l'année précédente.

À Paulilles heureusement, les jardins s'avérèrent providentiels. On cultiva davantage encore légumes et pommes de terre ; les nombreux arbres fruitiers firent l'objet d'attentions redoublées. Femmes et enfants ne ménageaient pas leur peine, car on comptait sur place de moins en moins d'hommes. Les exemptés et réformés de la première heure étaient appelés les uns après les autres. D'ailleurs, on ne pouvait s'empêcher de regarder de travers celui qui était encore là avec la suspicion qu'il avait profité d'un privilège injuste.

Ce climat de morosité, d'inquiétude, parfois de jalousie altérait l'ambiance si chaleureuse de l'ensemble du hameau. Marie était sensible à cette atmosphère si différente de celle qu'elle avait connue depuis l'enfance.

Bien qu'elle n'eût pas beaucoup de temps à elle, elle ne résistait pas à l'envie d'aller faire un tour à la plage. Elle traversait la pinède odorante et marchait sur le sable, le long de la mer, en direction des rochers sombres et déchiquetés qu'elle avait escaladés main dans la main avec Augustin, au temps de leurs amours naissantes.

Comment évoquer d'aussi doux souvenirs quand, les yeux tournés vers le large, elle apercevait l'escadre de chalutiers qui patrouillait en permanence ? Sa mère avait beau lui dire que leur présence était une garantie de sécurité, elle ne pouvait s'empêcher de soupirer en pensant que ces bateaux de pêche, ainsi détournés de leur fonction première, dégageaient une impression de tristesse comme des êtres vivants empêchés d'accomplir ce pour quoi ils se sentent faits.

Il arrivait que l'artillerie s'entraînât sur des cibles en mer depuis le fort Saint-Elme, ou celui du Miradou à Collioure, ou encore depuis le cap Béar. Quand le coup de canon brutal déchirait l'air et que l'écho se répétait de colline en colline, Marie sursautait, un profond malaise s'emparait d'elle. Malgré la fréquence des tirs, jamais elle ne put s'y faire.

Elle n'arrivait pas non plus à s'habituer aux silhouettes des militaires de plus en plus nombreux qui surveillaient la côte, la route et la voie ferrée. Désormais, il ne fallait pas songer à se promener du côté du cap Ullestrell dont l'artillerie protégeait tout spécialement l'usine. Le temps où, légère et enivrée des senteurs du sentier, elle grimpait jusqu'à son fortin lui paraissait lointain ; il devenait chaque jour plus difficile d'envisager y retourner un jour. Elle en connaissait chaque pierre, chaque détour, mais en était réduite à imaginer au fil des saisons quelles plantes avaient jailli du sol, quelles fleurs délicates et colorées avaient ouvert leurs pétales au soleil.

\ \ \

À l'usine aussi, on percevait des changements. Les départs successifs des hommes avaient dégarni de nombreux postes. Il fallut recourir à une main-d'œuvre de remplacement. Et l'on vit arriver à Paulilles de nombreux ouvriers espagnols. On ne les accepta pas d'emblée, surtout les Castillans. D'abord, c'étaient des étrangers. Et quand on est en guerre, consciemment ou non, on est soupçonneux à l'égard de tous ceux qui ne sont pas du pays. Par-dessus le marché, il était bien connu que, de l'autre côté de la frontière, on s'était réjoui de la déclaration de guerre et que l'on considérait comme certain l'écrasement de la France par l'Allemagne.

Les femmes avaient des raisons supplémentaires de regarder de travers ces hommes venus d'au-delà des Pyrénées prendre la place des leurs. Les permissionnaires qui rentraient chez eux pour quelques jours éprouvaient des sentiments analogues. En somme, on n'avait pas besoin d'eux, l'usine continuait à tourner. L'amertume était perceptible sur les visages fermés et dans les paroles presque agressives.

– On se demande à quoi on sert là-bas et ici on serait de trop, dit Augustin, la mine sombre.

Il venait d'arriver pour une petite semaine. On était en février 16. Les permissions étaient rares et de plus en plus courtes. C'était la troisième qu'on lui accordait. Chaque fois, il se sentait partagé. Au retour, il faudrait replonger dans l'enfer et ce serait dur, il en avait l'expérience. Les retrouvailles avec Marie étaient difficiles ; il leur aurait fallu plus de temps pour se réhabituer l'un à l'autre. Surtout, il se sentait étranger chez lui. Il y avait toujours des changements en son absence. Sa femme qui relevait ses cheveux en tresses les attachait maintenant en un lourd chignon plein d'épingles. Elle devenait plus libre dans son langage et ses manières, il en éprouvait un pincement au cœur comme si elle lui échappait. Elle avait changé les meubles de place dans leur chambre à coucher.

– C'est plus joli, tu ne trouves pas ? Et puis c'est plus pratique pour le ménage !

Il ne répondait pas mais dans ses rêves de soldat transi au fond de son trou, le lit ne ressemblait pas à celui qu'il avait sous les yeux.

Marie non plus ne reconnaissait pas son Augustin. Lui si gai, si bavard, il était devenu taciturne. Elle aurait voulu qu'il lui racontât sa vie au front mais il esquivait toutes les questions.

– Qu'est-ce que tu veux que je te dise ? Que c'est dur ? Qu'il fait froid ? Que j'ai peur ? Eh bien oui, c'est dur, j'ai froid et j'ai peur. Voilà.

Les huit jours qu'il passait avec elle étaient à la fois courts et longs. Le même déchirement, la même détresse s'emparaient d'eux le jour de son départ. Il avait le visage presque reposé, il était propre et net mais il la serrait trop fort dans ses bras, brutal et bourru. Puis il se détournait et, au fur et à mesure qu'il s'éloignait, elle avait l'impression qu'il s'affaissait. Elle s'en retournait chez elle le cœur lourd, les yeux pleins de larmes. Il lui fallait plusieurs jours pour retrouver un semblant de sérénité et se dire qu'elle avait fait ce qu'elle pouvait et lui aussi, que c'était la faute à la guerre tout ça…

Elle n'en parlait même pas à sa mère qui n'aurait pas compris de toute façon. Elle s'en voulait aussi, surtout quand elle rencontrait Yvonne dont le mari était mort au front au début de l'année. Elle avait honte et se forçait à penser qu'elle avait de la chance, au moins pour l'instant, puisque le sien était en vie. Elle redoublait de gentillesse pour la jeune veuve qui devrait élever seule son enfant désormais. Elle aurait bien voulu attendre un bébé, elle aussi, et l'espérait dans les semaines qui suivaient ses rares étreintes avec Augustin. Rien ne venait et c'était peut-être mieux ainsi car mettre au monde un petit en temps de guerre, disait sa mère avec son franc-parler, « c'était plutôt une tuile ».

\ \ \

À la dynamiterie, les nouveaux venus monopolisaient l'attention. Les Catalans du Sud apportèrent leur exubérance naturelle qui trouva aussitôt du répondant chez les Catalans du Nord. Ils étaient un même peuple que les caprices de l'Histoire n'avaient séparés qu'en apparence. Pour les Castillans, c'était moins évident.

Et pourtant, l'usine avait besoin de tous pour continuer à tourner. Les Espagnols n'étaient pas seuls. Leurs épouses et leurs enfants avaient suivi. Beaucoup s'installèrent tant bien que mal à Cosprons et leurs petits grossirent les rangs des écoliers de Paulilles.

Les tensions du début ne s'atténuèrent pas tout de suite mais les familles finirent par se rapprocher et, peu à peu, l'intégration se fit. Un ouvrier qui partage le dur labeur d'un autre devient un frère. Un enfant qui apprend à lire à côté d'un petit Français ne se distingue guère de son voisin.

Une ouvrière nommée Carmen fut embauchée à l'encartouchage dans un atelier voisin de celui de Marie. Elles avaient à peu près le même âge et elles sympathisèrent très vite. Marie aimait la gaieté communicative de la jeune Espagnole et son accent irrésistible dès qu'elle prononçait un mot de français. Quand tout est triste autour de soi, c'est bon parfois de céder au fou-rire.

Pourtant, tout n'était pas rose, loin de là. Le rendement exigé par la direction ne cessait de monter et l'ensemble du personnel devenait fébrile. Alors que les Espagnols étaient de mieux en mieux acceptés par les ouvriers français, le paradoxe voulait que la surveillance des ateliers s'intensifiait à cause d'eux : les militaires redoublaient de vigilance, on redoutait les sabotages, on parlait même d'espions !

\ \ \

Le jour où un contingent d'Annamites fit son entrée à Paulilles, encadré d'une escouade de tirailleurs sénégalais, l'étonnement se lut sur tous les visages. On avait vaguement entendu parler de l'arrivée imminente de coloniaux mais on ne s'attendait nullement à ces drôles de petits hommes jaunes, coiffés de curieux chapeaux en forme d'arapèdes ! Quelques-uns avaient conservé une partie de l'équipement militaire de leur pays et sur leur tête un chapeau rond et plat, orné d'un plumet, semblait juste posé. Tous ou presque portaient des pantalons gris de toile grossière qui s'arrêtaient au-dessus du genou. Leur habillement se complétait d'une sorte de houppelande bleue, rouge ou jaune.

Ce défilé disparate et coloré ne pouvait qu'attirer les regards mais l'air grave et inquiet des hommes suscitait la compassion car sur toute la personne d'un certain nombre d'entre eux on lisait qu'ils avaient été transplantés sans beaucoup d'égards dans un monde dont ils ignoraient tout, comme les habitants de Paulilles ignoraient tout d'eux.

Quant aux Africains, grands et athlétiques, ils offraient un contraste frappant tant par leur taille que par la couleur luisante de leur peau. Portant molletières et chéchia rouge, armés de leur baïonnette, ils arboraient une mine à la fois fière et déterminée.

On avait procédé à de nouveaux aménagements en face de la dynamiterie, sur les flancs du cap Nord, qu'on appela bientôt « la montagne neuve ». Des bâtiments tout en longueur avaient été construits sur ses flancs, au-dessus du ruisseau du Perdiguer. En bas, non loin de la pinède, parallèle à une caserne de familles d'ouvriers, avaient été édifiées deux baraques en planches. C'est là qu'on logea les nouveaux venus, l'une servant de dortoir, l'autre de cuisine et de réfectoire.

Dans le hameau, la curiosité délia les langues sans pour autant apporter d'informations claires sur l'origine de ces Asiatiques.

L'Indochine était un pays lointain dont on ne savait pas grand-chose sinon qu'il était sous protectorat français. Quant à l'Annam, ce fut grâce à l'instituteur qu'on parvint à se figurer un royaume étroit, coincé entre une chaîne de montagnes et la mer de Chine. Tout cela paraissait bien exotique.

Dans leur pays, ces hommes étaient des paysans habitués à travailler dur mais dehors. Leur journée était souvent longue mais ils l'organisaient à leur manière, avec une large place laissée à l'initiative. Il y avait loin de la rizière aux « bassins » qui allaient devenir leur univers durant des mois et des mois.

Les Annamites furent rapidement attelés à des tâches dont ils n'avaient pas la moindre idée avant de pénétrer pour la première fois dans la toute nouvelle usine de balistite du cap Bernadi. La poudre à fabriquer était destinée essentiellement aux mortiers de tranchée. Mais avant d'arriver au produit fini, que de gestes répétitifs et pénibles à accomplir ! Que de risques à courir ! Que de fatigues à endurer ! De plus, ils restaient des militaires, assujettis comme tels à une discipline rigoureuse qu'il fallut apprendre à supporter.

Ouvriers et ouvrières de Paulilles regardèrent les nouveaux venus avec curiosité, partagés entre un sentiment de sympathie spontanée, de compassion parfois, et la conviction qu'ils n'avaient pas la compétence requise pour des travaux dont eux connaissaient le danger et la difficulté.

\ \ \

8

Les semaines passant, on prit l'habitude de côtoyer les Annamites, de les croiser parfois, de les entendre parler, rire, en un mot vivre à Paulilles.

Certains d'entre eux connaissaient un peu de français mêlé de catalan parce qu'ils étaient déjà en Roussillon depuis plusieurs mois. C'étaient ceux qui venaient du cantonnement d'Olette où ils étaient restés le temps de participer à la construction d'une route dans le Conflent. On avait le sourire rien qu'en entendant leur accent chantant. Il faut dire qu'eux-mêmes étaient souvent souriants.

Il y eut quelques parties de franche rigolade quand, à l'occasion de pauses, Annamites et Français tentèrent d'entamer une conversation. Les femmes en particulier se montrèrent attirées par ces jeunes hommes souvent pas plus grands qu'elles, fins et élégants même quand ils portaient des vêtements usés.

Gais et joueurs, ils constituèrent une véritable attraction un dimanche où, au milieu de la pinède, ils se lancèrent dans une partie de volant au pied ! Ils utilisaient une sorte de balle aplatie en tissu dans laquelle ils avaient fixé trois plumes gris argent trouvées sur la plage ou les rochers car elles ressemblaient à des plumes de mouettes. Ils couraient en tous sens avec une agilité étonnante et ce football d'un nouveau genre était à lui seul un spectacle.

Ce jour-là, Marie regardait elle aussi, entourée de femmes et de jeunes filles heureuses de se distraire un moment. Elle ne pouvait s'empêcher d'admirer la grâce des joueurs et leur souplesse d'acrobates prompts à ajuster leur tir d'un coup de pied précis dans le volant qui semblait animé d'une vie propre quand il voltigeait dans les airs à une hauteur et une vitesse parfois étonnantes. A un moment, il atterrit sur la tête de sa voisine qui s'en empara.

– Donne maselle, s'il te plaît, dit le lanceur maladroit qui s'était approché du groupe.

Alors commença un jeu taquin, les jeunes filles s'envoyant à la main le volant que les Annamites n'osaient plus chercher à récupérer. Les bras ballants, le joueur prit un air penaud qui le rajeunissait, si bien qu'on aurait dit un adolescent.

– Allez, rends-lui, dit Marie.

D'un geste vif, elle attrapa la balle au passage et la tendit au jeune homme. Leurs regards se croisèrent : les yeux en amande brillèrent d'une lueur complice et Marie se sentit rougir sans savoir pourquoi.

Le soleil de septembre descendait sur l'horizon, boule d'or rouge dans un ciel profond. Chacun regagna son logis. Les Annamites se dirigèrent en bavardant vers leur baraque mais ils se retournaient souvent sur les jeunes personnes qui riaient dans leur dos.

\ \ \

À l'usine proprement dite, Français et Espagnols avaient peu de contacts avec les Annamites. Quelques-uns parmi ces derniers étaient employés à l'atelier de pneus en caoutchouc où les risques n'étaient pas négligeables. Lorsqu'un incendie survenait, un dispositif permettait aux hommes de s'échapper. Vifs et agiles, ils grimpaient sur la terrasse et de là se laissaient glisser le long des mâts prévus à cet effet jusqu'aux cuves remplies d'eau qui se trouvaient en-dessous.

D'autres, et c'étaient les plus nombreux, travaillaient dans les tout nouveaux bassins qui venaient d'être construits sur la « montagne neuve ». D'après ce qu'on en disait, leur tâche, épuisante et dangereuse, consistait à brasser longuement des fibres de coton et à les transformer en nitrocellulose. Il arrivait que la matière obtenue s'enflammât spontanément, on n'en savait guère davantage. On racontait que l'embrasement se propageait parfois à une vitesse incroyable, surtout si la panique s'emparait des malheureux ouvriers.

Il y eut d'horribles accidents, des morts et des blessés graves. La surveillance militaire était telle qu'il était difficile d'approcher et d'avoir des informations. On entendait des claquements violents, parfois suivis de hurlements qui disaient clairement qu'un drame était survenu.

Des rumeurs couraient. Un responsable technique rapporta que, lors de l'incendie auquel il avait assisté, plusieurs Annamites s'étaient retrouvés les pieds collés au sol et avaient été atrocement brûlés ; certains s'étaient transformés en torches vivantes, d'autres n'avaient été arrachés à la mort que provisoirement et leurs brûlures, très graves, avaient fini par les tuer.

Mais des explosions et des incendies, il s'en était produit aussi à la « montagne vieille ». Marie se rappelait très bien l'accident à la cartoucherie : c'était à la fin du mois de mai, un an avant son mariage et le début de la guerre, plusieurs femmes avaient perdu la vie. Elle n'avait pas pu lire l'article de L'Indépendant tellement elle était bouleversée. Son père, très ému lui aussi, laissant retomber le journal sur ses genoux, avait reparlé de l'explosion dans l'atelier de lavage de la nytroglycérine, en 1906. Elle avait tout juste onze ans à l'époque et elle avait été terrifiée en prenant conscience qu'elle risquait à chaque instant de perdre son père, qui travaillait à la nitration.

Sa mère avait raison : ensuite, on oubliait et c'était bien car sinon, on ne vivait plus, mais en même temps il fallait en garder quelque chose dans un coin de la tête pour rester sur ses gardes et ne commettre aucune imprudence.

Quelle étrange existence que celle de Paulilles, faite de rires et de pleurs, de mort et de vie, de soleil et de jours sombres.

Et la guerre, toujours la guerre, omniprésente, d'abord parce que la plupart de ses hommes jeunes étaient au front, ensuite parce que l'usine fabriquait non plus seulement de la dynamite destinée aux mines et aux travaux publics mais aussi de la poudre à canon pour l'armée.

\ \ \

Un nouveau Noël arriva. En 14, il avait été célébré dans l'incrédulité, persuadé qu'on avait été jusque-là que la victoire française serait totale avant la fin de l'année. Au moins avait-on voulu croire que ce n'était plus qu'une question de mois. Les saisons s'étaient succédé et force avait été de constater que la guerre continuait. Les vingt-quatre décembre 1915 et 1916 virent revenir à l'église pour assister à la messe de minuit toujours autant de femmes et pas beaucoup plus d'hommes.

Parmi eux, on comptait hélas plusieurs mutilés de retour chez eux, à Port-Vendres. Leurs visages marqués en disaient plus long encore que leur jambe ou leur bras manquant sur l'enfer qu'ils avaient connu. Certains, pourtant cruellement touchés dans leur chair, disaient haut et fort qu'ils s'estimaient heureux d'être rentrés vivants et qu'ils aimaient encore mieux être amputés et chez eux qu'intacts et exposés à une mort quasi certaine. Beaucoup les regardaient à la dérobée avec gêne ou compassion et les écoutaient sans répondre.

Marie n'avait reçu aucune lettre d'Augustin depuis plusieurs semaines et le Premier de l'An arriva sans qu'elle eût la moindre nouvelle. Elle était triste et fataliste, partageant le sentiment de presque toutes les mères et les épouses de Paulilles, résignées à attendre et préférant ne rien imaginer. Le malheur, si malheur il y avait, viendrait bien assez vite.

La fête du Dragon survint comme une diversion dans une atmosphère lourde. Elle célébrait le Nouvel An vietnamien qui, cette année-là, tombait le 23 janvier. C'était un mardi et les Annamites avaient obtenu d'être de repos. Les habitants du hameau assistèrent en nombre à la danse du dragon. L'animal mythique, fabriqué en papier rouge sang, orné de guirlandes et de fleurs, arborait une crête aux écailles pointues. On se demanda d'où pouvait bien sortir ce superbe papier rutilant ! Dix hommes s'étaient glissés à l'intérieur du corps qui mesurait au moins huit mètres de long. L'armature, composée de roseaux à défaut de bambous, délimitait des sections que chaque participant actionnait.

Le mouvement d'ensemble était si réussi qu'on voyait onduler le dragon en vagues saisissantes de vie tandis que les jambes des danseurs, seules visibles, s'activaient en un rythme savant. Des musiciens improvisés battaient des mains en cadence, d'autres frappaient avec des baguettes sur toutes sortes de récipients devenus tambours. Le corps démesuré montait, descendait, tournait, s'enroulait sur lui-même puis se déroulait, dessinant en l'air de gracieuses arabesques. La tête énorme s'agitait de droite et de gauche. Des cornes taillées dans des branches d'arbre faisaient penser à des bois de cerfs. Une moustache et une longue barbiche confectionnées à l'aide d'herbes sèches amusèrent beaucoup les enfants ainsi que la crinière de lion qui ornait le cou. Le spectacle était fascinant. Le soir venu, des bougies allumées à l'intérieur du corps du dragon en firent une bête fabuleuse. Devant elle marchait un homme seul qui brandissait une boule blanche en papier tout au bout d'un long roseau en guise de perche. Il l'agitait doucement devant la gueule de l'animal peut-être censé chercher à l'attraper !

Éblouie, Marie avait envie de poser mille questions. Quand la danse prit fin, elle interpella un Annamite qui sortait tout ébouriffé de dessous le corps du dragon. Elle savait qu'il comprenait et parlait le français :

– Qu'est-ce que ça veut dire ce dragon ?

Essoufflé mais souriant, il lui répondit avec gentillesse :

– C'est l'image de la force, du courage et de la chance. Il annonce le retour du printemps.

– C'est pas tout de suite le printemps !

– Non, mais il va revenir et la nature renaîtra partout.

– Pourquoi il est rouge ? À cause de la couleur du feu ?

– Le rouge, dans mon pays, est la couleur du bonheur, de la chance. Et notre dragon ne crache pas de flammes, il envoie de l'eau de pluie sur les cultures.

– Mais le dragon, c'est un animal qui n'existe pas !

– Il est sacré, comme la licorne, le phénix et la tortue. Il est le yang, le principe de la vie et de la croissance. Il nous apporte ce dont nous avons besoin pour nourrir nos familles. Les Annamites sont les enfants d'un dragon et d'une nymphe des montagnes.

– C'est vrai que c'est le premier jour de l'année pour vous aujourd'hui ?

– Oui, c'est l'année du serpent de feu qui commence.

S'avisant tout à coup qu'elle était peut-être trop curieuse avec toutes ses questions, Marie rougit, remercia le jeune homme et s'éloigna. Elle vit un de ses camarades qui tout à l'heure jouait du tambour sortir de la baraque où se trouvait leur cuisine, portant un plat recouvert d'un linge. Il se dirigea sans hésiter vers une caserne voisine et il frappa à la porte de Jeanne, une amie de sa mère. Marie savait que cette employée de l'usine apprenait le français aux Annamites qui le souhaitaient. Elle le faisait en toute simplicité, pour rendre service et ses cours avaient beaucoup de succès parmi les jeunes Asiatiques fraîchement arrivés en

France et qui avaient du mal à comprendre ce qu'on leur disait comme à se faire comprendre. Il n'y avait pas d'interprète à Paulilles et il fallait compter sur la complaisance de « ceux qui savaient », comme celui avec qui Marie venait de bavarder. Les contremaîtres aussi avaient recours à leurs compétences mais ils étaient les premiers à dire qu'il faudrait bien que tous connaissent au moins quelques mots. Ils apprenaient vite et Jeanne ne tarissait pas d'éloges sur ses élèves.

Marie comprit que l'un d'eux lui apportait un plat de fête. Gourmande et toujours aussi curieuse, elle rebroussa chemin pour aller voir Jeanne, laquelle ne fut pas dupe !

– Tu veux goûter, Marie ? Entre ! Regarde comme c'est curieux !

Et elle mit l'assiette sous les yeux de la jeune femme qui découvrit un paquet carré, enveloppé de feuilles vertes et soigneusement ficelé. Il s'agissait d'un gâteau de riz gluant, farci de viande de porc et de fèves écrasées, accompagné de nuoc-mâm, une sauce prisée des Annamites que venait d'offrir l'encadrement militaire.

Marie reconnut le jeune homme qui avait apporté le présent : c'était celui à qui elle avait rendu le volant à plumet le jour où il s'était livré à une partie endiablée avec ses compagnons. Lui aussi la reconnut, elle le sentit. Il s'inclina légèrement et ils se sourirent. Jeanne s'exclama :

– C'est l'un de mes meilleurs élèves ! Dan, dis quelque chose en français à Marie.

– Bonjour, Marie. Banh Chung d'Annam, gâteau bon.

Ils éclatèrent de rire tous les trois. Dan avait aussi apporté deux roses et une courte branche de mimosa précoce. Marie comprit que le jaune et le rose avaient sans doute une signification particulière mais quand elle posa la question, le pauvre Dan fronça les sourcils et écarta ses deux bras en signe d'incompréhension.

En repartant, Marie remarqua, accrochées de chaque côté de l'entrée des baraques, des bandes verticales de papier rouge ornées de caractères calligraphiés. Sur le seuil, des brindilles sèches étaient entassées.

– Pour se protéger des mauvais esprits ! lui expliqua en riant un ouvrier français tout fier de son savoir. S'ils marchent dessus, ils feront du bruit et ils seront chassés !

Par une porte ouverte, Marie aperçut des branches de pin sombre, suspendues au mur avec des fleurs en papier et une table couverte de nourriture et de pots étonnants. Elle resta en admiration devant ce qu'ils contenaient. Ce n'était que de minuscules tiges de laurier bien vert artistement taillées et disposées pour donner l'illusion de petits arbres auxquelles étaient suspendues quelques pièces de monnaie. Elle se douta qu'ils servaient à attirer la fortune !

Elle retrouva sa mère et les autres femmes à qui elle raconta avec enthousiasme ce qu'elle avait vu et appris. Tout le hameau conserva un excellent souvenir de cette fête du Têt où les Annamites avaient montré leur ingéniosité et leur talent mais aussi une joie de vivre et une ferveur inattendues.

On ne les appelait plus, comme tant d'autres, « les exotiques ». Et on les regardait autrement. Pourtant, à la fin de l'hiver, des incidents éclatèrent et on ne savait trop que penser.

D'abord, il se passa la nuit des choses étranges. Depuis les casernes voisines des baraquements annamites, on entendit des cris, des disputes. Des portes claquaient et on percevait des bruits furtifs autour des maisons. Que faisaient-ils donc ? Où allaient-ils, alors que tout le hameau dormait et n'avait nulle envie d'être réveillé ? Le bruit courait que certains d'entre eux avait pris la fâcheuse habitude de fumer et de boire plus que de raison, en particulier lors des interminables parties de cartes qu'ils aimaient tant. C'est dans ces moments-là qu'éclataient des querelles. Ils en venaient aux coups à l'intérieur ou à l'extérieur de leur logement.

Les punitions se mirent à pleuvoir car la discipline était stricte à l'égard de ces hommes qui, pour être ouvriers, n'en demeuraient pas moins des militaires. Plus d'un se retrouva en prison, une cabane à l'étroite fenêtre munie de barreaux, près de la gare. Le coupable traversait le hameau, conduit sans ménagements par un soldat qui le houspillait tandis qu'il avançait, tête basse avec des regards en-dessous.

Bien des femmes, dont Marie, s'attristèrent devant ce spectacle qui contrastait tellement avec la poésie de la danse du dragon.

– C'est pas bon pour des hommes, de rester si longtemps loin de leur pays, sans femme, sans famille, fit remarquer Carmen en hochant la tête.

C'était vrai que pour ces hommes, les permissions se passaient à Banyuls ou Port-Vendres, parfois à Perpignan, et la plupart du temps, sur place à Paulilles.

– Nos soldats n'en ont pas souvent non plus des perms ! s'exclama Thérèse.

– Oui, répondit Marie d'un ton vif, mais au moins, ils rentrent chez eux, chez nous.

La conséquence d'un drame la bouleversa bien davantage encore. On était au printemps. L'après-midi s'achevait et une fois de plus, un terrible accident se produisit dans un bassin. Un homme brûla sur place en hurlant et en se tordant de souffrance. Il fut impossible de lui venir en aide et cela se passa sous les yeux d'un de ses camarades qui s'apprêtait à le remplacer. Il resta cloué sur place, les yeux exorbités. On l'entraîna au-dehors. Tout à coup la panique s'empara de lui, il se précipita sur un officier qui arrivait, le saisit par sa vareuse en disant d'une voix étranglée :

– Je ne veux plus y retourner ! Je veux partir, rentrer chez moi !

Le gradé se dégagea violemment, l'injuriant et l'accusant de mutinerie. Quand il vit arriver le directeur de l'usine, il cessa ses violences et donna l'ordre de conduire en prison « ce mutin dangereux ». On lui lia les mains derrière le dos et il fut emmené, geignant, le visage ensanglanté car il s'était mis à saigner du nez. Il approchait la trentaine et on savait qu'il était marié et père de famille. Il parlait volontiers de son village et des siens. Quand il recevait une lettre, et ce n'était pas fréquent, il sautait de joie partout comme un enfant puis courait se cacher dans un bosquet pour la lire et la relire.

Marie et ses compagnes, qui ne savaient pas exactement ce qui s'était passé, le virent avancer au milieu du hameau et il était si pitoyable qu'elles en auraient pleuré. Elles posèrent en vain des questions et durent se contenter d'informations contradictoires selon qu'elles émanaient de soldats ou d'ouvriers. La tension fut extrême pendant plusieurs jours.

Puis Marie croisa Dan et s'attarda avec lui, pas longtemps car la consigne s'était durcie et les Annamites devaient éviter les contacts avec les habitants de Paulilles. Il n'eut que quelques instants pour dire sa révolte et son impuissance devant ce qu'il considérait comme une injustice criante : non, son camarade n'avait pas agressé l'officier, il était simplement terrorisé et l'incendie lui avait fait perdre la tête ; il n'en pouvait plus d'être séparé des siens et de risquer ainsi sa vie. Et maintenant, il avait disparu, nul ne savait ce qu'il était devenu. Il y en avait même qui disaient qu'il s'était enfui mais c'était impossible, d'autres assuraient tout bas qu'il était mort.

Restée seule, la jeune femme sentit l'émotion la gagner. Les pensées se bousculaient dans sa tête. Elle éprouvait de plus en plus de sympathie et de compassion pour Dan et tous ses compagnons. Certaines de ses amies partageaient son point de vue mais quelques-unes étaient beaucoup plus dures et la tançaient vertement :

– Garde ta compassion pour les nôtres.

– Mais ils sont des nôtres !

– C'est pas pareil. Ce sont des coloniaux. Pense à ton mari.

Augustin, elle ne l'oubliait pas. Mais elle se disait qu'elle n'aurait pas aimé qu'on le traitât comme on traitait les Annamites et qu'en fait elle ne savait pas ce qu'il en était pour lui. Le désastre du Chemin des Dames en avril, avec ses pertes considérables, démoralisa tout le monde. Des permissionnaires en apprirent plus à la population que les journaux mais de multiples interrogations demeuraient dans les esprits. Les soldats parlaient de révoltes au sein de l'armée et de désertions.

Marie était sans nouvelles depuis une très courte permission en novembre : il avait passé son temps à dormir. Fin mars, Augustin était revenu passer cinq jours à Paulilles, cinq jours seulement. Un courant d'air. Elle l'avait trouvé hagard, plus absent que jamais. Il était reparti sans la toucher, pratiquement sans la voir, se disait-elle.

Et maintenant, ses lettres devaient être arrêtées par la censure, elle en était certaine et elle n'avait pas tort. Il y écrivait rageusement que tous en avaient assez de l'existence, qu'ils ne mangeaient même pas à leur faim, qu'ils allaient faire comme les Russes et refuser de se battre, que ce n'était pas une vie de se faire trouer la peau pour gagner une tranchée ou deux, c'est-à-dire rien.

Sans savoir quoi que ce soit de précis, Marie entendait aussi parler avec effroi de Français fusillés pour l'exemple et elle avait peur à en être malade.

\ \ \

9

À Cosprons, en écoutant sa grand-mère, Marine n'a pas tout appris de la vie de Marie, son ancêtre. Les souvenirs de la vieille dame sont nombreux. Ils viennent de sa mémoire qui a engrangé ce qu'elle a vécu et ce que lui a raconté sa mère. Parfois, elle ne sait plus si elle se rappelle vraiment ce qui est resté gravé dans son esprit ou si on le lui a tant et tant de fois raconté qu'elle en a fabriqué un souvenir personnel.

Ainsi, le père de Maria est mort quand elle avait à peine quatre ans. Elle se le rappelle très bien mais avec le visage du jeune marié de 1914, alors que d'après Marie, sa mère, il est revenu de la guerre usé, vieilli prématurément, au point de mourir des séquelles des gaz inhalés dans les tranchées. La Maria d'aujourd'hui, toute menue, toute ridée, a encore un papa éternellement jeune et fringant, qui sourit sur la photo de mariage.

Marine a toujours sur les genoux le gros album photos ; elle soulève une à une les fines feuilles de papier cristal qui protègent les clichés jaunis. Parfois des coins décollés glissent et elle les retient d'un doigt léger, se promettant de les remettre en place.

Maria s'est tue. Elle n'a pas lâché son ouvrage et reprend son travail. Marine a toute une histoire dans sa tête. Il y a ce que vient de lui raconter sa grand-mère, mêlé à des images de livres d'Histoire de France de son enfance, à d'autres aussi, créées de toutes pièces et au fur et à mesure par son imagination fertile, à partir des photos d'autrefois et du site de Paulilles qu'elle connaît par cœur. Dans le récit de Maria, elle a entendu des silences, des non-dits voulus ou peut-être pas, elle les peuple à sa façon, consciente qu'il lui faudra recomposer un puzzle de faits anciens. Elle en a déjà pris l'habitude, en participant avec passion à des chantiers de fouilles. Elle a appris à rassembler patiemment des morceaux parfois minuscules et à tâtonner avant de trouver la place qui fut la leur.

– Tu dois être fatiguée, Iaia ! Je m'en vais !

– Tu reviendras, j'espère ? Tu ne m'as pas tout dit de ta vie à Toulouse !

– Toi non plus, tu ne m'as pas tout dit ! Il me reste à regarder les deux autres albums. En attendant, je vais ranger.

Marine s'est levée. Elle attrape les trois volumes et va les remettre en haut de l'armoire, suivie des yeux par Maria.

Un baiser sur les tempes blanches et la voilà partie, songeuse, l'esprit rempli de la mémoire familiale.

\ \ \

Avant de rentrer chez ses parents, Marine ne résiste pas à l'envie de faire un petit tour à Paulilles. À son habitude, elle va se garer sur le petit parking, désert à cette heure, de la plage Bernadi et elle rejoint celle de l'usine en escaladant les rochers. La mer chuchote en ourlant d'écume blanche tout ce qu'elle touche. Le temps est serein. L'eau bleue, moirée de violet à l'horizon, offre une surface lisse comme celle d'un lac. C'est beau et tranquille.

Marine se sent bien. Elle a dans l'oreille la voix chantante de sa grand-mère. En longeant « la montagne neuve », elle lève la tête : la végétation dévore les bâtiments abandonnés, cachant certains d'entre eux qui se laissent à peine deviner. Des pans de toits ont disparu depuis longtemps. C'est là qu'ont travaillé les Annamites. Les tragédies évoquées par Maria font frémir la jeune fille. De jeunes hommes sont morts ici, tous ont souffert. Qui sait combien sont retournés dans leur village et ce qu'ils sont devenus ? Ils doivent avoir disparu et, s'ils sont en vie, ce sont des centenaires ! Ont-ils raconté la France à leurs petits-enfants ou ont-ils préféré taire un passé douloureux ? Marine a honte de ce qui s'est passé ici et préférerait que rien n'ait été dit. Une étrange douceur enveloppe les lieux imprégnés d'oubli.

Il faudra qu'elle demande à Marion, sa mère, comment c'était quand elle était petite, si elle s'en souvient !

Poursuivant son chemin, elle avance au milieu de ruines qu'elle ne reconnaît plus. Comme le temps va vite pour dégrader les choses…

Le jour baisse, achevant de noyer dans l'ombre vieux murs, arbres touffus et souvenirs. Comme la veille, elle franchit la route. Elle hésite un instant : ce platane, oui c'est celui de la cour de l'école où elle aurait bien voulu aller, sa mère lui en avait tant parlé ! Mais elle a fermé l'année de sa naissance. Elle reconnaît aussi les oliviers dont les petits fruits jonchent déjà le sol. Quant à l'école elle-même, elle est toujours debout avec son préau mais, quand on ne sert plus à rien, on vieillit et on meurt beaucoup plus vite.

La salle de classe est vide : le mobilier, le matériel, tout a été emporté. Sur un mur, des taches de couleur se distinguent mal dans la semi-obscurité, ce sont les restes de la jolie fresque dont lui ont parlé aussi bien sa mère que sa grand-mère. Quelques débris jonchent le sol. Dans un coin, Marine aperçoit des morceaux de livres déchirés et ce qu'elle prend pour un cahier ouvert. Ce n'est qu'un carnet bleu qui a perdu presque toutes ses pages. Dommage, rien n'est écrit sur celles qui restent…

Marine aime cette heure entre chien et loup qui donne du mystère à toute chose. Mais elle risque de trébucher dans le noir. Il est plus raisonnable d'abandonner à sa solitude cet endroit qui résonna de voix enfantines durant plus de quatre-vingts ans.

En rebroussant chemin, elle respire avec délices les senteurs amplifiées par le soir où domine le parfum puissant des nombreux figuiers qui étalent partout leur vigueur.

\ \ \

À Banyuls, on l'attend pour dîner. Avant de s'asseoir, Marine cherche à plonger son regard dans celui de son arrière-grand-mère dont le portrait lui fait face. Mais les yeux de l'aïeule donnent l'impression de se dérober ou plutôt de s'être abîmés dans un lointain nostalgique et secret.

– Qu'est-ce que tu comptes faire demain ? demande Marion.

– Je retourne voir Iaia.

– Et moi, je te vois quand ?

– Tu es jalouse ? Ma petite maman, je resterai tout le matin avec toi.

– Le matin, j'ai à faire. Et puis d'abord, demain, je vais au marché, comme tous les jeudis.

– J'irai avec toi ! J'adore ! Et puis tiens, je passerai toute la journée avec vous deux. Je retournerai à Cosprons vendredi ou samedi.

Sa mère arbore un grand sourire qui illumine son visage et, de manière fugitive, la fait ressembler à Maria.

Et Marie, était-elle gaie ? Pas toujours, d'après sa fille. Elle avait traversé des jours difficiles pendant la Grande Guerre. Personne ne devait beaucoup rire à l'époque.

– Tu es bien silencieuse, remarque François.

– Je repensais à ce que m'a raconté Iaia cet après-midi : Paulilles en 14…

– Celle-là, quand elle commence, elle est intarissable.

– Oui, mais c'est passionnant.

– C'est du passé tout ça ! C'est vrai que le passé, toi, c'est devenu ta spécialité !

– Vous avez gardé des objets, des souvenirs d'autrefois ? En dehors de ce que je vois ici ?

Marine sait que, outre les photos-portraits, les meubles de ses parents et nombre de bibelots « viennent de la famille », comme dit sa mère.

– C'est pas ça qui manque. Des vieilleries, y en a plein le grenier. Faudra se décider à ranger, à trier un de ces jours.

– Et à jeter ! ajoute le père.

– Oh non !

La mère et la fille ont jeté le même cri du cœur.

– Laissez-moi regarder d'abord, s'il vous plaît, demande Marine en prenant sa voix de petite fille.

Forte de l'autorisation qui lui est accordée, Marine se met à rêver avant même de s'endormir, curieuse de découvrir des trésors oubliés.

\ \ \

Le lendemain, le ciel lourd plombe le petit port, la mer et les rochers. L'humidité de l'air est si pénétrante qu'elle glace les os.

– Ça sent l'automne, dit la marchande des quatre saisons en pesant des tomates rebondies pour Marion et sa fille.

Les deux femmes ne s'attardent pas, pressées d'échapper à l'averse qui menace.

De retour à la maison, assises l'une en face de l'autre, elles épluchent les légumes du marché en bavardant.

Repensant à l'école en ruines qu'elle a traversée la veille, Marine cherche à faire parler sa mère qui, elle, a eu la chance d'y être élève.

Au bout d'un moment, Marion se lève, s'essuie les mains à son tablier avant d'ouvrir un tiroir du buffet de la salle à manger dont elle tire une double page cartonnée, ornée de croisillons dorés. À l'intérieur, une photo de classe.

– Voyons si tu vas me trouver !

– Tu ne me l'as jamais montrée celle-là !

– C'était ma première année d'école ! Le premier jour, je me suis sauvée. Je ne voulais pas y aller, je m'accrochais à ma mère et je pleurais, je pleurais ! Quand je pense qu'ensuite, j'aurais tout donné pour ne pas quitter la maîtresse…

Et voici que Marion égrène ses souvenirs, remontant dans un passé qui lui est cher mais dont l'évocation lui laisse toujours un pincement au cœur. Quand on est née à Paulilles comme elle, qu'on y a passé sa jeunesse, qu'on y a mis au monde sa propre fille, qu'on y a vécu le meilleur et le pire, sans jamais imaginer en partir, et qu'ensuite on a tout de même dû s'en aller, c'est presque impossible d'en parler.

Aussi Marine apprécie-t-elle à sa juste valeur les confidences de sa mère qui, jusqu'à présent, s'était toujours fermée dès la première question…

Deuxième partie

Marion

10

Le jour où fut prise la photo de classe, tous les élèves étaient présents. Au premier rang étaient assis les plus jeunes, jambes croisées, les mains posées sur les cuisses. La même attitude d'enfant sage, sans doute demandée par le photographe. Tous les visages arboraient un air sérieux. Seule une fillette, ses cheveux longs séparés par une raie au milieu bien droite, s'était permis un sourire malicieux : Marion bien sûr, toujours espiègle ! Au deuxième rang se tenaient debout les plus grands avec, sur le côté, la maîtresse, tête légèrement inclinée en un mouvement gracieux et bienveillant.

Souriant, Marcel posait juste derrière sa petite sœur. Ce fut la dernière image de lui. L'année suivante, il n'était plus là, emporté par une pneumonie. Il taquinait volontiers sa cadette mais il savait se montrer protecteur et rassurant, parfois complice. Dans la cour, il la surveillait du coin de l'œil, prêt à intervenir en cas de besoin. Téméraire, elle n'hésitait pas à prendre des risques, et il l'avait souvent relevée en pleurs, les genoux et les coudes écorchés.

C'est lui encore qui avait calmé leur mère rendue furieuse par une incartade mémorable de sa fille. Ce jour-là, Marion avait été retenue après la classe et condamnée par la maîtresse à copier cent fois : « En classe, je ne me retourne pas et je ne bavarde pas. » La petite chipie assise derrière elle riait sous cape car elle était responsable de la punition : elle avait harcelé sa camarade de coups de pied dans sa chaise et de piqûres dans son dos avec son porte-plume, jusqu'à ce que la pauvre Marion, excédée, ne se retournât et lui intimât de cesser son manège. Las, elle s'était fait pincer ! Elle avait aggravé son cas, en protestant :

– C'est pas ma faute ! J'y suis pour rien, moi ! On m'a…

– On t'a quoi ? avait demandé l'institutrice en fronçant les sourcils.

Marion était restée coite ; il n'était pas dans ses manières de dénoncer quelqu'un, elle règlerait ses comptes plus tard ! Après le départ des autres élèves, elle s'était donc retrouvée seule dans la classe, devant son pensum. En sortant, Marcel lui avait fait un signe montrant qu'il était désolé et compatissait. Devant sa feuille, la petite fille ruminait sa rancœur. La maîtresse était partie mais elle allait revenir. Tout à coup, Marion saisit sa plume et écrivit ligne après ligne : « En classe, zut zut zut zut zut… » Elle remplit toute la page de sa trouvaille vengeresse et passa à la suivante. Au fil des minutes, la lettre z, écrite en cursive, grossissait, arrondissait de plus en plus sa panse. Au terme de la centième reprise, l'écolière regarda son œuvre et se sentit soulagée.

Maria, qui venait chercher sa fille, fut prise à témoin par l'institutrice de la scandaleuse conduite de sa fille. Le sang de la mère ne fit qu'un tour. Elle saisit l'insolente par l'oreille et la ramena à la maison sans desserrer les doigts, l'accablant de reproches et refusant de l'entendre. Plus tard, Marcel se glissa dans la chambre de sa sœur qui put enfin s'épancher.

Marion adorait son grand frère et lors de sa disparition, elle resta inconsolable.

Quand il tomba malade, elle ne s'inquiéta guère : il était grand, il était fort, indestructible, et leur mère avait des remèdes pour tout qui faisaient merveille. Le médecin vint à la maison et montra un front soucieux : en dépit de ce que pensait la tendre Marion, le garçon était fluet et le docteur craignit d'emblée qu'il ne résistât pas à une infection dont il soupçonnait la gravité. Il fit mille recommandations à Maria, qui savait déjà quoi faire.

Elle passa toute la journée et la nuit suivante au chevet de Marcel. On était encore en hiver mais il faisait chaud dans la chambre car à Paulilles, grâce à la Nobel, le charbon ne manquait à aucune famille et le poêle ronflait sans discontinuer. Maria accomplit les gestes qu'elle avait appris de sa propre mère, elle fit chauffer de vieilles espadrilles à semelle de corde et les posa sur la poitrine et les côtes de son enfant. Infatigable, elle remplaçait celles qui étaient devenues froides par d'autres qui attendaient sur le poêle puis elle recouvrait son petit, brûlant de fièvre. Les heures passaient. À un moment, sa respiration parut moins sifflante mais le répit fut de courte durée. Maria dut redoubler d'énergie et poursuivit durant des heures ses allers-retours entre le lit et le poêle.

Fascinée, Marion la suivait du regard puis elle finit par s'endormir. Quand elle s'éveilla, elle n'avait plus qu'un seul frère, Louis, de six ans son aîné. Au matin, Marcel s'était éteint, malgré les efforts désespérés de sa mère.

Chacun vécut sa peine à sa manière. Marion se précipita en larmes dans les bras de Maria qui pleurait en silence. Étienne, le père, se tenait raide, debout près de la porte, le visage fermé, d'une pâleur de craie. Louis qui, depuis quelque temps, se sentait devenir un homme, baissait la tête afin de garder pour lui son chagrin. Marie était venue dès le milieu de la nuit pour relayer sa fille auprès du petit malade. Mais Maria n'avait rien voulu entendre, comme si elle comprenait qu'elle ne devait pas perdre de vue son petit une seule seconde. La grand-mère se sentait envahie d'une rage froide. Elle avait cru en Dieu jusque-là mais en cet instant, elle se disait qu'il n'était pas possible qu'il existât ; sinon, comment avait-il pu permettre la mort d'un enfant de neuf ans ?

Ce jour et les suivants marquèrent de façon durable la petite Marion. Elle eut l'impression que la mort la poursuivait, l'assaillait de tous côtés car, dans les mois et les années qui suivirent, Paulilles perdit plusieurs des siens et, parmi eux, certains étaient des proches d'Étienne et Maria.

\ \ \

Quelques mois plus tard, Marion elle-même frôla la mort de près. Toute la classe attrapa la coqueluche. Les élèves « tombaient » les uns après les autres. La petite fille résista huit jours puis fut atteinte à son tour. Elle eut droit au traitement en vigueur à Paulilles : les fumigations du tunnel !

Maria l'emmitoufla dans son manteau à capuche, lui mit son bonnet rouge et son écharpe à rayures et en route ! Elles montèrent jusqu'à la voie ferrée en direction de Banyuls et se postèrent un peu en retrait à l'entrée du tunnel. Beaucoup d'ouvriers et d'ouvrières empruntaient quotidiennement cet itinéraire dangereux pour rentrer chez eux plus vite. C'était interdit mais les adultes passaient outre, profitant des heures où ne passait pas de train, du moins en principe, et progressant de refuge en refuge, dans l'obscurité et parfois la fumée. Il était strictement défendu aux enfants de s'aventurer par là. Quelques téméraires s'y étaient pourtant risqués parmi les plus grands mais ils ne s'en vantaient pas !

Marion savait d'avance ce qui l'attendait. Le train à vapeur de 11 heures 10 s'annonça bruyamment, son panache de fumée montait en volutes blanches. Dès qu'il fut passé, sa mère la poussa en avant :

– Allez, on y va !

Toutes deux pénétrèrent dans le tunnel envahi d'un brouillard cotonneux, en longeant le mur. Maria tenait sa fille par les épaules et la guidait devant elle.

– Respire bien ! La vapeur va te guérir !

Marion suffoquait et toussait de plus belle.

– Respire, respire, ma fille !

En ressortant sous le ciel bleu, Marion prit une grande inspiration d'air presque pur et gonfla sa poitrine. Aussitôt, elle se remit à tousser à ne plus pouvoir s'arrêter, elle en trépignait ! Ses yeux rougis la piquaient, la gorge lui brûlait mais sa mère avait l'air tellement convaincue de l'efficacité du remède qu'elle finit par l'être aussi.

Toujours est-il que dans les jours qui suivirent, après une ultime quinte de toux mémorable, désignée par Maria comme « le chant du cygne », Marion se sentit mieux et elle put retourner en classe une semaine plus tard !

– Tu vois, commenta Maria, c'est bien la preuve ! Tu es guérie !

Des dizaines d'enfants respirèrent les fumigations du tunnel mais Marion, devenue maman à son tour, se contenta de raconter la chose à sa fille sans mettre en application le traitement qu'elle avait subi après tant d'autres et avec tant de succès !

Les moyens mis en œuvre par les uns et les autres, de génération en génération, étaient certes insolites mais ils laissèrent des souvenirs impérissables à ceux qui les avaient vécus et ne s'en portèrent pas plus mal.

Marion n'oublia jamais les leçons de sa grand-mère herboriste. Elle adorait partir avec elle à la recherche de plantes médicinales, son panier au bras, réplique miniature de celui de Marie. Elle apprit ainsi à cueillir et conserver les fleurs de camomille qui ressemblaient à de petites marguerites.

– C'est souverain contre la fièvre, le mal de tête ou de dents, les courbatures et j'en passe. C'est bon pour tout !

Au printemps, les coucous faisaient de jolis bouquets mais Marie gardait presque toutes les fleurs jaunes avec leur corolle verte et les faisait sécher avant de les enfermer dans un bocal pour des infusions contre le rhume. Marion apprit tout cela et s'en souvint pour la vie. Devenue grande, elle s'émerveilla du savoir de son aïeule. Petite, c'était surtout la promenade et l'excitation de la recherche qui lui plaisaient. Sans s'en apercevoir, elle n'ignora plus rien des vertus de la menthe, de la bourrache, de la mélisse ou de la mauve. Elle sut soigner les plaies avec l'achillée à fleurs blanches, utilisée en emplâtre ou transformée en teinture-mère. Marion avait appris à couper finement les feuilles vertes, à les peser et à les recouvrir d'une quantité mesurée d'alcool.

– J'ai fabriqué la « peinture » de Iaia, disait-elle !

D'après Marie, on s'en était servi pour les blessés de la Grande Guerre et Marion ne se sentait pas peu fière en pensant qu'elle aurait été capable de soigner des soldats !

Les années passèrent et Marie sortit de plus en plus souvent sans sa petite-fille, lassée de ces cueillettes et plus encline à retrouver les amies de son âge pour jouer, danser ou bavarder. Les souvenirs émus reviendraient plus tard.

\ \ \

De nombreux nuages assombrirent le ciel de Marion, devenue une très jolie jeune fille qui aurait dû vivre son adolescence dans l'insouciance. L'ovale fin de son visage était mis en valeur par ses cheveux lissés en arrière et retenus en une longue queue de cheval châtain. Des fossettes creusaient ses joues au moindre sourire et ses yeux vifs vous regardaient bien en face. Un charme indéfinissable se dégageait de toute sa personne, peut-être à cause de l'élégance naturelle de sa silhouette longiligne et de ses gestes. La sardane, ronde traditionnelle des Catalans, se dansait de plus en plus souvent un peu partout et Marion se joignait aux danseurs, filles et garçons, dès qu'elle en avait l'occasion. Ses petits pieds chaussés des vigatanes lacées effleuraient le sol avec grâce et, le temps d'une ritournelle, elle s'oubliait dans un bonheur total, empreint de ferveur et de fraternité.

À la fin des années cinquante, fêtes et danses ne furent plus de mise à Paulilles qui vécut sa dernière grande tragédie meurtrière. Affolée, Maria crut perdre son mari et Louis qui travaillaient tous deux à « la montagne ».

Elle était chez elle quand les carreaux tremblèrent. Elle attendait ses hommes car l'heure du déjeuner approchait. Des débris de verre tombèrent par terre, d'autres furent projetés dans plusieurs directions. Un énorme champignon se forma aussitôt au-dessus de la dynamiterie. Dehors, des gens affolés couraient en tous sens, les uns vers la mer, d'autres vers les ateliers dans l'idée d'avertir ceux qui s'y trouvaient encore ou de porter secours. Maria allait de l'un à l'autre :

– Vous avez vu mon mari et mon fils ? Y a des blessés ?

Nul ne lui répondait ou alors par un geste d'ignorance. On voyait des ouvriers grimper sur les merlons. Le directeur accouru criait :

– Descendez ! Descendez, voyons ! C'est trop dangereux !

Il redoutait à chaque instant de voir exploser l'ensemble des ateliers.

Comme c'était l'heure de la pause de midi, beaucoup étaient en bas, à la cantine où se trouvaient aussi des écoliers. La peur précipita les adultes sur les enfants pour les protéger et les entraîner à l'écart mais il n'y eut que quelques écorchures dues aux éclats de verre brisé.

On a d'abord dit que la première explosion s'était produite là où on fabriquait les cartouches : deux ou trois seraient restées dans la paraffine qui se serait enflammée. Un moment, on crut même que la chaudière de la centrale avait éclaté. On conclut plus tard que le feu était parti d'un wagonnet rempli de dynamite tout près de la zone d'emballage ; s'en étant aperçu, le convoyeur avait prévenu les ouvriers présents qui s'étaient enfuis vers la plage ; mais lui-même avait continué d'alerter tous ceux qui étaient à proximité et n'avaient pas eu le temps de se sauver. Par son sacrifice, il avait sauvé la vie de nombreuses personnes. Hélas, il laissait derrière lui une femme et sept enfants dont le dernier était encore un bébé.

Maria croisa deux femmes hébétées, que le souffle avait presque complètement déshabillées. On cherchait de quoi couvrir leurs corps à demi-nus. Enfin elle vit venir vers elle son fils, indemne mais choqué. Ce fut lui qui la conduisit auprès d'Étienne blessé. Son visage couvert de sang était impressionnant et il fallut enlever les éclats de verre incrustés dans la chair. Sa blessure à la cuisse, très profonde, était plus inquiétante et surtout il avait perdu plusieurs doigts de la main droite. Maria était si soulagée de le retrouver en vie qu'elle ne perçut pas immédiatement les conséquences qu'aurait l'accident sur leur vie future. Elle l'avait pris dans ses bras et voulut le serrer contre elle. On l'écarta car un brancard arrivait pour lui.

Elle se releva et aperçut un homme qu'elle ne reconnut pas tout de suite. Il était allongé sur le sol, les deux jambes en sang. On l'avait traîné à l'écart et l'on voyait sur le sol les traces ensanglantées qui serpentaient depuis l'atelier qu'il s'apprêtait à quitter au moment de l'accident.

– C'est là que ça a sauté ?

– Non, c'est à l'encartouchage, enfin je crois.

Les commentaires allaient bon train, parfois contradictoires. On racontait que deux ateliers voisins avaient sauté à quelques instants d'intervalle. L'explosion avait été si forte que toutes les vitres alentour avaient été brisées. On entendait le verre continuer à tomber en cascade.

– C'est un four là-dedans ! Pas étonnant que ça pète !

Henri savait de quoi il parlait : sa femme travaillait au paraffinage ; heureusement, c'était sa pause, elle était sortie. Elle avait souvent parlé à son mari de la terrible fournaise dans laquelle elle passait des heures à plonger des grilles sur lesquelles reposaient les cartouches terminées dans la cuve de paraffine chauffée à cent degrés. Parfois les cartouches tombaient quand on les retirait du bain pour les faire sécher sur les planches. C'était dangereux, il fallait les remettre en place à l'aide de la pince prévue à cet effet. À chaque fois, on avait un coup au cœur, l'émotion était vive, personne ne s'habituait mais on devait continuer et redoubler de vigilance.

Que s'était-il passé ? Une étincelle ? Un embrasement soudain ? Dans ces cas-là, les paraffineurs avaient à peine le temps de fuir, soutenant les camarades blessés et il y en avait toujours.

Cette fois, c'était Vincent qui était salement touché. On s'activait autour de lui. Il était inconscient heureusement. L'infirmière de Paulilles était accourue et les secours étaient intervenus rapidement. Déjà la civière s'éloignait vers l'ambulance prête à démarrer. Les grilles de l'usine avaient été fermées pour raisons de sécurité mais aussi pour compter ceux qui étaient à l'intérieur et en déduire avec exactitude qui se trouvait à « la montagne » à l'instant critique. Juste derrière attendait la foule des parents et des amis.

On avait entendu l'explosion depuis Banyuls. Dans nombre de maisons, les portes s'étaient ouvertes toutes seules. Les habitants s'étaient rués dehors et ils avaient vu au loin le champignon s'élever dans le ciel. Marion était parmi eux. Affolés, hommes et femmes s'étaient entassés dans des voitures qui avaient convergé vers Paulilles. La jeune fille ne trouva place dans aucune. Malade d'inquiétude, elle prit le chemin du retour à pied, courant à en perdre haleine. Et maintenant, tous étaient là, agglutinés. L'angoisse se lisait sur les visages. Des mains s'accrochaient aux barreaux, des appels fusaient.

– J'habite là ! hurla Marion qui venait de se frayer un passage. Je vous en supplie, laissez-moi entrer, mes parents et mon frère sont à l'intérieur.

– Tout à l'heure. Pour l'instant, on n'entre pas.

– Qu'est-ce qui s'est passé ? Pourquoi on ne nous dit rien ?

Les gens protestaient, quémandaient des informations qui ne venaient pas.

Le portail s'ouvrit soudain pour laisser passer une seconde ambulance. Les gens massés les uns contre les autres s'écartèrent avec lenteur. Plus un mot, on espérait secrètement que ce n'était pas trop grave mais surtout on voulait savoir qui c'était et en même temps on redoutait de l'apprendre. Marion suivit des yeux le véhicule sans voir son père qui gisait à l'intérieur.

Quand enfin elle retrouva son frère après une attente interminable, il ne put que lui apprendre la triste nouvelle. Tous deux s'accrochèrent à l'idée qu'Étienne était en vie.

La mort héroïque du convoyeur était sur toutes les lèvres. Soudain, Marion craqua. Elle s'effondra, pleurant et murmurant des mots sans suite. Elle repensait à son frère disparu si jeune. Elle eut peur rétrospectivement à l'idée qu'elle aurait pu aussi perdre Louis et fut prise d'une véritable crise nerveuse qui la faisait trembler des pieds à la tête. Marie appelée à la rescousse lui fit boire une tisane de sa composition. Par la même occasion, elle en porta plusieurs tasses à celles qui, comme sa petite fille, avaient été ébranlées par l'événement.

...

A l'hôpital, Vincent n'avait pas repris pleinement conscience. Il ouvrait parfois les yeux mais pour les refermer aussitôt avec une crispation de tout le visage qui bouleversait Jeanne, assise à ses côtés depuis des heures. Elle ne reconnaissait plus son époux : il était si pâle, les traits creusés, la bouche pincée. Elle aurait tant voulu qu'il lui parlât. Le silence qui régnait dans la chambre blanche lui pesait. Elle se sentait seule, désemparée.

– Estimez-vous heureuse, lui dit une infirmière : il est vivant, lui ! Il s'en sortira.

Il était vivant, mais dans quel état ! Comment réagirait-il quand il comprendrait qu'il avait perdu sa jambe ? Il avait fallu l'amputer au-dessus du genou et Jeanne fixait sans fin le drap aplati le long de la jambe encore valide. Tout à l'heure, elle avait passé sa main, lissé le tissu, sans oser remonter jusqu'au renflement de la cuisse, énorme à cause du bandage. Elle ne pleurait pas, elle ne voulait pas penser à ce qui se passerait le lendemain, dans les semaines et les mois qui suivraient.

Elle ne voulait pas penser mais son esprit vagabondait tout seul. Le ciel de novembre pesait sur la ville, un ciel plombé, en harmonie avec le cœur trop lourd de Jeanne.

Elle revoyait ce beau dimanche de la fin octobre, si ensoleillé qu'on se serait cru encore en été. Dès le matin, Vincent tout guilleret avait annoncé son intention :

– Un temps superbe aujourd'hui ! J'ai des fourmis dans les jambes. Je crois que je vais partir faire une grande balade là-haut.

Soulevant le rideau de la fenêtre, il regardait les Albères qui alternaient ombre et lumière sous un bleu parfait. Depuis l'enfance, il aimait, chaque fois qu'il en avait l'occasion, arpenter sa montagne en solitaire.

Elle avait froncé les sourcils et il avait réagi avec vivacité :

– Faut que je respire ! J'ai besoin d'air pur ! Tu ne te rends pas compte de ce que j'endure tout au long de la semaine, dans mon atelier surchauffé. J'étouffe !

Mais Jeanne ne l'entendait pas de cette oreille :

– Et la porte de l'appentis alors ? Tu m'avais pourtant promis ! ça fait des semaines qu'elle brinquebale. Chaque fois que j'ouvre, je m'attends à ce qu'elle me tombe dessus !

– Je sais. Mais écoute, pas aujourd'hui ! J'ai besoin de marcher !

Rien à faire. C'est qu'il était têtu ! Malgré son insistance, il était parti après s'être lui-même préparé son casse-croûte. Furieuse, elle s'était détournée quand il avait voulu l'embrasser. Elle avait ruminé ses griefs toute la journée.

Maintenant elle regrettait. Que n'aurait-elle pas donné pour le voir à nouveau s'éloigner d'un pas régulier, son bâton à la main, sa musette à l'épaule. Elle fermait les yeux pour mieux évoquer sa silhouette d'homme vigoureux tant de fois aperçue de la fenêtre de sa cuisine. C'était terminé. Jeanne savait d'avance que son désespoir n'était rien en comparaison de celui qui submergerait Vincent quand il saurait la vérité, quand il se découvrirait estropié, condamné à jamais à évoluer dans un minuscule périmètre, lui qui ne supportait pas d'être privé d'espace plus de quelques jours.

Et pour son travail, que se passerait-il ? À l'usine, on n'abandonnait personne. Il serait recasé ailleurs, la famille serait aidée. Le problème n'était pas là. C'était plutôt que Vincent était fier et n'accepterait pas ce qu'il considèrerait comme une déchéance. Jeanne se préparait aux longues discussions, aux regards sombres et aux rebuffades. Il était brave, son homme, un profond attachement les unissait mais il avait son caractère et on n'en faisait pas forcément ce qu'on voulait, elle en savait quelque chose !

Vincent ne bougeait pas, dans une attitude d'abandon qu'elle ne lui connaissait pas et qui lui faisait peur. Elle se sentait seule mais préférait que nul ne vînt s'interposer entre le blessé et elle, même si c'était pour apporter du réconfort.

La porte s'ouvrit pourtant : une infirmière entra sans un mot et s'approcha du lit. C'était celle qui l'avait rabrouée tout à l'heure. Elle ouvrit le drap et l'énorme bandage apparut, d'une éclatante blancheur. Sous la main experte qui faisait son travail, Vincent tressaillit et Jeanne avec lui. C'était déjà fini. La femme en blanc était repartie.

Alors, alors seulement, des larmes perlèrent aux yeux fatigués de Jeanne et roulèrent sur ses joues, étoilant sa jupe sombre de gouttes brillantes.

À nouveau, trois petits coups discrets à la porte. Contrariée, Jeanne murmura « Entrez. » Le visage tiré de Maria apparut. Marion l'accompagnait. Elles étaient venues voir Étienne qui occupait une chambre à l'étage en-dessous. Jeanne et Maria étaient amies de longue date. Elles étaient aussi voisines car les deux familles habitaient dans la même caserne.

Les arrivantes s'approchèrent du lit sans faire de bruit. Peu de paroles furent échangées, à quoi bon ? Les trois femmes étaient unies dans une détresse muette. Les blessures d'Étienne étaient multiples mais moins graves que celles de Vincent. Marion en prit conscience et eut honte de sa faiblesse.

Maria et sa fille attendirent Jeanne pour rentrer car elle voulait rester près de son mari jusqu'au dernier moment. Dans les semaines qui suivirent, elle revint à son chevet dès qu'elle le put. Chaque fois, le personnel de l'hôpital fut obligé de lui dire de partir parce que l'heure des visites était dépassée.

\ \ \

À Paulilles, les habitants présents sur le site le jour de l'explosion n'arrivaient pas à se remettre, que l'un des leurs eût été blessé ou non. Quant à ceux qui pour une raison ou pour une autre avaient été absents, comme Marion, ils se sentaient coupables d'avoir été loin au pire moment. Le désarroi était profond. La nervosité de la direction et de tout l'encadrement ajoutait à la tension générale.

Et pourtant, il fallut bien envisager l'avenir. Impossible de se remettre au travail, les dégâts étaient trop importants. L'ensemble des ouvriers se retrouva au chômage. Désœuvré, Louis errait sur le site, à la recherche de compagnons de son âge. Ensemble, ils allaient aux informations. Comme il avait été décidé de rebâtir l'usine, il y eut à nouveau du travail et ce fut un soulagement. La reconstruction dura près d'un an. Entretemps, la production avait repris mais organisée différemment avec des équipes du matin et des équipes de l'après-midi.

On embaucha d'ailleurs de nouveaux ouvriers. Car, parmi les anciens, tous ne voulurent pas revenir. Ils ne se sentaient plus capables d'affronter la menace permanente. Avant l'explosion, ils étaient conscients des risques encourus mais ils les assumaient. Après l'avoir vécue, la charge d'angoisse devint insupportable, non seulement pour eux mais aussi pour leurs épouses, leurs maris et leurs enfants.

Maria aurait bien voulu que son fils trouvât un autre emploi mais Louis objectait :

– Que veux-tu que je fasse ? Je ne sais rien faire d'autre ! Et puis, les conditions ont changé, les mesures de sécurité ont été renforcées. Je ne me fais pas de souci.

Ce qu'il ne disait pas, c'est que, de toute façon, vu l'état dans lequel se trouvait son père, même avec l'aide allouée par l'usine, ce n'était pas le moment de renoncer à un travail bien payé.

Quant à Marion, qui n'avait que seize ans, elle se sentait dépassée par la situation. Elle entourait Étienne de tout son amour filial et elle accompagnait souvent sa mère chez Jeanne. Vincent était lui aussi rentré à la maison, abattu, diminué physiquement et moralement. Il fallait soutenir le couple par tous les moyens. La solidarité ouvrière jouait à plein. Le village entier faisait bloc autour des plus éprouvés.

L'explosion de 58 demeura dans les mémoires. Ni Marion ni aucun habitant du hameau, grand ou petit, n'oublièrent jamais. Plus rien ne pouvait être comme avant pour personne.

De nombreux changements s'ensuivirent, à commencer par le déménagement de toutes les familles qui habitaient encore à proximité de l'usine. Elle rejoignirent dans de nouvelles casernes celles qui vivaient de l'autre côté de la route, près de la voie ferrée. Plus personne n'habita désormais dans l'enceinte de la dynamiterie.

Ce fut un déchirement pour Marion qui eut l'impression d'abandonner son enfance. Pourtant, les lieux n'étaient pas si éloignés l'un de l'autre, mais plus question d'entendre bruire le vent dans les pins ni la mer murmurer sans fin ou se jeter avec fracas contre les rochers.

D'autres chagrins l'attendaient. Et comme la vie est faite de hauts et de bas, il y aurait à nouveau pour elle comme pour tous les habitants de Paulilles des rires, des étés insouciants et des joies.

...

11

Depuis que Marion avait décroché son BEPC, elle rêvait de se faire embaucher à la Poste, si possible à Port-Vendres ou Banyuls. Sa mère, très fière, avait dit à tout le monde que sa fille avait son brevet ! Mais pour elle, l'idéal était désormais qu'elle trouvât un bon mari, doté d'un emploi stable, si possible hors de Paulilles où les métiers étaient trop dangereux et sources d'angoisse pour les femmes, elle était bien placée pour le savoir.

Marion ne l'entendait pas de cette oreille. Elle lisait les journaux, elle écoutait la radio, elle parlait avec d'autres jeunes filles ou jeunes femmes. À l'usine même, les ouvrières assumaient des tâches difficiles et, quand c'était nécessaire, faisaient valoir leur compétence. Le mot « émancipation » ne faisait certes pas partie du vocabulaire de la jeune fille mais elle entendait parler d'aspirations féminines à ne plus être tenues à l'écart de la marche du monde et à ne plus être cantonnées dans les seuls rôles d'épouse et de mère.

Elle ne connaissait pas non plus le nom de Simone de Beauvoir et encore moins son livre *Le deuxième sexe*, mais une phrase entendue l'avait frappée : « On ne naît pas femme, on le devient. » Après réflexion, elle en avait conclu que « naître femme » n'était pas une fatalité et qu'elle pouvait s'affirmer aussi bien qu'un homme, sans rien se laisser imposer. Il lui arrivait d'en parler avec sa grand-mère qu'elle aimait et qu'elle admirait. Marie avait traversé deux guerres et ce qu'elle racontait de la première impressionnait Marion.

– Tu sais, disait-elle, les femmes ont toujours été à la hauteur quand il le fallait. Elles ont remplacé les hommes partis au front, même moi qui n'étais guère plus vieille que toi en ce moment.

Et elle encourageait sa petite-fille à aller de l'avant, à s'affirmer, toute femme qu'elle fût.

Cela n'empêchait nullement Marion de rêver du grand amour. Elle lisait aussi *Intimité* et *Nous deux* ! Elle s'imaginait volontiers épousant le prince charmant. Quant à l'idée d'avoir un jour des enfants à chérir, elle l'envisageait tout à fait, mais pour plus tard !

Dans ces conditions, travailler à Port-Vendres, dans une administration ou à la Poste, lui paraissait un moyen d'acquérir une certaine indépendance à laquelle elle aspirait de tout son être. La réalité s'avéra toute autre et les rêves de Marion comme ceux de sa mère s'envolèrent après la mort brutale d'Étienne.

Plusieurs mois s'étaient écoulés depuis la terrible explosion, il s'était remis de ses blessures. Il gardait une longue balafre sur la cuisse et des cicatrices qui dessinaient sur son visage une foule de petits lignes mais ce n'était rien d'autre pour lui que les marques somme toute légères d'une tragédie dont il avait réchappé, alors qu'un ami de longue date y avait laissé la vie. En revanche, il n'avait pu s'habituer à la perte de ses doigts qui lui avait interdit le retour à son poste de machiniste à la Flottmann[1] . La direction lui avait trouvé un emploi de magasinier mais, outre que le salaire était moindre, il se sentait en état d'infériorité et il s'ennuyait dans un métier qui n'était pas le sien.

Maria, en revanche, se félicitait que son mari fût définitivement écarté de la dynamiterie. C'était bien assez qu'elle eût encore à trembler pour Louis. Chaque matin, quand elle voyait partir son fils, elle ne pouvait s'empêcher de se demander si elle le reverrait entier. Lui avait retrouvé sa gaieté de jeune homme intrépide tandis qu'elle ne pourrait plus jamais se départir de l'angoisse qui désormais faisait corps avec tout son être.

Étienne non plus n'était plus le même mais elle refusait de le reconnaître. Pour mieux s'en convaincre, elle se répétait qu'il lui fallait le temps de s'habituer à son nouvel emploi, voilà tout. Attentive à sa santé, à son confort, elle laissait passer les jours et se sentait rassurée. La direction, les ingénieurs, les contremaîtres, tous avaient été si gentils avec eux. Elle leur en était reconnaissante et répétait que non, vraiment, ils n'avaient pas à se plaindre.

Étienne ne se plaignait pas. Il se renfermait sur lui-même, sortant peu, si ce n'est pour se rendre au Magasin Général, proche de la caserne où vivait la famille depuis le déménagement. Comme Marion, il avait eu du mal à s'habituer au nouvel appartement, pourtant aussi spacieux que le précédent et plus clair car toutes les peintures avaient été refaites.

1 Flottmann : machine automatique qui servait à l'encartouchage de la dynamite gomme ou de la tolamite.

Ce n'était pas une page de sa vie qui avait été tournée, c'était tout un livre et il ne pourrait plus le rouvrir.

Louis était un homme maintenant. Il devenait de plus en plus indépendant. Quant à Marion, elle changeait de jour en jour ; elle restait une gentille fille mais elle avait pris du bec et, de temps à autre, il aurait fallu qu'Étienne la rappelât à l'ordre ; il n'en avait plus le courage. Durant l'été 59, il supporta très mal la chaleur qui, cette année-là, écrasa tout le département. Il fut victime de malaises à répétition, « sans gravité », commenta le médecin qui lui recommanda de boire beaucoup d'eau et de se tenir à l'ombre.

C'est aussi cette année-là que Marion réussit à entraîner sa mère à la plage et Maria, d'abord intimidée car elle n'avait guère été au bord de la mer que pour des pique-niques, prit goût aux baignades qui rafraîchissaient autant le corps que l'esprit.

Un soir, elles rentrèrent plus tard que d'habitude. La canicule avait été telle qu'elles avaient voulu profiter de la fin du jour. Elles trouvèrent le pauvre Étienne effondré dans son fauteuil préféré, la tête et la poitrine penchées en avant. Affolées, les deux femmes se précipitèrent vers lui. Quand Maria lui souleva le menton, sa tête bascula vers l'arrière.

– Il ne respire plus ! Vite, appelle quelqu'un !

Marion était déjà partie chercher des voisins ; par malchance, son frère n'était pas là. On allongea Étienne sur son lit. Le médecin, qui venait de Port-Vendres, mit un certain temps à arriver. Maria n'en pouvait plus d'attendre. Quand enfin il se pencha sur le malheureux, il n'y avait plus rien à faire. Étienne avait succombé.

– Crise cardiaque, conclut le praticien.

Marion regardait son père et elle lut sur son visage cireux la détresse accumulée des dix-huit derniers mois écoulés. Elle comprit que l'explosion avait fait une victime de plus. Maria aussi le savait, qui le lendemain dit à ses enfants :

– Tout le monde a cru qu'il était guéri mais ce n'était pas vrai. Il ne s'est jamais remis.

Marie ne fit aucun commentaire mais toutes ses pensées s'envolèrent vers Augustin, mort deux ans seulement après son retour de la Grande

Guerre. Et elle pensa que, décidément, les hommes étaient plus fragiles qu'il n'y paraissait, en tout cas, plus que les femmes capables de résister aux coups les plus durs.

\ \ \

Des disparitions subites ou prématurées, à Paulilles, il y en avait eu beaucoup. Étienne n'avait pas cinquante ans. Bien souvent, c'étaient des hommes et des femmes beaucoup plus jeunes qui décédaient plus ou moins brutalement. On chantait à l'usine ou dans les casernes, on riait, on s'amusait à la moindre occasion, le hameau résonnait de voix d'enfants heureux de vivre. Mais la mort surgissait soudain, donnant l'impression d'emporter au hasard l'un ou l'autre.

C'était un arrêt du cœur inattendu chez une femme de trente-cinq ans, la chute d'un homme de quarante qui tombait raide mort dans la rue, une mère de famille atteinte de saturnisme, qui s'affaiblissait jusqu'à en mourir pour avoir remué du coton azotique dans des bacs en plomb. On ne parlait pas encore de maladies professionnelles mais ouvriers et ouvrières savaient bien, eux, que le plomb, la poudre et le glycol tuaient lentement.

« Le mal d'usine », Maria ne le connaissait que trop. Victime de plusieurs crises, elle avait failli y rester. Après la guerre, Étienne n'avait plus voulu qu'elle continuât. Marion était toute petite et les deux garçons pas bien vieux. Elle avait d'abord tenu bon, obstinée, malgré l'avis du médecin qui, à chaque fois, la mettait en garde et lui prédisait le pire.

Jusque-là, elle faisait comme les autres, comme sa propre mère avait toujours fait. Elle emportait chez elle un mouchoir imprégné de « matière », surtout en fin de semaine, et elle le respirait de temps en temps à la maison, pour être d'attaque le lundi matin. Sinon, elle n'était bonne à rien. Elle avait beau boire du lait en quantité, des nausées la prenaient et il fallait absolument qu'elle quittât l'atelier pour aspirer des goulées d'air pur et retrouver ses esprits.

Un après-midi que la chaleur avait été particulièrement éprouvante et qu'elle se sentait encore plus mal que d'habitude, elle était sortie s'allonger dehors, derrière l'atelier. Comme elle ne revenait pas, quelqu'un était allé voir et l'avait trouvée évanouie. Elle semblait avoir rendu son dernier souffle. Plusieurs gifles énergiques marbrèrent ses joues et sa respiration repartit mais elle ne revenait à elle que quelques instants pour sombrer à nouveau. Ramenée à la maison, elle fut veillée toute la nuit par le médecin. Ce fut lui qui, quelques jours plus tard, prodigua un ultime avertissement :

– Elle revient de loin. Il faut arrêter. Ne tentez pas le diable.

Toujours aussi têtue, Maria voulut retourner au travail mais Étienne avait eu trop peur et les garçons avec lui, qui avaient cru leur maman morte en la voyant inconsciente des heures durant sur son lit. Louis et Marcel supplièrent, Étienne se fâcha. Maria renonça, mortifiée, car sa mère, contrairement à elle, gardait le cap et continuait, chaque jour, à prendre le chemin de l'atelier.

Elle n'était plus toute jeune, Marie, elle avait dépassé le demi-siècle. Mais elle était vaillante et résistait mieux que les plus jeunes. Elle n'en tirait aucune gloire et s'estimait chanceuse de pouvoir travailler comme elle l'avait toujours fait. Ce métier difficile, elle l'aimait. Quand elle se trouvait au milieu de ses compagnes, échangeant confidences et plaisanteries, affrontant ensemble les coups durs, chacune partageant les joies et les peines des autres, elle se sentait dans son élément.

– Jamais je n'aurais voulu faire autre chose ni quitter Paulilles, racontait-elle à Marion. J'ai connu là de belles heures, tu sais, malgré les difficultés et peut-être à cause d'elles. On est comme des sœurs ici et pourtant, quelquefois, on se chamaille, on se fâche ! Ça ne dure pas, on se réconcilie toujours et c'est comme si on était encore plus unies ! Va expliquer ça ! Seulement ta mère, dès le début, elle a eu du mal à s'habituer. Qu'est-ce qu'elle a été malade ! C'est moi qui lui ai appris et elle a tout de suite pris le coup, je m'en souviens bien !

Est-ce à force de l'entendre que Marion changea d'avis ? Le poste qu'elle espérait à Port-Vendres ne se libérait pas et surtout, désormais, il n'y avait plus que la paie de Louis et une petite pension allouée à sa mère après le décès du père. C'était trop juste pour vivre. Il fallait tout le temps compter. La jeune fille se décida presque du jour au lendemain.

Et à son tour, elle devint encartoucheuse. Enfin, c'est sous cette appellation qu'elle fut embauchée mais elle, elle disait « cartouchière », comme les autres ouvrières !

– Je vais te mettre avec ta grand-mère, lui dit le contremaître. Tu ne pourras pas avoir meilleure formatrice.

Quand Marie, debout dans l'atelier, vit entrer Marion pour la première fois, toute menue dans sa blouse et tout intimidée, elle fut émue. Elle se doutait que Maria n'était pas d'accord et au fond d'elle-même, elle aurait préféré que sa petite-fille travaillât ailleurs. Mais elle ne pouvait s'empêcher d'être fière qu'une vraie fille de Paulilles, une fille de la quatrième génération, apprît le métier. En tant qu'ancienne, elle travaillait à la gomme[1] mais elle avait obtenu de revenir à la poudre[2] où on mettait toujours les nouvelles, le temps d'initier sa petite. Ensuite, on verrait comment les choses se présenteraient. Si Marion se débrouillait bien, apprenait vite, peut-être Marie pourrait-elle l'emmener avec elle à la gomme.

La bonne surprise fut que Marion n'eut pas de malaise comme en avait eu sa mère dès ses débuts. Juste un peu mal à la tête en rentrant le soir. Mais elle n'en soufflait mot et ce n'était jamais bien méchant. Au bout d'un mois, elle ne ressentit plus rien, même le lundi !

– Tu es comme moi, disait Marie. Les sales caboches comme nous, ça résiste mieux !

Marion riait, insouciante et complice d'une grand-mère qu'elle avait tendance à considérer comme une copine. La « copine » la mit au pas dès les premiers jours, autoritaire et exigeante avec elle comme elle l'aurait été avec n'importe quelle novice. La jeune fille s'appliqua, désireuse de ne pas décevoir celle à qui elle vouait une admiration sans bornes. Elle était habile et intelligente. Elle apprit vite au point de devenir une des meilleures. Sa grand-mère se garda de trop la complimenter, tout en pensant par devers elle que bon sang ne saurait mentir.

Marion n'eut pas son pareil pour rouler en un tour de main la cartouche en papier ou pour la bourrer prestement. Sur son carnet, les quantités réalisées augmentèrent de jour en jour et elle réussit de jolies performances. En revanche, Marie ne réussit pas à obtenir qu'elle passât à la gomme au moment où elle, elle y retourna.

Elles ne se retrouvèrent ensemble qu'au terme de plusieurs mois.

1 Gomme : dynamite qui contenait plus de 60% de nitroglycérine.
2 Poudre : on parlait aussi de pulvérulent, dynamite spéciale utilisée, entre autres, dans les mines de charbon ou de fer.

12

– La… la la la la la…la la la la…la la la la la… Gondolier, T'en souviens-tu, Les pieds nus, Sur ta gondole…

Marion chantait, sa voix juvénile montait dans la baraque et courait dans l'allée. Toutes les ouvrières l'entendaient et se sentaient l'âme plus légère :

– Ça y est, la voilà lancée !

Annette, un peu plus loin, reprenait le refrain de son amie comme si c'était un signal. Ces deux-là adoraient chanter, surtout les chansons de Dalida. À chaque occasion, Marie ou Maria achetaient pour elles des partitions à un vendeur ambulant de Banyuls. Dès qu'elles les avaient ramenées, les deux jeunes filles s'en emparaient. Elles apprenaient les paroles par cœur et avaient vite fait d'attraper l'air, rien qu'en écoutant la radio. Elles possédaient tout un répertoire qu'elles renouvelaient au gré de la mode ou de leur fantaisie. Et puis il y avait les éternelles, les incontournables qu'on leur demandait souvent et qu'elles offraient volontiers à leurs auditeurs parfois tout émus.

– Eh Marion ! Y a longtemps que tu nous as pas chanté *Les feuilles mortes*.

Et Marion chantait *Les feuilles mortes* ou *La complainte de la butte*.

Pendant ce temps, les doigts s'activaient et, dans le pétrin, les cartouches terminées s'entassaient de plus en plus vite.

Il arrivait qu'à force de s'égosiller, la voix de Marion ou d'Annette s'éraillât. Des éclats de rire moqueurs fusaient et les chanteuses n'étaient pas les dernières à s'esclaffer. Elles en oubliaient leurs ongles jaunis et leurs mains rongées par la « matière » à force d'appuyer dessus pour fermer les cartouches. Le travail à mains nues était encore de mise et il ne serait venu à l'idée de personne que porter des gants aurait été une sage précaution.

Marion enfant avait vu sa mère pleurer de douleur, tenant sa main en l'air, même couchée, les doigts écartés dans l'espoir de se soulager un peu. Elle l'oublia et ne s'en souvint que le jour où, à son tour, elle dut aller trouver l'infirmière pour qu'elle lui passât un peu de sa pommade miracle, d'autant plus efficace qu'elle était accompagnée de paroles de réconfort. La jeune fille, qui pourtant souffrait, ne put s'empêcher de sourire en constatant qu'elle avait les doigts encore plus jaunes après qu'avant !

– Demande à Marie de te préparer son onguent, elle a plein de secrets, ta grand-mère, pour tout soigner ! Des fois, c'est bizarre, mais pour les mains, elle arrive à soulager.

– Son horrible cataplasme ?

– Horrible, horrible, tu exagères ! C'est une sorte d'emplâtre qu'elle fabrique en mélangeant toutes sortes de plantes.

– Ça sent pas toujours très bon !

– Pourtant, vu ce qu'elle met… Je crois qu'elle m'a parlé de sauge, de millepertuis, de camomille, d'églantier, de lavande… je dois en oublier !

– Oui, mais elle ajoute de l'huile d'olive partout !

– Faut bien lier le tout ! Essaie, tu verras bien. Ça a réussi à beaucoup, à commencer par elle et, ma foi, je lui ai toujours vu les mains en meilleur état que celles de vous autres !

En quittant l'infirmerie, Marion prit le chemin du retour. Sa journée était terminée. Elle était de l'équipe du matin, celle qu'elle préférait. Il fallait commencer tôt, dès six heures, mais à deux heures de l'après-midi, elle était libre. La plupart n'aimait pas être de la seconde équipe car cela voulait dire : travailler jusqu'à dix heures du soir. Le temps paraissait plus long, c'était dur de finir aussi tard. Heureusement, les horaires changeaient par alternance, sinon il y aurait eu des disputes et des jalousies.

\ \ \

Marion n'aimait pas les chamailleries. Elle faisait tout pour les éviter. Par tempérament, elle préférait éviter les conflits et elle pouvait se montrer conciliante si nécessaire. Mais de là à se laisser marcher sur les pieds ! Pas question ! Elle se mit à parler tout haut :

– Si elle croit que je vais me laisser faire ! Elle va apprendre à me connaître, la Josette !

On peut être gaie, aimer la vie et les chansons sans pour autant accepter tout et n'importe quoi. Sous le coup de la colère, Marion marchait de plus en plus vite, tout en continuant à maugréer. Quand elle arriva, sa mère vit tout de suite que quelque chose n'allait pas. Elle n'eut pas besoin de poser beaucoup de questions. Sa fille lui confia aussitôt ce qu'elle avait sur le cœur. Depuis l'enfance, elle avait toujours eu ce trait de caractère. Elle était entière et limpide, un peu vive parfois, « soupe au lait » disait son père, mais d'une telle droiture et d'une telle spontanéité que ses parents savaient à quoi s'en tenir, en toutes circonstances.

Josette était entrée à l'usine comme cartouchière à la même époque que Marion et elles avaient le même âge à quelques mois près. Autant Marion s'était vite adaptée à cette tâche ingrate, autant Josette avait eu du mal. Elle était la fille d'un contremaître, à la fois craint et respecté. Ce n'était pas facile à vivre pour elle car dans l'atelier elle cessait d'être sa fille. Elle s'adressait à lui en l'appelant « Monsieur », il semblait l'ignorer mais, en fait, il était plus sévère encore avec elle qu'avec les autres ouvrières, jeunes ou moins jeunes. Parfois, il était à la limite d'être injuste. À cela s'ajoutait que la pauvre Josette n'était ni très habile, ni très rapide. Elle se protégea comme elle pouvait et jugea que l'attaque était la meilleure défense.

Comme tout se passait au mieux pour Marion, elle lança quelques piques et les multiplia quand elle vit que c'était sans effet : Marion avait quitté l'atelier en douce à deux reprises tel jour… tel autre elle s'était arrêtée de travailler pour danser en chantant et faire rire tout l'atelier… elle se débrouillait pour ne rien ranger à la fin de la journée…

– Ce sont des enfantillages, disait Marie, venue à la rescousse de Maria, pour calmer sa petite-fille très remontée.

– Laisse dire, elle s'arrêtera d'elle-même, renchérissait la mère.

Mais Josette continuait ses mesquineries. Cela n'avait eu aucune conséquence pour Marion, preuve que le contremaître savait relativiser ce que lui disait sa fille. Et c'est elle qu'il changea d'atelier.

Depuis peu, Marion apprenait à travailler à la machine et elle redoublait d'efforts pour être à la hauteur. Comme ce travail se faisait à deux, elle avait eu la joie de se retrouver en couple avec sa grand-mère. La machine en question envoyait la pâte dans la cartouche que Marie tenait en-dessous jusqu'à ce qu'elle fût remplie ; elle coupait alors le « boudin » puis Marion récupérait la cartouche pleine, la tassait et la fermait. Il fallait faire vite car la machine était sans indulgence et n'attendait pas. Au bout d'un moment elles intervertissaient les rôles.

Josette qui n'avait pas renoncé à ses attaques prétendit que, la veille, Marion avait gardé ses boucles d'oreilles cachées sous ses cheveux, faisant ainsi courir des risques à tout le monde au cas où elles seraient tombées dans le mécanisme. Marion, appelée par son chef, dut protester de son innocence et se permit de hausser le ton, ce qui lui valut une réprimande. Marie, scandalisée, hésita à intervenir puis vint finalement à son aide. La vieille ouvrière sut trouver les mots justes et surtout son ancienneté, sa droiture et sa compétence parlèrent pour elle. L'affaire en resta là. Mais on pouvait comprendre que Marion eût du mal à la digérer, bien que toutes ses compagnes fussent venues tour à tour l'assurer de leur soutien.

L'une d'elles – et elle aurait mieux fait de se taire – confia à Marion que Josette allait partout disant qu'elle bénéficiait de favoritisme grâce à sa grand-mère. Ce fut la goutte d'eau qui fit déborder le vase. Voilà pourquoi, ce soir-là, encore plus que d'habitude, Marion ne décolérait pas.

– Tu en verras d'autres, soupira Maria. Des jalousies, des bêtises de ce genre, il y en a toujours eu et il y en aura d'autres. Alors, autant t'y faire tout de suite et ne pas te rendre malade pour rien. Ça n'en vaut pas la peine et dis-toi que tu fais plaisir à Josette en montrant que cela te touche !

Maria avait raison mais quand on n'a pas encore vingt ans, c'est difficile de se raisonner, au moins les premiers jours. Ensuite, jeunesse aidant, on oublie. Pas complètement. Josette et Marion ne devinrent pas amies, elles se tolérèrent puis elles s'ignorèrent.

Marion faisait partie d'une joyeuse bande de jeunes filles qui se retrouvaient au moment de la pause du repas. À la belle saison, elles adoraient se réunir à la plage ou à l'ombre odorante des pins. Elles mangeaient de bon appétit puis s'allongeaient sur le sol, le nez en l'air, les yeux perdus dans les branches ou plus haut jusqu'aux nuages qui couraient dans le ciel bleu. Certaines ne disaient mot, absorbées dans leur rêverie ou savourant le plaisir de ne rien faire. D'autres, appuyées sur un coude, bavardaient et faisaient des projets pour la fin de la semaine.

Si quelques garçons venaient à passer, œillades et rires sous cape amorçaient des commentaires sans fin. Depuis quelques semaines, Marion avait remarqué les regards appuyés de Joan, jeune Catalan du sud venu travailler à l'usine en même temps que son père et son frère. Il ne ressemblait pas aux autres avec son visage allongé aux pommettes hautes et aux maxillaires saillants, son teint mat ombré d'une barbe courte, son nez fin, ses cheveux noirs et drus. Il n'était pas vraiment beau mais il avait du charme et en jouait, en particulier quand il tournait ses yeux sombres et brillants vers une jeune personne.

La première fois, Marion s'était sentie rougir sous ce regard insistant. Ses compagnes, à qui le manège n'avait pas échappé, ne manquaient pas de lui signaler sa présence dès qu'elles l'apercevaient. C'était inutile car Marion, qui ne pouvait s'empêcher de le guetter, l'avait repéré avant elles. Les amourettes ne manquaient pas à Paulilles, malgré la vigilance des mères et des contremaîtres qui craignaient plus ou moins des histoires ! Parfois le flirt devenait sérieux et se terminait par un mariage. Parfois au contraire, il tournait mal et des chagrins d'amour restés plus ou moins secrets brisèrent des cœurs chez les filles et chez les garçons.

Plutôt du genre farouche, Marion maîtrisa son émoi face à Joan jusqu'au soir mémorable où ils se retrouvèrent au bal du quatorze juillet. Le jeune Catalan dansait à merveille et Marion ne résista pas au tourbillon qui la grisait. Après la soirée, elle rentra sagement, mais dans sa tête elle continuait à tourner et virevolter dans les bras du jeune homme. Les jours qui suivirent, il croisa son chemin à maintes reprises, comme par hasard. Les soirées étaient douces au bord de la mer et les promenades au clair des étoiles si agréables.

Quelques bonnes âmes mirent en garde la jeune fille contre la réputation volage de Joan. Elle n'entendit pas, emportée dans l'euphorie de son bonheur tout neuf. Des années plus tard, elle se rappela cet été-là comme le plus beau de sa vie malgré ce qui suivit.

Si Marie se douta de quelque chose, elle se garda d'en rien dire à Marion, plus émue par ce premier amour que sa petite-fille n'aurait pu le soupçonner. Sa pensée vagabondait des années en arrière. Elle revoyait des visages, un surtout, des expressions fugitives, de celles qu'on n'oublie jamais alors que sur le moment elles paraissaient anodines, voire banales.

Pour la jeune fille, plus personne n'existait à côté de son Joan. Elle pensait sans cesse à lui et ne voyait pas ce qui se passait autour d'elle. Au travail, elle devait faire un effort pour rester attentive mais elle était trop consciente de ses responsabilités pour négliger les tâches qui lui incombaient. On l'entendait moins souvent chanter, non qu'elle fût triste mais parce qu'elle avait la tête ailleurs et préférait revivre les derniers moments passés avec son amoureux ou imaginer ceux qui allaient venir ce soir, demain, bientôt. Les seules amies qui l'attiraient étaient désormais celles qui prêtaient une oreille complaisante à ce qu'elle consentait à leur confier de ses amours.

À Maria qui s'inquiétait de voir si souvent sa fille dans la lune, Marie disait :

– Laisse… Elle est amoureuse tout simplement ! Fallait bien que ça arrive !

– Elle est si jeune, elle pouvait attendre encore un peu !

– Si jeune… si jeune ! Pas tant que ça ! Quel âge tu avais, toi, quand tu t'es mise à regarder les garçons ?

Alors Maria repensait à son Étienne disparu et elle avait le cœur serré. Elle n'avait eu d'yeux que pour lui, le jour de leur rencontre. Comme c'était loin, presque trente ans, elle se souvenait de tout et aurait voulu l'oublier maintenant qu'elle était seule et ne sentirait plus jamais les bras de son homme se refermer autour d'elle. C'était le tour de sa fille, ainsi allait la vie qui s'écoulait sans qu'on eût le temps de s'en apercevoir. Le bonheur de ses enfants, c'était tout ce qui comptait désormais. Que Marion en profite !

Depuis qu'elle était devenue cartouchière, une relative aisance était revenue à la maison. La famille n'était pas bien riche mais c'était suffisant pour des gens comme eux, habitués à se contenter de ce qu'ils avaient. Des privilégiés, comme se plaisaient à le souligner ceux qui venaient travailler à Paulilles depuis Banyuls ou Cosprons, puisqu'ils habitaient sur place.

Un matin, Marion s'étonna de ne pas voir sa grand-mère. Au vestiaire, elle avait vu sa blouse accrochée et ses espadrilles alignées avec soin. Ce n'était pas normal car Marie avait coutume d'arriver avant tout le monde. En pénétrant dans la baraque, la jeune fille parcourut des yeux l'atelier et se sentit mal à l'aise. Elle venait de quitter Joan qui l'avait accompagnée jusqu'à « la montagne » alors que lui-même ne rejoindrait son équipe que l'après-midi. La peau fine de son visage portait quelques rougeurs imprimées par la barbe rude de son fougueux amoureux, jamais las de la couvrir de baisers.

Le sourire léger qui flottait sur ses lèvres quelques minutes auparavant avait disparu. Un obscur pressentiment montait en elle. Le contremaître aussi était surpris et il pensait qu'à son arrivée, Marion donnerait une explication à l'absence de sa grand-mère. Non seulement il accorda sa permission à la jeune fille qui voulait aller voir mais il la pressa de s'y rendre sans attendre une minute de plus.

– Tu devrais peut-être prévenir ta mère, cria-t-il, inquiet de ce qu'elle risquait de découvrir.

– Pas le temps. On verra après !

Marion courut à en perdre haleine. Depuis que les habitants de Paulilles qui vivaient près de la plage avaient été relogés de l'autre côté de la route, après l'explosion de 58, Marie s'était installée dans une petite maison en briques, du côté de l'usine d'acides, non loin du Cosprons. Le souffle court, Marion tourna la poignée de la porte qui n'était pas fermée.

La pièce était plongée dans l'ombre car les volets étaient restés clos. L'odeur familière des herbes que sa grand-mère faisait sécher monta aux narines de la jeune fille qui appela d'une voix étranglée :

– Iaia, tu es là ?

Marion bouscula une chaise avant de parvenir à la fenêtre qu'elle ouvrit sur la lumière du jour. Elle se retourna et dans la clarté encore pâle qui se glissait jusqu'au lit, elle aperçut une forme à demi couchée.

Marie gisait là, jambes pendantes. Le haut de son corps seul était allongé. Elle était habillée, un pied chaussé, l'autre pas. On aurait dit qu'elle était tombée sur le côté au moment où elle s'apprêtait à enfiler son second soulier encore par terre, la semelle en l'air. Le regard de Marion allait mécaniquement de la chaussure au visage immobile de l'aïeule. Elle ne la reconnaissait plus. Les yeux fermés, la bouche contractée, les traits crispés n'avaient rien à voir avec les prunelles vives, les lèvres finement ourlées et la figure mobile qu'elle voyait au quotidien depuis qu'elle était toute petite. Même les cheveux lisses et épais mais d'un blanc terne n'étaient pas les siens.

Marion, terrifiée, prit dans la sienne la main de Marie qui retomba, froide et sans vie. Elle recula d'un pas, voulut gagner la porte puis elle s'arrêta, revint près du lit et s'agenouilla, fourrant sa tête dans la jupe au tissu lourd. Le temps était suspendu. Il était tôt dans la matinée, on n'entendait aucun bruit ni dans la maison ni au-dehors. La tête de Marion était vide, son cœur ne battait plus, tout était figé. Les minutes passaient, la morte et sa petite-fille gardaient la même immobilité.

Des pas s'approchèrent. Une voix d'homme s'éleva. Un voisin intrigué venait voir. Il comprit et releva Marion qu'il entraîna dehors sans qu'elle résistât. Elle se retrouva dans la caserne où elle vivait avec sa mère et son frère mais aurait été incapable de dire comment elle était arrivée là.

Le chagrin monta en elle plus tard, telle une vague immense qui déferle sur une plage, recouvrant le sable de son écume. Elle était si malheureuse qu'elle n'arrivait pas à pleurer. Sa peine était au-delà des sanglots et des mots. Maria, que la perte brutale de sa mère affectait au plus haut point, fut prise de frayeur en voyant sa fille défaite et inaccessible, n'entendant pas quand on lui parlait, ne réagissant pas quand on la touchait. Des voisines, impressionnées, réussirent à faire boire à Marion un breuvage qui la plongea dans l'oubli du sommeil.

\ \ \

Tout Paulilles accompagna Marie à sa dernière demeure. Le caveau familial était dans le petit cimetière de Cosprons où avaient vécu plusieurs générations d'ancêtres, vignerons pour la plupart, descendus ensuite à la dynamiterie dès sa construction à « la montagne », en 1890.

En montant le raidillon aux pavés inégaux qui menait aux quelques marches précédant l'entrée, Marion, Louis et leur mère entendaient les pas lourds du long cortège qui les suivait. La tramontane couchait les herbes et tordait les branches, soulevait les fichus des femmes et tentait d'emporter les chapeaux des hommes qui avançaient, une main sur la tête pour les retenir. La complainte lancinante du vent ponctuait la tristesse de l'enterrement tandis que le ciel d'un bleu profond, troué d'un soleil éclatant, semblait au contraire crier que la vie continuait envers et contre tout.

La chapelle romane découpait sa silhouette de pierre sur l'azur. Les battants de la lourde porte aux ferrures ouvragées étaient ouverts. À l'intérieur du lieu saint, Marion n'eut pas un regard pour les touchants ex-voto des marins épargnés. Elle tourna la tête vers la droite et leva ses yeux remplis de larmes vers le Dévot Christ.

Elle entendait la voix de Iaia lui raconter sa légende en lui montrant la mer dans la baie de Paulilles. Et la petite fille qu'elle était alors ouvrait grands ses oreilles et ses yeux. Elle devinait le menaçant vent d'est en train d'enfler. Elle voyait la barque soulevée par les flots, les deux frères remontant leur filet le plus vite possible afin de regagner le rivage. Il était lourd ce filet car, avec les poissons, il contenait aussi un Christ en croix qui frappa d'étonnement les pêcheurs. Où transporter leur trouvaille ? Celui qui habitait Collioure voulait l'emporter chez lui. Mais l'autre, qui venait de Cosprons, ne l'entendait pas de cette oreille. Pour couper court à la dispute, ils eurent l'idée de laisser leur mule choisir son itinéraire.

Ils hissèrent la pesante croix sur le dos du malheureux animal. Ainsi alourdi, il s'ébranla puis, sans hésiter, emprunta le chemin du village haut perché. Arrivé aux abords de Cosprons, la mule continua tout droit, grimpant laborieusement au milieu des ronces, et s'arrêta enfin en haut d'une colline. Le miracle désignait aux habitants l'endroit où construire une chapelle qui abriterait le Christ sorti de la mer.

Marion ne voyait plus le cercueil posé face à l'allée centrale, ni le prêtre, ni l'assemblée recueilllie pour un dernier hommage. Sa grand-mère était devant elle, qui lui parlait et lui souriait. Sa peine en fut, pour un moment, allégée. Elle se raviverait plus tard, quand se ferait entendre le bruit mat des premières pelletées jetées dans la fosse.

Le visage fermé, Maria, encadrée par ses deux enfants, entendait les bribes de conversations que parents, voisins et amis ne pouvaient s'empêcher d'échanger, même en ce lieu. Elle aurait voulu ne pas les écouter, pour se recueillir mais aussi parce qu'elle était agacée.

La veille, dans la chambre mortuaire où reposait sa mère, elle avait entendu plusieurs personnes s'étonner entre haut et bas de cette mort brutale. Ensuite, les commentaires, toujours les mêmes, n'avaient pas cessé. Elle n'était pas loin de penser que c'était pure hypocrisie et la colère était montée en elle, mêlée d'impuissance et de douleur.

Et voilà que dans l'église, à nouveau, les mêmes propos étaient ressassés. Et c'était tellement inutile ! Comme si chacun de ceux qui étaient là ne connaissait pas dix cas au moins de mort aussi subite parmi les ouvriers de Paulilles ! D'ailleurs le médecin, appelé auprès de la défunte, par son fatalisme et son attitude désabusée, avait montré qu'il n'était pas surpris, lui non plus.

C'était vrai que Marie, dure à la tâche, jamais malade, donnait l'impression d'être indestructible. Mais n'était-ce pas justement des gens comme elle qui étaient brusquement abattus, comme ces grands arbres centenaires qui résistent à dix tempêtes et tombent au moment où l'on s'y attend le moins, sous l'effet d'un simple coup de marin ?

– Votre grand-mère n'aimerait pas vous voir comme ça ! dit Maria à sa fille et son fils quand tous trois se retrouvèrent chez eux, le soir venu.

– Tu as raison, répondit Louis. Elle serait la première à prendre son air bourru et à nous bousculer. Mais c'est dur de s'imaginer sans elle. Bien sûr qu'on va continuer à vivre, laisse-nous seulement un peu de temps.

Louis était un garçon taciturne et tendre. Peu démonstratif, il avait une profonde affection pour les siens, sans jamais le leur dire. Son visage trahissait parfois ses sentiments lorsqu'il était triste ou inquiet. Quand il était heureux, seuls ses yeux en témoignaient. Ils brillaient très fort et se plissaient : Marion enfant caressait du bout des doigts les rayons de soleil qui creusaient ses tempes et deviendraient au fil des ans des rides de sourire.

Ce soir-là, Maria et ses enfants resserrèrent encore un peu plus les liens qui les unissaient. L'absence de leurs disparus, le petit Marcel, Étienne et maintenant Marie, était lourde à porter mais elle pouvait aussi, par moments, se transformer en une étrange présence qui les accompagnait et les encourageait.

Dans les jours qui suivirent la mort de Marie, Marion et sa mère retournèrent dans sa maison. Il fallait la vider pour la rendre à la direction et qu'elle servît à loger quelqu'un d'autre. Le sous-directeur compatissant avait dit qu'elles pouvaient prendre leur temps, que rien ne pressait. Mais Maria avait hâte d'en finir, comme elle disait. Elle surestima ses forces. Son émotion fut telle qu'une fois le plus gros trié, évacué, elle renonça et confia ce qui restait à Marion.

Une fois seule dans l'intimité de sa grand-mère, la jeune fille se sentit intimidée. Elle trouva les lettres envoyées du front par le grand-père. Elle en ouvrit une et n'alla pas plus loin. C'était comme si elle lisait par-dessus l'épaule de Marie, elle se jugea indiscrète. Elle remit le tout dans le carton à chapeaux qui les abritait déjà avec quelques papiers épars, un livret militaire, une carte d'ouvrier datée de 1892 et des négatifs de photos oubliées ou dispersées ailleurs.

Elle trouva aussi des fleurs séchées, glissées entre les feuilles d'un grand cahier, et n'en fut pas surprise, connaissant les habitudes d'herboriste de sa Iaia bien que d'habitude cette dernière les préparât avant de les enfermer dans des bocaux. Marion n'avait jamais entendu parler de cet herbier, alors qu'elle avait vu mille fois l'alignée de pots en verre, soigneusement étiquetés. Elle leva les yeux. Ils étaient là, rangés avec soin sur l'étagère habituelle. Il faudrait en faire une caisse.

Des feuilles volantes avec des dessins esquissés à grands traits glissèrent à terre : la mer et son phare, des barques catalanes, des roseaux, des visages… Elle les ramassa et les remit en place, au milieu du cahier. Le tout rejoignit dans une grande boîte en carton d'autres souvenirs qui ne disaient pas grand-chose à Marion mais qu'elle aimait d'instinct parce que c'étaient ceux de ses grands-parents.

Elle posa le carton à chapeaux sur la boîte et prit l'ensemble dans ses bras. Ce n'était pas bien lourd. Par-dessus, elle avait posé en la retournant pour la protéger une photo de Marie.

\ \ \

13

Quand Marion quitta la maison de sa grand-mère, la porte se referma toute seule. Elle se dit qu'elle reviendrait plus tard donner un tour de clef. Ce n'était ni urgent ni risqué : au hameau de Paulilles, tout était sous la surveillance tacite de chacun.

En s'éloignant, elle se sentit suivie par plusieurs regards mais elle savait qu'ils étaient chargés de bienveillance et de tristesse partagée. Elle appréciait qu'on respectât sa solitude tout en l'accompagnant d'une présence discrète.

Maria l'attendait. Elle lui prit des mains ce qu'elle apportait et le déposa en bas d'un placard. On verrait dans quelques jours. Marion retourna la photo et toutes deux allèrent s'asseoir devant la table pour la regarder.

– Elle était belle, Maman.

Marion fut surprise d'entendre sa mère appeler ainsi Marie : « Maman ». D'habitude, elle disait « la grand-mère » ou « Iaia ».

– Elle était belle, répéta Maria. J'avais oublié cette photo. Je ne sais même pas quel âge elle avait. Elle était toute jeune.

C'était en effet le portrait d'une jeune fille ou d'une très jeune femme. On ne savait pas ce qu'elle regardait, en tout cas il ne s'agissait pas du photographe. La photo à l'ancienne atténuait l'ovale du visage et dessinait des traits empreints de douceur.

En attendant de trouver ou d'acheter un cadre, Marion, qui s'était levée, vint poser la photo sur le buffet à côté de celles de son père et de son frère. Des coquillages ramassés sur la plage pour leur beauté aidèrent à la caler.

Louis s'était réfugié dans sa chambre et ne reparaîtrait qu'au moment du souper. Maria regarda l'heure et se dirigea vers la cuisinière. Les gestes quotidiens pour chauffer le repas participèrent naturellement à un retour à la normale. Pourtant, lorsque Marion sortit les assiettes et les couverts afin de mettre la table comme elle en avait l'habitude, elle eut un instant d'hésitation. Marie, très indépendante, ne dînait chez eux que de temps à autre mais elle ne reviendrait plus.

Et c'est en pensant, jour après jour, à tout ce que sa grand-mère ne ferait plus jamais avec eux, que Marion prit conscience de l'irréparable perte.

\ \ \

Le retour à l'usine était une épreuve prévisible. Marie était partout présente. Son souvenir de femme énergique et efficace hantait tous les ateliers où elle était passée. Chaque ouvrière le ressentit intensément mais aucune ne sut comment l'exprimer.

On se mit à l'ouvrage. Le chef avait affecté Annette, l'amie fidèle, à la même machine que Marion. Toutes deux en furent émues et réconfortées. Les cartouches s'entassèrent à nouveau dans les pétrins, la vie de l'atelier reprenait son cours.

Joan ne s'était pas montré, sauf le jour de l'enterrement. Encore était-il resté en arrière, au fond du cimetière, fuyant le regard de Marion qui l'avait vu. Au moment des condoléances, il était passé rapidement, murmurant des mots inintelligibles. Marion lui en avait voulu, elle ne savait pas trop ce qu'elle attendait de lui, un geste de réconfort, une présence. Il s'était pour ainsi dire effacé à un moment où elle aurait eu besoin de tendresse. Annette, à qui elle avait confié sa déception, lui avait fait remarquer qu'il n'avait peut-être pas su comment s'y prendre ou alors qu'il avait voulu rester discret.

Un soir, il reparut. Les deux amies sortaient de l'atelier, fatiguées par leur journée de travail. Il attendait en bas de la dynamiterie, appuyé contre l'énorme figuier qui, d'un côté, étendait ses branches jusqu'à terre. Le jeune homme se redressa, avança d'un pas en direction des jeunes filles. Annette fit un signe de la main et poursuivit son chemin. Joan s'approcha de Marion et esquissa le geste de la prendre par le bras sans oser aller jusqu'au bout car elle ne s'y prêtait guère. Ils s'éloignèrent côte à côte, sans se toucher, vers la pinède. Marion se sentait mal à l'aise, sous les regards de ceux qui passaient et se retournaient. Elle était en deuil et s'afficher ainsi n'était pas très convenable. Il aurait dû y penser. De toute façon, elle n'avait pas la tête au flirt. Elle brusqua la séparation et retourna sur ses pas presque en courant, dans l'espoir de rattraper Annette. Elle n'avait pas échangé quatre mots avec son amoureux.

Quant à lui, un peu mortifié, il s'éloigna, mains dans les poches, redoutant des commentaires narquois si jamais il croisait des connaissances. Il gagna la plage del Mitg puis fit un grand détour par les rochers sous le cap Nord pour rejoindre la route de Cosprons sans avoir à traverser toute l'usine et à franchir le portail. Il refusait d'admettre qu'il avait été maladroit et en voulait à la terre entière.

Durant les jours et les semaines qui suivirent, Marion et Joan se revirent, mais rarement seuls. Ce n'était plus pareil entre eux ; d'ailleurs, quand ils étaient séparés, ils pensaient de moins en moins souvent l'un à l'autre. Leur histoire commençait à se dénouer. Aussi, lorsque Joan parla devant elle de son départ imminent, Marion n'éprouva-t-elle qu'un léger pincement au cœur. Elle en fut la première étonnée.

\ \ \

À la faveur d'une défection, Joan avait sauté sur l'aubaine de devenir chauffeur, enchanté de partir sur les routes livrer les explosifs partout où il en fallait.

Ils étaient deux hommes par camion, qui s'entendaient comme larrons en foire. Ils allaient à Marseille, à Grenoble, à Bordeaux, à Modane. Joan, plus hâbleur que son copain, s'amusait à impressionner les filles en racontant avec une gravité empreinte de mystère qu'il devait faire attention et conduire en virtuose parce qu'il transportait de la dynamite ! Il ne manquait pas de faire allusion au film *Le salaire de la peur*, sûr de son effet quand il affirmait :

– Mario dans son camion, c'est moi !

– Mais c'est de la nitroglycérine qu'il transporte avec son copain, lui objectait parfois une petite futée.

– C'est pareil, répondait-il sans se démonter, c'est avec la nitro qu'on fait la dynamite !

Alors, les demoiselles le regardaient autrement, hésitant entre l'admiration et la crainte face à ce risque-tout beau parleur dont les yeux sombres pétillaient. À Paulilles, les filles lui auraient ri au nez ! Le film, tout le monde l'avait vu, et on trouvait que les scènes d'angoisse étaient très exagérées. Ils en riaient de bon cœur, les pétrisseurs, eux qui transportaient la nitro dans des bidons et la vidaient dans les pétrins :

– On devrait être tous morts depuis longtemps, s'esclaffaient-ils, boum !

Et ils mimaient le geste de verser la nitro suivi de l'explosion.

Malgré tout, le jour où leur camion, en route pour Alès, se coucha sur la route dans un virage, les deux compères n'en menaient pas large. Heureusement, la circulation était peu dense et surtout il n'y eut pas de choc trop brutal. Rien ne se passa sinon une belle frousse et des dégâts matériels sur le véhicule. Les chauffeurs maladroits furent accueillis fraîchement à leur retour. Autant son compagnon sut faire profil bas, autant Joan se permit de faire preuve d'une superbe qui déplut. Sur un coup de tête, il décida de quitter l'usine et de partir loin. Il ne revit pas Marion qu'il avait, semble-t-il, déjà oubliée.

Pour sa part, elle ne le chassa pas entièrement de sa pensée mais sa place se réduisit davantage encore et bientôt il se transforma en souvenir d'une simple amourette.

Il est vrai que Marion avait d'autres chats à fouetter, comme aurait dit Marie. D'abord, sa mère tomba malade. L'hiver avait été long et glacial. Une neige épaisse avait recouvert d'un drap blanc tous les bâtiments de Paulilles. Les casernes qu'on chauffait au charbon avaient eu du mal à atteindre une température correcte. Maria contracta une mauvaise bronchite dont elle mit des semaines à se remettre. Inquiète, Marion la voyait s'affaiblir et ne savait que faire. Elle regardait à la dérobée le beau visage maternel et le trouvait de plus en plus poignant. On aurait dit qu'elle était redevenue une enfant. Ses joues aux pommettes hautes s'étaient creusées, ses yeux en amande s'étaient ternis et restaient clos de longues minutes, comme si Maria n'avait plus la force de les ouvrir. Ses cheveux lisses et sombres, d'ordinaire si brillants qu'on les aurait cru mouillés, n'étaient plus savamment relevés en bandeaux luisants. Séparés par une raie plus ou moins droite au milieu du crâne, ils pendaient en mèches parsemées de fils blancs.

– Il faudrait qu'elle se batte pour reprendre le dessus, disait le brave docteur.

Mais Maria n'avait pas envie de se battre et elle était si triste depuis la disparition de Marie, là était le problème. Trop de morts, trop de chagrins, trop de fardeaux. Marie, l'énergique Marie, avait toujours été comme un arbre puissant sur lequel s'appuyaient les siens. Maintenant qu'elle n'était plus, Maria se sentait seule et faible, malgré ses enfants. Marion, impuissante, s'en désolait. Louis, plus taciturne que jamais, n'était pas d'un grand secours et sa sœur se sentait seule. Le soir, couchée dans son lit, elle écoutait les bruits venus de la chambre de sa mère, se rassurait quand tout se taisait, signe que Maria s'était enfin endormie.

Alors, elle parlait tout bas à sa grand-mère, faisait les questions et les réponses et finissait par s'abandonner au sommeil, apaisée...

\ \ \

Et quand elle dormait, elle dormait. Cette capacité à récupérer était un réel atout, surtout à un moment où, à l'usine, était demandé à l'ensemble du personnel, hommes et femmes confondus, un regain d'efforts.

Au début des années 60, l'activité à l'usine fut en effet intense. De grands travaux publics en France et au-delà nécessitaient une quantité importante de dynamite.

C'est ainsi que Paulilles fabriqua et expédia des explosifs pour la construction du tunnel du Mont-Blanc qui s'étala sur sept ans. Les plus jeunes parmi les ouvriers essayaient d'imaginer le gigantesque chantier. Au fil des mois, des centaines de tonnes d'explosif partirent pour faire exploser des milliers de mètres cubes de roche. Ils en avaient le vertige. Mais les plus anciens avaient entendu parler du percement du canal de Panama et ils rappelaient que « leur » dynamite servait depuis longtemps dans les mines du Massif Central, des Cévennes et des Pyrénées, dont celles de Batère – pas si loin – ou encore dans des carrières jusqu'en Lorraine. Sans elle, on n'aurait pas non plus construit routes et voies ferrées vers l'Espagne ou ailleurs.

Ce travail assuré ne pouvait que réjouir en un temps où la vigne nourrissait son homme de moins en moins bien. On se remit à embaucher à Paulilles pour faire face aux commandes. Quelques rapatriés d'Algérie – fraîchement débarqués en nombre à Port-Vendres – trouvèrent un emploi et vinrent se mêler aux Catalans.

Parmi eux, François, arrivé en juin 62 avec ses parents sur un chalutier qui, d'escale en escale, avait atteint Port-Vendres, premier port français, et s'était enfin arrêté avec sa cinquantaine de rapatriés, hommes, femmes et enfants... Le père, patron-pêcheur expérimenté, avait perdu son outil de travail mais avait pu embarquer sa famille sur le bateau d'un ami. Il fallait recommencer à zéro, redevenir pêcheur quand c'était possible, sinon trouver un autre emploi.

À Paulilles, on engagea François parce qu'il avait des connaissances en mécanique. Sa ténacité le fit remarquer et, au bout de quelques mois, ce fut comme s'il avait toujours vécu en terre catalane. À vingt-cinq ans, c'était un homme au cheveu noir, pas très grand, trapu, avec un visage ouvert et de beaux yeux noisette, enfoncés dans les orbites, mais qui vous regardaient franchement et reflétaient la droiture de leur propriétaire.

On aurait beaucoup surpris Marion si on lui avait dit que, quatre ans plus tard, elle épouserait ce garçon-là ! Elle ne le connaissait pas et si elle le croisa, elle ne le remarqua pas, lui non plus d'ailleurs.

Le souci de François, c'était de s'adapter à son nouveau pays, de se faire accepter de ses compagnons d'atelier. Le départ de l'Algérie avait été si précipité que le traumatisme laissa longtemps des traces. Il était né à Alger. S'entendre appeler « rapatrié » l'horripilait. Il considérait qu'il avait quitté sa terre natale, sa patrie et qu'il était donc un expatrié. Sa jeunesse l'aida à se battre contre les difficultés mais elle l'empêchait d'accepter un destin qu'il trouvait injuste. Sa mère et son père parlaient de fatalité. François les trouvait trop vite résignés. Il ne pouvait s'empêcher de croire à un retour possible.

Quand arriva la mauvaise saison, il souffrit beaucoup. Il n'était pas habitué à la rudesse de l'hiver qui s'installa très tôt cette année-là. En février, une véritable tempête de neige bloqua toute la région. L'usine s'arrêta par force. Médusé devant un paysage semblable à aucun de ceux qu'il avait pu voir, François se demanda une fois de plus ce que lui et les siens étaient venus faire par là. Les collines enneigées offraient un spectacle immaculé de formes arrondies mais les arbres ployaient sous les gros flocons incessants et l'on entendait parfois un claquement sec quand une branche venait à se rompre.

L'immobilité forcée dura plusieurs jours. Ensuite, il fallut déblayer et ce ne fut pas une mince affaire. Frigorifié, les doigts gourds, François résista du mieux qu'il put et accueillit l'arrivée du printemps avec soulagement.

D'un coup, la nature se réveilla, répandant partout ses parfums de mimosa, ses pétales blancs d'amandiers en fleurs qu'un rien de brise faisait voler dans l'air empli de douceur. Il se sentit renaître avec les plantes et les arbres. Il prit l'habitude d'aller faire un tour dans les collines, au milieu des vignes dont les premiers feuillages vert tendre apparaissaient. Il escaladait les murettes, admirant au passage le travail patient des hommes. Par-dessus tout, il aimait atteindre le sommet d'une hauteur dont il faudrait qu'il demandât le nom pour qu'elle lui devînt plus familière encore. Il s'asseyait sur une roche et contemplait le paysage à ses pieds, la mer qui venait s'insinuer en rubans bleus crantés de blanc dans les anses de la côte, la végétation toute neuve avec sa gamme de verts ponctués de la multitude des petites fleurs roses et blanches des arbres fruitiers. Il voyait aussi l'ensemble du site de l'usine, reconnaissait les différents bâtiments, suivait des yeux le fût des hautes cheminées ou le tracé sinueux de la voie ferrée.

Il n'oublierait jamais son Algérie lointaine mais, peu à peu, ce nouveau pays l'apprivoisait et il sentait qu'il pourrait y être heureux.

\ \ \

14

Ils se marièrent pour la Sainte Barbe.

Maria n'était pas d'accord : elle trouvait la date mal choisie !

– Il ne faut pas tout mélanger, disait-elle à sa fille. La Sainte Barbe, c'est sacré, c'est notre fête à nous, gens de Paulilles.

– Ben justement, répondait Marion, têtue. Ça nous portera chance à François et à moi. On en est, de Paulilles, non ?

Chaque année, on honorait la sainte patronne des mineurs, des artificiers… et des ouvriers de Paulilles, avec une ferveur et une envie de s'amuser que partageaient grands et petits. Ce jour-là était chômé à l'usine. Dès le matin, chacun revêtait ses plus beaux atours car les festivités commençaient rituellement par une messe à Port-Vendres. Tout le monde s'y rendait, y compris ceux qui ne croyaient ni à Dieu ni à Diable. L'hiver approchait à grands pas mais on comptait sur le Ciel (ou sur la sainte ?) pour être clément et, de mémoire de Paulillois, ce fut toujours le cas ! Ensuite, après le concours de boules qui voyait s'affronter, sous le regard des connaisseurs, les plus talentueux, ou les mieux entraînés, on faisait honneur à l'apéritif et au déjeuner.

Mais tout le monde attendait avec impatience la fin de l'après-midi qui verrait le début des « vraies » festivités, sur place, à Paulilles. Dans la salle de la cantine, ornée sans lésiner de guirlandes colorées, sous une pluie de confettis et de serpentins, les musiciens de l'orchestre entraient en action. Ritournelles endiablées, entrecoupées des prestations de clowns, chanteurs, chanteuses et autres duettistes, se succédaient sans interruption durant des heures, avant que la fatigue n'eût raison des danseurs insatiables.

Marion qui avait de la suite dans les idées proposa un compromis :

– La Fête de la Sainte Barbe sera célébrée le 4. C'est parfait ! On se marie la veille, le 3 décembre et on joue les prolongations jusqu'au lendemain !

Ainsi fut fait. Les nouveaux mariés entrèrent dans la danse sous les ovations de tous leurs amis réunis en cercle autour de la piste de danse. Les musiciens souriants, juchés sur l'estrade, jouèrent plus fort encore. La sainte, ainsi honorée, pouvait-elle faire autrement qu'accorder ses bienfaits à ce jeune couple si enthousiaste ?

Dans un angle de la salle de bal, Maria, dont le stock de légendes était inépuisable, dissimulait son émotion en racontant aux plus petits les miracles qui avaient jalonné la vie de Barbe, l'Égyptienne.

– Fuyant le mari que son père voulait lui imposer, elle courait, elle courait ! Tout à coup, se dresse devant elle un rocher infranchissable. Elle invoque Dieu, pose sa jolie main sur le roc et il s'ouvre pour lui livrer passage !

Elle ne faisait pas le lien avec les effets possibles de la dynamite ! Non, elle préférait évoquer pour les jeunes oreilles la beauté de l'Égtyptienne, la guérison miraculeuse de ses plaies sous les coups de ses bourreaux et surtout l'orage gigantesque qui foudroya les méchants au moment où ils exécutèrent la sainte. Les enfants médusés ne quittaient pas des yeux la conteuse. Quand elle se tut, la magie fut rompue et ils partirent en courant évacuer leur trop plein d'énergie et les horreurs de la terrible histoire.

Maria regardait sa fille tournoyer, encore parée de sa toilette blanche, belle et décoiffée. Elle pensait à son Étienne, avec douceur et tendresse car le temps avait passé et séché ses larmes.

\ \ \

L'activité de l'usine était si intense qu'on aurait pu croire que la prospérité serait sans fin. Aussi les ouvriers voulurent-ils se rassurer quand, à partir de 1964, les commandes devinrent moins nombreuses.

– Ça nous fera souffler un peu, disaient même les uns. On n'arrête pas et on nous demande toujours plus !

– Espérons quand même que ça ne durera pas, rétorquaient d'autres, plus pessimistes ou plus réalistes.

Puis les premières mesures de chômage technique tombèrent et l'inquiétude commença à gagner les divers ateliers. On en parlait entre soi, c'est-à-dire entre ouvriers mais l'on se taisait quand passait un patron, voire un contremaître.

Ce comportement paraissait bizarre aux plus jeunes, en particulier à ceux qui venaient d'ailleurs, qui n'avaient pas grandi à Paulilles.

– Faut qu'on fasse quelque chose, disaient les plus impatients.

– Faire quoi ? demandaient les anciens qui, de toute façon, n'attendaient pas de réponse et haussaient les épaules.

– D'abord s'informer, rétorquait Antoine. Ensuite se serrer les coudes, s'organiser.

– On t'a pas attendu pour se serrer les coudes, comme tu dis, le coupait Albert, qui avait derrière lui vingt ans d'usine.

– Ce n'est pas ce que je veux dire, temporisait Antoine. Simplement, je vous entends maugréer, chacun plus ou moins dans votre coin. Et rien ne bouge ! Si vous voulez que ça change, il faut vous en occuper.

Antoine n'était là que depuis quelques mois. Il n'était même pas du coin ! Il venait de l'Ariège. Sa femme était native de Banyuls. Dès son arrivée, le jeune homme avait été frappé par l'ambiance qui régnait dans l'usine. Il travaillait à l'encartouchage, sur les machines. C'était dur et on lui reconnaissait du cœur à l'ouvrage. Lui, il avait été sensible à l'accueil d'abord réservé puis plus familier de ses compagnons. Il avait perçu avec plaisir l'esprit de franche camaraderie, de solidarité, qui animait ouvriers et ouvrières. Mais il avait aussi noté la suffisance de certains chefs, le ton sans réplique qu'ils adoptaient volontiers. Il s'agaçait enfin de voir perdurer un paternalisme d'un autre temps qui, à son avis, contribuait à l'immobilisme des travailleurs. Il savait que, depuis les grèves de 49, toute activité syndicale avait cessé.

Aussi participa-t-il avec ardeur à la renaissance d'une section C.G.T. à Paulilles. Dans la foulée, des délégués au Comité d'Entreprise furent élus et il en fit tout naturellement partie.

François regarda d'abord cette nouveauté d'un air circonspect. Il se méfiait un peu. Marion aussi, mais moins que lui. Elle vit tout de suite quels effets on pourrait espérer en ce qui concernait les salaires qui avaient tendance à stagner et les conditions de travail qui restaient déplorables dans de nombreux cas.

– Je voudrais que Iaia voie ça, disait-elle à son mari, faisant comme si Marie était toujours en vie. Elle irait aux réunions, c'est sûr, et elle mettrait son grain de sel !

Pour l'instant, François n'avait assisté à aucune de ces fameuses réunions et Marion aurait bien voulu qu'il y allât, ne serait-ce que pour lui raconter car elle-même n'osait pas s'y rendre.

Le couple fut impressionné quand le syndicat réussit à obtenir des enquêtes et des contrôles qui aboutirent au remplacement de tout ce qui était en plomb dans l'usine. Cela ne se fit pas du jour au lendemain mais finit tout de même par arriver. Combien de fois Marion avait-elle entendu sa mère évoquer le souvenir d'une ouvrière qu'elle connaissait bien, morte du saturnisme ! Des victimes, il y en avait eu beaucoup, tout récemment encore, au pétrissage. Faire enfin reconnaître la maladie professionnelle était une véritable victoire.

– Et le « mal d'usine » ? s'enquit Maria, à qui sa fille venait de raconter le succès obtenu.

– Ça, c'est autre chose, je crois. Ils s'en occupent au syndicat mais c'est pas simple, il paraît.

– Pourtant c'est sûr que ça existe, et depuis longtemps ! Tout le monde le sait que la « matière » te tue à petit feu ! Même les patrons, ils le savent ! Tous des hypocrites ! Si ton père a voulu que j'arrête, c'est pas pour rien !

– Antoine m'a dit que ça avançait. Ils ont recensé tous les cas d'accidents cardiaques à Paulilles. Ça s'ajoute à ceux qu'il y a eu à Ablon[1] . Il m'a raconté qu'il avait lu des articles de grands médecins sur les crises d'Angor du week-end et les décès du lundi d'ouvriers dans des usines d'explosifs.

– Crises d'Angor ? C'est comme ça que ça s'appelle ?

– Oui, c'est l'angine de poitrine, quoi.

Marion admirait la détermination de ceux qui, à Paulilles, se battaient pour l'amélioration des conditions de travail. Elle fut contente quand on installa dans les ateliers des bouches d'aspiration qui rejetaient à l'extérieur l'air empoisonné. Par contre, le jour où on distribua des gants aux ouvrières qui manipulaient « la matière » à mains nues,

1 Ablon : Dans cette ville du Calvados, il y avait également une usine Nobel de produits explosifs.

elle ouvrit de grands yeux et fut la première à proclamer :

– Pas question que je les mette ! On fera beaucoup moins de cartouches avec ça !

Inconscientes des dangers ou préférant se voiler la face, toutes les encartoucheuses eurent la même réaction.

– Vous oubliez que le nitroglycéroglycol, vous l'absorbez par les poumons et par la peau ! leur objecta froidement Antoine. Qu'est-ce que vous préférez, avoir moins de rendement et vivre plus longtemps ou devenir des championnes et mourir plus vite ?

– François, sensible à l'argument, fit promettre à sa femme de protéger ses mains. Elle promit mais il y eut des jours où elle oublia. Il est si tentant de fermer les yeux sur ce qui dérange. C'était un peu une façon de nier le danger qu'elle avait couru depuis plusieurs années, et, avant elle, sa mère, sa grand-mère et tant d'autres.

\ \ \

Là-dessus, Marion, qui commençait à désespérer, se retrouva enceinte. Elle avait vingt-huit ans quand Marine naquit. Maria, devenue grand-mère, eut l'impression de jouer à la poupée, tant sa petite fille lui sembla une miniature d'enfant. Grâce à elle, Marion put reprendre son travail et c'était heureux car deux paies n'étaient pas de trop. Elle eut un pincement au cœur car, la même année, l'école de Paulilles ferma définitivement ses portes derrière les dix-sept élèves qui lui restaient. Elle aurait tant voulu que Marine, quand elle aurait été en âge, allât s'asseoir sur les bancs qui, au fil des générations, avaient vu défiler les filles et les garçons de la famille.

La population de Paulilles comme celle de Cosprons se réduisait comme peau de chagrin. Une page se tournait.

Dans les années qui suivirent, on se mit à parler avec insistance des menaces qui pesaient sur l'usine. Une grève éclata. On réclamait de meilleurs salaires comme toujours mais on s'impatientait aussi à propos de promesses non tenues : la reconnaissance des crises d'Angor comme maladie professionnelle traînait en longueur.

L'inquiétude sur l'avenir de Paulilles se doublait d'une révolte entretenue par les syndicalistes qui soulignaient à chaque occasion que la société Nobel-Bozel était florissante et que, si on voulait, l'activité de l'usine pouvait se poursuivre sans problèmes.

François s'enflammait facilement sur cette question. Dès le démarrage de l'activité de placage des métaux, il s'y était intéressé de très près. Les engins mis en place, tels les élévateurs, les tronçonneuses, une énorme presse et des ponts roulants de vingt tonnes nécessitaient un entretien soigné. Il se passionnait pour les opérations délicates de polissage des tôles, de mise en place des « espaceurs »[1]. L'usine fabriquait son explosif, adaptant sa composition en fonction des tôles et des matériaux.

C'était extraordinaire de précision et exaltant pour tous ceux qui participaient à l'aventure. François était convaincu que là était l'avenir de Paulilles et donc le sien. Il n'était pas le seul.

La déconvenue fut immense quand d'année en année, de mois en mois, se précisa l'implacable vérité : l'usine ne durerait plus longtemps. Le maintien momentané des ateliers de placage ne fit illusion pour personne.

\ \ \

1 les « espaceurs » etaient des sortes de rubans métalliques, placés dans le sens de l'explosion, qui servaient à empêcher que les tôles les plus larges et les plus longues, susceptibles de plier, ne se touchent ; ils disparaissent d'eux-mêmes, pris dans le métal au moment de l'explosion.

15

Marion s'est tue mais Marine l'entend encore. Les années défilent, toute une histoire entremêlée, celle d'une usine et celle d'une famille, des figures de femmes, fragiles ou fortes, toujours émouvantes.

Comme la veille, chez sa grand-mère, la jeune fille brode sur les souvenirs de sa mère et, dans sa tête, se précise l'image de Marie, à la fois saisissante et mystérieuse. Elle est partout présente, c'est une évidence, mais elle se dérobe aussi. Intuitive, Marine sent que son arrière-grand-mère était un « personnage » et qu'elle est loin d'en avoir fait le tour, tant était riche sa personne, et tant elle a traversé d'événements.

– Comment elle était, Iaia Marie ? Tu te la rappelles ?

– Tu penses si je me la rappelle ! Elle est restée gravée là… et là…

Marion touche du doigt sa tête et son cœur.

– Ce qui est drôle, c'est qu'elle n'était pas grande mais, quand on la voyait, elle paraissait immense, elle dominait tout le monde.

– C'est parce que tu la revois au temps où tu étais une petite fille.

– Non, non. J'avais dix-huit ans à sa mort et elle m'arrivait à l'épaule. Un jour, ça m'a frappée car elle était à côté de moi. Mais il suffisait qu'elle soit en face ou même un peu plus loin, elle me paraissait de haute taille. Je crois qu'elle en imposait à tout le monde, c'est pour ça.

– Tu la craignais ?

– Un peu mais je l'adorais. Je ne sais pas comment te dire, c'était comme un pilier de la famille et de Paulilles.

En contemplant le visage juvénile de l'aïeule sur le portrait accroché au mur, Marine a du mal à imaginer ce qu'elle est devenue en prenant de l'âge. Se peut-il qu'elle ait ensuite perdu cet aspect fragile ?

– Elle était belle ?

– Elle avait des cheveux magnifiques. Pour travailler, elle les attachait en torsade épaisse sur la nuque, pour sortir aussi, d'ailleurs, les femmes en cheveux, ça ne se faisait pas ! Le soir, elle les défaisait et je me rappelle qu'ils se répandaient en nappe brillante sur ses épaules, ensuite elle les brossait longuement. Elle était brune mais, bien sûr, moi je l'ai toujours vue avec des cheveux blancs qui luisaient au soleil. Je ne sais pas comment elle faisait, elle parvenait à éviter qu'ils ne soient jaunis par les vapeurs de la « matière » et la poussière. Toutes les ouvrières se plaignaient que leurs cheveux jaunissaient et devenaient cassants, pas elle ! Elle avait plein de secrets de beauté, elle était coquette mais on ne savait jamais quand elle prenait le temps de s'occuper de sa personne, elle donnait l'impression de travailler sans arrêt, aussi bien à l'usine qu'à la maison. Et pourtant, elle était tirée à quatre épingles, ses mains étaient usées mais soignées, avec des ongles coupés court et qui paraissaient polis.

– Tu as d'autres photos que celle-là ?

Marine montrait le portrait.

– Pas beaucoup. Faudrait que je cherche. C'est surtout ta grand-mère qui doit en avoir mais tu sais, autrefois, on faisait moins de photos qu'aujourd'hui.

– Oui, j'ai vu ses gros albums. Mais je n'en ai feuilleté qu'un, le premier, et encore seulement le début, il faudra que je regarde de plus près. J'aimerais bien savoir à quoi tu ressemblais quand tu étais petite et puis Iaia, c'est pareil, elle était sûrement très mignonne.

– Tu auras de la chance si ta grand-mère te montre tout ça. En général, elle n'aime pas trop qu'on ouvre ses albums. Moi, je les ai à peine vus, et jamais dans le détail. À chaque fois, elle trouvait un prétexte pour les refermer et les emporter.

– Elle m'a laissé faire, hier.

– Oui, ça m'étonne.

Marine a hâte désormais de retourner voir Maria. Elle a tant de questions à poser. Elle voudrait tout savoir du passé. Les femmes de son ascendance l'attirent particulièrement. Les hommes aussi, mais d'une manière différente. Elle se sent l'héritière de ces filles de Paulilles qui, de génération en génération, ont écrit une histoire singulière parce qu'elles vivaient en un lieu singulier.

\ \ \

Dès le lendemain, elle reprend le chemin de Cosprons. Elle envisage un moment de s'y rendre à pied, comme tant de Catalans il n'y a pas si longtemps, mais cette marche à travers les collines qu'elle a déjà faite maintes et maintes fois, si elle promet d'être agréable sera longue et ce sera du temps en moins à passer chez sa Iaia. Elle prend donc sa voiture et monte vers le village, vitres ouvertes, sourire aux lèvres. Le ciel chante et Marine se sent l'âme légère.

Elle trouve Maria installée à sa place accoutumée. Comme la veille, la vieille dame est penchée sur son ouvrage. Elle ne lève pas les yeux mais elle a encore l'oreille fine et elle a parfaitement entendu sa petite-fille arriver

– J'ai reconnu ta façon d'ouvrir le portillon et ton pas sur le gravier.

Marine savoure l'atmosphère paisible qui règne dans la salle à manger, meublée avec simplicité et restée la même depuis des années. Une odeur familière de cire d'abeille et de lavande flotte dans l'air. La jeune fille soupire d'aise en s'asseyant sur la chaise basse qui est la sienne depuis sa petite enfance. Elle ne reste pas longtemps silencieuse. Elle raconte avec animation ce que sa mère lui a appris de Paulilles et de son passé.

Maria l'écoute et tout son visage sourit de tendresse : au coin de ses yeux en amande partent, comme des rayons de soleil, de fines ridules à peine marquées. D'autres rejoignent les fossettes presque enfantines qui creusent toujours ses joues aux pommettes hautes tandis que ses lèvres pâles s'entrouvrent. Les cheveux très blancs sont lissés en arrière en un chignon bas sur la nuque mais une mèche souple adoucit le front qu'on devine délicatement parcheminé. Elle est belle et son buste gracieux chaudement enveloppé d'angora mauve évoque à Marine, elle ne sait pourquoi, une gravure orientale, comparaison peut-être accentuée par la fine tige de petites fleurs roses en bouton qui jaillit d'un vase effilé, posé à côté de l'aïeule.

Avec sa permission, Marine est retournée chercher en haut de l'armoire les albums. Ils pèsent leur poids de souvenirs. Sans les ouvrir encore, la jeune fille parle à sa grand-mère de sa promenade de la veille au soir.

– Tu sais, je suis retournée à Paulilles. Je voulais retrouver l'école où j'aurais tant voulu être élève comme Maman. Tu te rappelles ? Moi, je suis allée en primaire à Port-Vendres. Toi aussi, tu es allée à l'école à Paulilles ?

– Oui, mais d'abord dans l'ancienne, celle où était allée ma mère à moi ! Elle n'était pas très loin de l'usine d'acide, près de la voie ferrée. À l'époque de l'arrêt de la production d'acides, on l'a changée de place. Je me rappelle bien le déménagement dans la nouvelle école toute neuve. Avant, il y avait un champ d'oliviers et il en est resté quelques-uns dans la cour. Y en a encore, je crois.

La mémoire de Maria se ranime. Elle lève lentement son beau visage vers sa petite fille qui, avec elle et grâce à elle, va remonter le cours du temps.

La Grande Guerre est finie. Les années 20 déroulent leur cours. La cité ouvrière déborde d'activité. Dans la baie de Paulilles, arrivent d'énormes cargos qui emportent des tonnes de dynamite. Des barques catalanes de toutes les couleurs font le va-et-vient entre les bateaux et l'embarcadère en bois de la plage.

Autour d'un micocoulier majestueux, des petites filles font la ronde.

Troisième partie

Maria

16

Ce jour d'octobre était pour Maria celui de sa première rentrée. À cinq ans, il était temps pour elle d'aller à l'école. Elle y pensait depuis des jours, partagée entre le désir d'être grande et celui de ne pas quitter le cocon familial ne fût-ce que quelques heures.

L'air grave des grands jours, elle marchait à petits pas, serrant bien fort la main de sa maman tout sourire :

– Tu vas voir comme la maîtresse est gentille ! Et puis tu vas apprendre des tas de choses, tu vas dessiner, apprendre des chansons et des récitations. J'ai hâte de t'entendre, tu sais !

Maria attendait de voir par elle-même ; elle se méfiait ; elle en connaissait qui n'étaient pas tellement enchantés d'aller en classe : des paresseux, disait sa grand-mère, des bons à rien qui n'avaient pas grand-chose dans la tête.

Maria et sa mère passèrent au pied des hautes cheminées, sentinelles de la fabrique. Au milieu de la cour, un micocoulier étalait ses branches souples. Ses petits fruits violets faisaient le bonheur d'oiseaux qui attendaient le dernier moment pour s'envoler devant les arrivantes. Un coup d'œil au préau tout en longueur et elles gravirent l'escalier menant au premier étage de la caserne où avait été installée l'unique salle de classe.

– Entrez ! dit une voix ferme et musicale à la fois, quand résonna le coup frappé contre la porte de bois.

Sur le seuil, la petite fille s'immobilisa, médusée. Tout de suite, son regard fut attiré par une grande armoire vitrée et elle aperçut, bien rangés sur les étagères, des instruments bizarres mais aussi des mesures en fer blanc et des poids en fonte qui ressemblaient à ceux qu'il y avait à la maison. À côté étaient alignés des bocaux transparents avec de drôles de choses dedans. Brusquement elle reconnut un serpent puis un gros lézard vert, elle fut horrifiée et se serra contre sa mère.

– Va t'asseoir là-bas avec les petits !

Maria lâcha à regret la main maternelle, passa à côté du gros poêle en fonte pas encore allumé en cette saison et gagna sa place sur la gauche d'un pas hésitant. Tout le monde la regardait et elle se sentit intimidée. Les autres avaient fait leur rentrée depuis une semaine mais elle, elle toussait trop et il avait fallu attendre qu'elle fût remise.

– Allons, les enfants, reprenons ! Toi, Georgette, tu vas t'occuper de la nouvelle pendant que je termine avec mes garnements.

C'étaient les grands de CM2 qui étaient ainsi désignés car ils étaient aux prises avec un problème et des explications supplémentaires s'imposaient pour plusieurs élèves en difficulté.

Après avoir serré la main de l'institutrice et fait un petit signe à sa fille, Marie s'éclipsa. Maria était une enfant sage et elle le resterait. Elle regardait autour d'elle, ses yeux vifs s'attardaient sur les images qui ornaient les murs : des paysages, des lacs bleutés, des cartes de géographie pleines de couleurs. Elle aima d'emblée l'atmosphère studieuse qui régnait là, à peine troublée par quelques légers murmures, des pages tournées, des pieds qui raclaient le sol. Les plus jeunes, comme elle, comprenaient vite qu'il fallait se tenir tranquilles. Et comme la plupart du temps il n'y avait rien de mieux à faire que d'écouter, Maria en prit l'habitude.

Au fil des semaines, elle apprit ainsi à lire presque sans s'en apercevoir, les livres de lecture des CP étaient si joliment illustrés. Elle trouva très amusant de dessiner les lettres et, toute fière, elle traça son nom d'une écriture d'abord malhabile puis de plus en plus assurée sur des pages entières. Parfois, pour changer, elle cherchait à déchiffrer ce qui était inscrit sur la carte du département affichée au mur, admirant son coloriage et le serpent des cours d'eau.

Son petit visage garda longtemps les rondeurs de l'enfance. Ses joues lisses, à peine marquées par deux fossettes malicieuses, invitaient à la caresse. Elle levait alors ses yeux sombres étirés vers les tempes au point qu'ils semblaient vouloir rejoindre les mèches brunes si difficiles à discipliner que sa mère les retenait dans un ruban serré fort, toujours assorti à sa robe du jour. Cette coquetterie n'échappait pas aux garçons de la classe qui ne manquèrent jamais une occasion d'essayer de lui arracher le lien coloré, mais le nœud était solide et ils y arrivèrent rarement ; quelques cheveux restèrent parfois entre leurs doigts brutaux et la pauvre Maria faisait la grimace mais elle n'aimait pas se plaindre et se contentait de lancer des éclairs avec ses prunelles plus luisantes que jamais. Elle était petite pour son âge et toute menue ; sa grâce naturelle attirait l'attention où qu'elle allât.

Non, elle ne ressemblait guère aux autres petites filles de Paulilles mais elle était belle et sa différence ajoutait à son charme et à son mystère.

En hiver, le poêle à charbon ventru ronflait au milieu de la classe. Un grand était de service chaque semaine pour le garnir avec soin et l'entretenir. Les filles les plus audacieuses enviaient ce privilège réservé aux garçons mais la plupart préfèraient n'avoir pas à se salir les mains ! Ce qui ravissait Maria, c'étaient les flammes dansantes quand pour recharger en charbon on ouvrait la petite porte noire, et surtout le doux parfum d'eucalyptus qui se répandait dans la salle de classe quand l'eau mise à chauffer se mettait à chanter et à faire valser les feuilles jetées dedans par la maîtresse. Elle fermait les paupières et son petit nez se plissait de plaisir.

\ \ \

Les années scolaires se succédèrent. Maria eut des relations contrastées avec ses camarades de classe, parfois conflictuelles. Taciturne et réservée, dès qu'elle sut lire, elle aima se plonger dans la lecture de livres empruntés à la bibliothèque de l'école : rangés sur les étagères d'une armoire vitrée, soigneusement étiquetés, ils offraient un choix varié. La Bibliothèque rose plaisait beaucoup aux filles, elle dévora tous les romans de la Comtesse de Ségur qu'elle put trouver puis les Contes de Perrault et de Grimm. Le jour où elle découvrit *Robinson Crusoë* avec sa belle couverture rouge et ses illustrations en couleurs, elle fut émerveillée. La maîtresse lui avait pourtant dit que c'était plutôt pour les garçons mais les romans d'aventure la captivaient autant qu'eux.

D'ailleurs, pour jouer à grimper dans les arbres, participer à un jeu de ballon ou une chasse au trésor avec une bande de gosses, elle était volontiers partante ! Seulement, on ne voulait pas toujours d'elle. Les autres la trouvaient trop petite alors qu'elle avait leur âge ou la repoussaient sans raison véritable « parce qu'elle n'était pas comme eux ». Maria était trop fière pour insister et se détournait pour cacher les larmes qui lui montaient aux yeux. Ses meilleurs amis étaient des petits garçons venus de Cosprons qui, comme elle, étaient tenus à l'écart plus souvent qu'à leur tour. C'étaient pour la plupart des enfants d'ouvriers agricoles, habillés plus pauvrement que ceux du hameau de Paulilles.

Il y en avait un en particulier que Maria aimait bien. Andreu était fils d'un immigré espagnol qui avait pu bénéficier d'un bail à *complant*[1]. Dur au travail, le père exigeait de ses enfants de l'aide à la vigne ou à la maison et de l'application à l'école.

Avec les autres élèves venus de Cosprons, il descendait chaque matin du village, son cartable en bois à la main. Les jours d'hiver, quand soufflait la tramontane, les enfants peinaient. Ils se tenaient les uns aux autres et, pour éviter la traversée du col trop venté, ils se glissaient le long des vignes les plus abritées. Les rafales les surprenaient quand même et, un matin de décembre, Andreu laissa échapper son cartable dans la pente. Il était solide car c'était le père qui avait fabriqué de ses mains une grande boîte rectangulaire en bois, avec une ouverture à abattant sur le dessus. Ses bretelles de cuir arrachées, le cartable voltigea dans les airs, perdant tout son contenu qui s'éparpilla à travers les ceps. Le plumier s'ouvrit, se vida et se brisa, les cahiers perdirent leur couverture mais leur état pitoyable émut moins Andreu que la perte irrémédiable de son déjeuner ! Pour tous les autres, ce fut une belle partie de rigolade mais pas pour le pauvre Andreu qui arriva en classe tout ébouriffé, rouge comme un coq et penaud. Il redoutait surtout le retour chez lui quand il lui faudrait avouer sa maladresse et montrer ses affaires abîmées.

Maria, sensible à sa détresse silencieuse, s'approcha de lui à la récréation. Il s'était isolé sous un olivier. Elle s'assit à côté de lui :

– Tiens, c'est pour toi.

Il la regarda, incrédule. Elle lui tendait son cadeau, paume ouverte.

– Une pépite d'or ! Elle brille, elle est belle !

1 Complant : cession d'une terre à un « complanteur » qui s'engage à planter de la vigne et à livrer au bailleur une partie de la récolte.

À Paulilles, tous les enfants faisaient collection d'OR. C'était à qui aurait le plus de pépites et surtout les plus grosses, les plus étincelantes. Au pied des cheminées de la fabrique d'acides et sur la « Place Rouge », ils ramassaient des cristaux de pyrite. Le minerai livré par les navires cap-horniers et conservé dans des silos servait à fabriquer l'acide sulfurique mais pour tous les enfants c'était de l'or et ils tenaient à leur trésor comme à la prunelle de leurs yeux !

Le cadeau de Maria était somptueux. Elle offrit aussi à Andreu de partager son déjeuner et tous deux mangèrent de bon appétit. Ainsi commença l'amitié fraternelle des deux enfants. La petite fille souffrait assez au quotidien des moqueries des autres élèves pour être sensible aux quolibets dont Andreu était souvent la victime. Très myope, il remontait ses lunettes à verres épais qui glissaient tout le temps sur son nez. Mais les taquineries concernaient surtout son drôle de « manteau » d'hiver. Ses parents n'étaient pas assez riches pour lui payer une pèlerine convenable. En guise de coupe-vent ou pour s'abriter de la pluie et du froid, il portait un sac de grosse toile rêche avec un trou pour passer la tête. Il n'était pas le seul, d'autres que lui n'avaient rien d'autre pour se protéger, en un temps où travailler la vigne ne rapportait guère.

Andreu parlait mal le français. En classe, la maîtresse interdisait le catalan, que tous ses élèves ou presque parlaient à la maison, pratiquant souvent de savoureux mélanges. De classe en classe, ils se familiarisaient sans trop de mal avec la langue de la République. Pour Andreu c'était plus difficile. Son père, conscient de l'importance à attacher à l'école, avait le souci qu'il fît des progrès rapides. Le petit était parfois découragé malgré l'attention que la maîtresse savait prodiguer à tous ses élèves. Il arrivait même qu'il envoyât tout promener et l'institutrice, obligée de sévir, l'expédiait au fond de la classe, debout contre le mur. Punition toute relative car se trouvait rangée là dans l'angle, en attente pour une future leçon de choses, la longue tige d'une canne à sucre. Tous les garnements punis en profitaient pour en casser un petit bout et se régaler les papilles. À la limite, ils auraient recherché la sanction pour ce larcin-plaisir, sans toutefois abuser ! Et la canne, dans son coin, rapetissait...

Dans un élan de solidarité qui lui ressemblait, Maria décida d'aider Andreu. Après la classe, et à moins que le temps ne fût franchement mauvais, il ne remontait pas tout de suite à Cosprons. Il s'installait contre le pont du chemin de fer et commençait d'abord par dévorer une tartine au beurre rouge. Maria ne connaissait que la tartine de confiture ou de beurre jaune, parfois saupoudré de chocolat en poudre. Elle regarda le goûter d'Andreu avec curiosité et lui trouva une drôle d'odeur ! Elle goûta cependant la tranche teintée de quelques gouttes de vin et reconnut vaguement la saveur du raisin. Elle comprit d'instinct que c'était pour la maman de son ami une façon de ne pas donner à son fils du pain sec.

Après cette pause gourmande, Andreu sortait ses affaires de son cartable et faisait ses devoirs. À partir du jour où Maria vint le soutenir de son savoir de bonne élève et de sa présence, il se sentit plus fort. Elle lui faisait réciter ses leçons, lui expliquait quand il n'avait pas compris. Grâce à ces séances quasi quotidiennes, les connaissances des deux se renforcèrent, leur attachement aussi.

Andreu remontait ensuite au village le cœur content. Il se retournait pour un dernier signe à Maria qui le regardait s'éloigner, silhouette solitaire gravissant la colline.

\ \ \

Avant de rentrer, Maria faisait un petit crochet pour aller dire bonjour à Mouton. C'était le cheval qui vaillamment tirait des wagonnets chargés de nitrate ou de charbon arrivés par le train, franchissait la route et traversait toute l'usine jusqu'à la dynamiterie. Le spectacle du funiculaire à crémaillère qui descendait la marchandise depuis la gare était devenu banal pour la fillette. Parfois, elle haussait les épaules en apercevant deux ou trois garçons qui faisaient les pitres en sautant du quai sur la plate-forme, au risque de se rompre le cou. Le placide percheron gris la regardait approcher dans l'espoir jamais déçu d'une friandise. Il remuait sa tête fine au front large et ses yeux humides faisaient fondre la petite fille troublée par son intelligence et sa gentillesse.

Le palefrenier la grondait un peu car il ne fallait pas trop gâter Mouton mais cette petite fille brune, au teint doré et à l'air décidé, l'attendrissait. Il travaillait à Paulilles depuis des années, il en avait vu passer des enfants attirés par son cheval mais celle-ci faisait preuve d'une constance et d'une fidélité qui le touchaient. Il savait aussi que Maria était la fille de Marie l'encartoucheuse, restée veuve trop tôt, et qu'elle était seule à la maison en attendant le retour de sa mère. Bien sûr, il y avait toujours quelqu'un pour jeter un œil sur elle et ce n'était pas un souci : elle était sage et bien élevée.

Dans le monde clos de Paulilles, Maria grandissait. Il y avait bien quelques sorties à Port-Vendres mais pas souvent, sauf pour aller au catéchisme à pied, en passant par les cols. Trois fois en tout, Marie emmena aussi sa fille au cinéma : un événement à chaque fois ! Mais au fur et à mesure que les années passaient, la vie devenait plus difficile. La crise économique qui semblait avoir épargné la région finit par la toucher en 1931. Les cours du vin ne cessèrent de baisser et la production industrielle se trouva réduite à son tour. Salaires en baisse, emplois menacés, l'inquiétude était perceptible dans tous les foyers.

Après sa journée, Marie en entamait une seconde, n'hésitant pas à travailler le jardin dont elle disposait à côté de la route, non seulement pour cultiver les légumes destinés à la consommation familiale mais aussi pour les vendre. Elle élevait même avec succès poules et lapins. Ses poulets savoureux et ses œufs frais avaient leurs amateurs. Maria non plus ne chômait pas. Toutes les deux savaient qu'en vivant à l'usine, elles étaient de toute façon privilégiées.

Maria voyait de moins en moins Andreu qui désormais secondait son père à plein temps. Il était loin le temps où il travaillait surtout le jeudi et le dimanche, remontant cent fois dans sa *banaste*[1] la terre emportée par un orage. Sur les collines, la vigne s'étageait en *feixes*[2] patiemment élevées par des générations de vignerons. Mais quand la pluie dévalait les pentes, elle entraînait tout avec elle, creusant des trous, mettant la roche à nu. Il fallait donc aller rechercher la terre accumulée en bas et la remonter au pied de chaque cep. Andreu s'acquittait de sa tâche avec opiniâtreté et il avait des mollets plus durs de jour en jour. Il avait aussi

1 Banaste : banne, corbeille plate en osier.

2 Feixes : mot catalan désignant des cultures en terrasses, soutenues par des murets de pierre sèche.

appris à soigner le vignoble et escaladait les pentes les plus raides, la sulfateuse accrochée au dos. La taille n'avait plus de secrets pour lui et son père lui faisait confiance. Maria sentait qu'il devenait adulte tandis qu'elle sortait à peine de l'enfance, protégée malgré les difficultés par sa mère et sa grand-mère.

Le jour de ses dix-sept ans qui coïncidait avec le premier jour de l'été, cette dernière lui offrit un très joli pendentif en argent. De forme ovale, il se présentait comme un boîtier orné d'un épi de blé, qui s'ouvrait et, pour l'instant, était vide. Souriante, Madeleine dit avec malice :

– Il n'est peut-être pas loin le moment où tu y glisseras la photo de ton soupirant ou une mèche de ses cheveux !

Et Maria protesta avec énergie. Madeleine et Marie se mirent à rire. La soirée était douce et parfumée. Arrivait le temps des pique-niques sur la plage et des fêtes de la Saint Jean.

Paulilles avait envie de s'amuser. Hélas, la dure réalité se chargea de rappeler à ses habitants qu'ils vivaient sur une poudrière.

\ \ \

17

À la nitration travaillaient quatre hommes. Ils venaient d'arriver dans leur baraque, en haut de la « montagne ». L'équipe du matin avait terminé, c'était la semaine où ils étaient « de l'après-midi ». On était en juillet. Malgré la proximité de la mer, la chaleur pesait de tout son poids et l'on transpirait sans avoir rien fait.

– J'ai pas fermé l'œil cette nuit, qu'est-ce qu'il a fait chaud !

– Moi, pareil. J'arrêtais pas de me relever pour aller boire. Alors forcément, j'étais en eau.

– Ben c'est l'été quoi, c'est normal.

Tout en bavardant, chacun gagnait son poste. C'était cocasse. Deux d'entre eux, les plus âgés, étaient tout ronds, ils avaient un bon coup de fourchette dont témoignait leur tour de taille imposant. Mais cela ne les empêchait pas d'être aussi vifs et efficaces que leurs compagnons plus jeunes, lesquels étaient de vrais fils de fer ! Pas de débutant parmi eux, ils étaient aguerris et savaient s'imposer une vigilance de tous les instants.

Ils fabriquaient de la nitroglycérine, tout près de la réfrigération, car ils avaient besoin de refroidir constamment leur mélange d'acides, de glycérine et de glycol rajouté par mesure d'économie. L'eau était pompée dans la mer et y retournait après usage. Les différentes tâches, longues et minutieuses, demandaient de la concentration et de l'habileté. Les nitreurs travaillaient à la main, sans gants et sans masque au-dessus d'un grand bac en plomb. Chaque étape était délicate. Il fallait surveiller constamment la température qui, trop élevée, aurait entraîné une explosion fatale. L'odeur entêtante était permanente. Le mélange achevé, la nitroglycérine devait encore être neutralisée au sein de grands réservoirs, en plomb eux aussi, par un lavage à l'eau additionnée de carbonate de sodium. Puis on l'envoyait au filtrage, lui-même suivi d'un nouveau lavage avant livraison aux pétrisseurs.

Il faisait de plus en plus chaud. Les risques liés à l'élévation excessive de la température étaient donc grands. Que se passa-t-il exactement ? Les survivants furent incapables de le dire. Y eut-il un moment d'inattention ? Sans doute. En tout cas, le mélange changea de couleur, ce qui prouvait qu'il se faisait mal. Les hommes s'en aperçurent instantanément :

– Vite ! Il faut partir ! Ça va sauter !

Ils savaient tous qu'il était trop tard pour espérer noyer le mélange et ainsi empêcher le désastre. L'un d'eux tira quand même sur la corde qui faisait tomber l'eau du long réservoir placé en surplomb. Puis les quatre s'engouffrèrent dans l'étroit couloir menant à la sortie. Les sabots de bois qu'ils portaient aux pieds les ralentissaient mais surtout leur embonpoint en rendit deux plus gauches, moins rapides. Ils avaient du mal à passer, ils se gênèrent mutuellement, se bousculèrent peut-être. L'explosion rattrapa les quatre nitreurs. Les deux premiers s'en sortirent miraculeusement, les autres y laissèrent la vie. Tout près de la sortie, à l'endroit où le couloir faisait un coude, le dernier fut projeté contre la paroi avec une telle violence qu'il ne resta plus rien de lui, si ce n'est la marque de son corps incrustée dans le mur.

Toute l'usine entendit l'énorme détonation. Chacun resta pétrifié sur place puis ce fut la ruée et le désespoir. Maria s'empressa d'aller voir son amie Georgette, fille de l'un des nitreurs. Il était vivant mais blessé et surtout choqué, au point de ne pouvoir articuler un mot. Son visage, bruni toute l'année, avait pris une teinte grisâtre et ses yeux hagards ne se fixaient sur rien. Éperdue, Georgette n'arrivait pas à réconforter sa mère, elle-même incapable de venir en aide à son mari. Il fut dirigé sur l'hôpital de Perpignan et Maria alla chercher sa mère.

À l'arrivée de Marie, il y avait beaucoup de monde dans la petite maison du nitreur. D'autorité, elle mit tout le monde à la porte ou presque. À la fois bourrue et chaleureuse, elle fit asseoir Georgette et sa mère, les raisonna tout en leur préparant une citronnade bien fraîche car la salle à manger était un véritable four. D'autorité, elle fit ce qu'elle faisait chez elle, établissant un courant d'air entre deux fenêtres dont elle avait humidifié les rideaux.

Maria qui, depuis peu, caressait le projet de se faire embaucher à l'usine dès qu'elle aurait ses dix-huit ans, se sentait moins enthousiaste. Des accidents, il y en avait eu d'autres. Sa mère avait souvent évoqué devant elle la mort du père de la pauvre Germaine qui avait sauté à *l'appareil*[1] en 1913, la laissant orpheline à seize ans avec ses trois frères. Entendre raconter des drames survenus dans tel ou tel atelier et en vivre un, ce n'était pas la même chose. Malgré la chaleur, Maria frissonnait. Son petit visage triangulaire était aussi pâle et tiré que celui de son amie Georgette. Personne n'osait parler des deux qui étaient morts mais chacune y pensait.

Pourtant, dès le lendemain, le travail reprendrait dans tous les ateliers. À la nitration, on déblaierait, on nettoierait avec rage et l'usine continuerait à tourner car elle avait l'habitude de panser ses plaies sans oublier aucune de ses victimes.

\`\`\`

L'été caniculaire s'étira jusqu'en octobre. Depuis le drame de juillet, Paulilles vivait en sourdine. Le soir, à la fraîche, quand on sortait sa chaise sur le devant de sa porte, on parlait à mi-voix ou même on ne parlait pas du tout. On avait le plaisir d'être ensemble, de se comprendre. Seuls les enfants galopaient comme avant et l'on entendait des éclats de rire qui, tout compte fait, avaient quelque chose de réconfortant car ils étaient le signe que la vie continuait. Ils chantaient à tue-tête le refrain à la mode d'Ouvrard :

« ***J'ai la rate qui s'dilate***
J'ai le foie qui est pas droit…
Le thorax qui s'désaxe
La poitrine qui s'débine
Les épaules qui se frôlent
J'ai les reins bien trop fins
Les boyaux bien trop gros
Ah mon Dieu qu'c'est embêtant d'être toujours patraque
Ah mon Dieu qu'c'est embêtant je n'suis pas bien portant. »

1 C'est-à-dire à la nitration

Des mères, vaguement gênées, cherchaient à les faire taire mais cette ambiance légère faisait du bien à tout le monde et la bonne humeur finissait par devenir communicative.

Les vendanges furent précoces. Beaucoup d'ouvriers de Paulilles étaient aussi vignerons et produisaient vins doux naturels et vins tranquilles.

Des vignes alignaient leurs rangées presque sur le site de l'usine. D'autres grimpaient jusqu'en haut des coteaux. De Cosprons, des mas dans les collines et de tous les villages environnants, arrivait dès six heures du matin une joyeuse foule de vendangeurs. La tâche qui attendait hommes, femmes et enfants était rude, en particulier sur les pentes escarpées, mais le temps était venu de récolter les fruits du travail patient de toute une année. Aussi l'ardeur et l'effervescence étaient-elles à la mesure des espoirs que l'on nourrissait d'une récolte généreuse.

Tout au long du jour, les alentours de Paulilles résonnaient des appels et des chants des *colles*[1], des grelots des mulets tirant les charrettes alourdies de raisins pourpres. Où que le regard se portât, il découvrait de rangée en rangée, les échines courbées des coupeurs et des coupeuses. Filles, femmes et jeunes garçons progressaient de cep en cep, au rythme imposé par la meneuse qui coupait deux ou trois pieds en avant des autres. Il s'agissait d'aller vite mais pas question d'oublier la moindre grappe cachée sous la feuille ! La fautive – parfois le fautif – se retrouvait barbouillée de raisin écrasé et si elle protestait, les moqueries redoublaient jusqu'à ce qu'elle retrouvât la bonne humeur de rigueur.

Les fruits mûrs, tranchés d'un geste vif, tombaient dans les seaux métalliques qui avaient remplacé les corbeilles en bois d'autrefois. À l'extrêmité de chaque ligne, les grappes étaient déversées dans la hotte d'un homme robuste dont le dos large supportait des heures durant la précieuse charge. En quelques points stratégiques des vignes, attendaient sur les charrettes qui descendraient ensuite au pressoir les comportes prêtes à recevoir la vendange. Des taches sang et or ponctuaient les chemins de leurs couleurs catalanes : c'étaient les pompons et les franges des harnachements des mulets à la robe sombre.

1 Colles : nom catalan des équipes de vendangeurs

Elles étaient plusieurs, les jeunes filles de Paulilles, à se mêler chaque automne aux femmes de Cosprons et d'ailleurs, si habiles à dépouiller chaque cep de son offrande fruitée. Maria était parmi elles. Elle abritait son visage sous un chapeau de paille qui s'agitait joliment quand, pour un instant, elle redressait son corps engourdi par l'effort. Malgré la fatigue qui, soir après soir, laissait son corps fourbu, elle aimait ce travail au grand air, la gaîté laborieuse et complice qui parcourait la vigne, les facéties des enfants qui, eux aussi, apportaient le concours de leurs mains, adroites à se glisser pour saisir la grappe dissimulée. On s'activait d'un bout à l'autre du jour et pourtant régnait une atmosphère de fête permanente qui s'harmonisait avec les couleurs flamboyantes de l'automne.

Cette année-là, Maria fit connaissance d'Étienne. Il venait d'un mas au-dessus de Cosprons, au hameau de La Guinea. Sa figure hâlée, ses cheveux drus et ses yeux noirs enfoncés dans les orbites lui valaient un certain succès auprès des filles, sensibles autant à son charme qu'à sa vigueur d'homme de la terre. Car il était d'une force peu commune. Et lorsqu'il fallait descendre la vendange d'une vigne lointaine, accessible seulement par un étroit sentier, trop abrupt pour une charrette, c'est à lui qu'on faisait appel. Son dos large et musclé supportait sans broncher le *costal* [1]empli de ses quatre-vingts kilos de raisin. D'un pas solide, Étienne descendait son fardeau sur plusieurs kilomètres et les chemins les plus accidentés ne lui faisaient pas peur. Sitôt parvenu au but, il remontait pour un nouveau voyage, le sourire aux lèvres, s'épongeant seulement le front de son large mouchoir à carreaux.

Parfois, pour rire, il attrapait un gamin qu'il faisait semblant de vouloir balancer par-dessus les ceps. Ou il saisissait au passage une vendangeuse et tentait de l'embrasser. La première fois que Maria le vit, elle le trouva un peu m'as-tu-vu et se tint prudemment à l'écart. Or le garçon avait déjà repéré cette gracile jeune personne à la frimousse plaisante. Il comprit qu'il ne fallait pas brusquer une fille comme elle, gracieuse mais réservée, et il sut attendre son heure. Elle se présenta à plusieurs reprises, lors de pauses à l'ombre parcimonieuse d'arbustes,

1 C'ostal : comporte en bois

près du ruisseau. Il lui offrit de l'eau fraîche, des olives, écrasa pour elle une tomate sur une tranche de pain frottée à l'ail. Enfin, un jour, il lui offrit d'un air gauche quelques fleurs cueillies à son intention. Quand il s'assit, il prit soin d'observer une distance propre à ne pas l'effaroucher.

Par la suite, il ne manqua pas une occasion de passer non loin de sa rangée, quitte à s'écarter légèrement de son propre itinéraire, afin de lui adresser un signe de la main ou de la tête, quelques mots d'une plaisanterie gentille.

Quand s'achevèrent les vendanges et que, comme le veut la tradition, un ultime souper suivi d'un bal champêtre rassembla une dernière fois toutes les colles, Étienne chercha Maria et elle ne se déroba pas à ses invitations à danser. Elle évoluait avec légèreté et elle apprécia les bras puissants qui la guidaient sans faux-pas. Étienne aimait les musiques joyeuses et les rythmes qui permettaient au corps de s'exprimer en souplesse après avoir enduré la tension du vendangeur à l'ouvrage.

Après cela, difficile de se dire : « Au revoir ! À l'année prochaine ! » En outre, Étienne apprit à Maria que, dès novembre, il entrerait à l'usine où on avait accepté de l'embaucher. Son contrat au Mas s'achevait et il comptait obtenir une paie plus généreuse à Paulilles. Beaucoup d'hommes faisaient ce calcul : il était plus rentable de travailler à la dynamiterie que dans les champs ou les vignes.

En juin de l'année suivante, Maria fêta ses dix-huit ans et devint encartoucheuse comme sa grand-mère et sa mère.

Le mariage d'Étienne et Maria fut célébré en décembre. On leur promit qu'ils pourraient sous peu disposer d'une petite maison, au bord du Cosprons, sous la voie ferrée. En attendant, ils s'installèrent à Banyuls dans un appartement juste assez grand pour abriter leurs amours. Chaque jour, ensemble quand ils le pouvaient, séparément quand leurs horaires ne coïncidaient pas, ils partaient travailler à pied, empruntant le raccourci du tunnel interdit, suivi par des générations d'ouvriers depuis des années.

\ \ \

L'air vibrait dans la moiteur d'été de juillet. Ni la proximité de la mer ni la nuit ne parvenaient à apporter un peu de fraîcheur. La chaleur était telle que le soleil avait disparu depuis longtemps à l'horizon quand les cigales arrêtaient la modulation stridante de leurs cymbales. Alors, une douce torpeur enveloppait Paulilles jusqu'au matin.

Maria était fière d'attendre son premier enfant et espérait que ce serait un garçon. Enceinte de sept mois, elle continuait vaillamment sa tâche d'encartoucheuse. Son ventre se faisait plus lourd et la fatigue qui s'abattait sur elle en fin de journée lui faisait redouter de ne plus pouvoir continuer longtemps. Par-dessus le marché, les nausées du début avaient réapparu, sans doute accentuées par les vapeurs de matière qu'elle continuait d'inhaler. Elle était obligée de quitter l'atelier de plus en plus souvent pour aller respirer et se sentait mortifiée car elle n'avait pas été la dernière à taquiner, non sans cruauté, les mauviettes qui s'absentaient pour un oui, pour un non !

Vu son état, elle était autorisée à sortir également pour sa pause repas. Elle en profitait pour se détendre et respirer à fond. Elle s'allongeait quelques minutes sur un petit tertre herbeux, étirait bras et jambes puis, les mains sur son enfant à venir, elle lui parlait tout bas, le caressait avant de s'asseoir pour avaler son déjeuner. Les jours de vent marin, elle accueillait avec volupté les rayons frais du soleil tamisé sur son visage et tout son corps.

Un mardi, qu'elle n'oublierait jamais, elle venait de se remettre debout, prête à retourner à l'atelier. Sentant une odeur inhabituelle, elle se retourna et vit s'élever d'une baraque une épaisse fumée noire. Puis des flammes jaillirent de partout à la fois et elle se retrouva assise par terre. Prise de panique, elle se dressa de nouveau et s'élança droit devant elle. Il fallut aller la chercher car elle avait escaladé jusqu'à son sommet un énorme tas de charbon et elle aurait été incapable d'en redescendre seule. Elle restait là, hébétée, à quatre pattes, sans savoir où elle était ni comment elle était arrivée là, sans entendre non plus ceux qui lui parlaient d'en-bas. L'ouvrier qui monta vers elle, l'attrapa doucement et la tira vers lui. Ses vêtements, son visage, ses bras et ses mains étaient noirs, quelques écorchures laissaient échapper des traînées rouges.

Plus question de retourner à l'atelier. Obligée de se ménager, elle resta chez elle et, malgré les tâches ménagères qu'elle continuait d'accomplir, elle se sentit désœuvrée. Le rythme n'était plus le même. Sous les yeux éberlués d'Etienne, elle modifia l'aspect de leur logis de fond en comble. Elle lessiva les murs, elle remplaça les rideaux, tous les meubles changèrent de place. Ni les remontrances de sa mère ni les protestations de son mari ne freinèrent sa frénésie de changement.

Son fils vint au monde un mois avant terme. Marie ne put s'empêcher de s'exclamer :

– Je te l'avais bien dit que tu prenais des risques ! Et maintenant voilà, il arrive trop tôt !

Toute à son bonheur d'être mère, Maria n'écoutait pas et dévorait des yeux son bébé, certes petit mais le plus beau de la terre. Elle avait eu si peur pour lui juste après l'incendie. Les flammes avaient été rapidement maîtrisées et on n'avait eu à déplorer que des dégâts matériels. Il n'y avait qu'elle qui avait donné des inquiétudes. Rongée par l'angoisse, elle avait trouvé longues les semaines qui avaient suivi. Elle avait hâte de voir son petit pour vérifier qu'il n'avait pas souffert, qu'il était normal.

Maintenant qu'il était là, elle se disait qu'elle avait peut-être provoqué l'accouchement dans sa hâte d'être rassurée ! Elle n'osa pas le dire à haute voix !

\ \ \

18

En 36, on était heureux à Paulilles mais c'est plus tard qu'on s'en rendrait compte avec acuité. L'Espagne était proche et lointaine à la fois. On se sentait à l'abri des soubresauts qui l'agitaient.

– Tu as vu dans le journal ? Franco et compagnie, « des chefs militaires valeureux » qui ne cherchent qu'à rétablir l'ordre, tu parles ! Mais le pays est coupé en deux avec les Républicains d'un côté et les Nationalistes de l'autre !

– Moi, je plains le peuple. Toutes ces violences, ces meurtres…

Maria se représentait difficilement ce que pouvaient vivre hommes, femmes et enfants à Barcelone ou ailleurs. Son ami d'enfance Andreu avait la mine sombre depuis quelques mois. Sa famille et lui étaient sans nouvelles des leurs. Les informations les plus contradictoires couraient. Andreu disait qu'il fallait défendre la démocratie en danger, que les gens en avaient assez d'attendre des réformes sociales qui ne venaient pas.

– Et les Rouges, interrogeait Maria ? Tu n'en as pas peur ?

– Quoi, les Rouges ? Ils se battent pour le peuple, pour la liberté !

Maria ne s'était guère intéressée à la politique jusqu'à présent. Elle devinait que des menaces planaient et que la proximité de l'Espagne n'était pas rassurante. Mais y avait-il lieu de se sentir vraiment concerné quand on vivait en France ? Oui, quand on était Catalan. Qu'on fût du nord ou du sud, on était des frères. Elle écoutait les uns et les autres discourir et se sentait déconcertée. Elle entendait Étienne approuver le pacte de non-intervention proposé par Léon Blum et Andreu s'indigner de ce qu'il appelait « une marche arrière » destinée à complaire aux radicaux et au Royaume-Uni.

Plus tard viendrait une confidence de son ami catalan : d'après lui, la France enverrait en secret des armes aux Républicains. Maria essayait de se faire une opinion et ne réussissait qu'à s'angoisser, comme si les soucis quotidiens ne suffisaient pas. L'Allemagne nazie était de plus en plus perçue comme une terrible menace. La perspective d'une nouvelle guerre mondiale avait de quoi terrifier. Marie en parlait parfois, les yeux remplis de crainte ou de colère rentrée, on ne savait plus très bien. Il était visible que de terribles souvenirs remontaient à la surface. À brûle-pourpoint, elle assénait des phrases qui, toutes, disaient la même chose :

– Ce Franco, je ne l'aime pas. Mais le gouvernement a raison. Si grâce à lui, on évite la guerre avec les Boches, y a pas à hésiter !

Un soir de janvier 39, Étienne rentra, le visage défait. Maria, qui l'attendait depuis un bon moment, s'inquiétait. Parti à Cerbère voir son frère, il tardait à revenir. S'il lui était arrivé quelque chose ? Les temps étaient si troublés partout ! Ses traits tirés et la façon dont il se laissa tomber sur une chaise l'alarmèrent :

– Qu'est-ce qu'il y a ? Tu as eu un problème ?

– Ils arrivent…

– Qui ça ?

– Les Espagnols ! Des Castillans, des Catalans ! Ils sont des centaines, des milliers peut-être, des hommes, des jeunes et des vieux, des femmes, des enfants.

– Mais où ? Et pourquoi ?

– Barcelone est tombée, paraît-il. Ils fuient devant les troupes de Franco. Ils ont tout quitté et ils arrivent chez nous, avec deux fois rien, quelques ballots, et par contre des animaux, des chevaux, des vaches, des chèvres, des moutons !

– Tu les as vus ?

– Mais oui, c'est une marée humaine et animale, je n'en croyais pas mes yeux.

Maria, qui attendait son second enfant, posa ses deux mains sur son ventre, les doigts écartés :

– Il y a des femmes et des enfants ?

– Des tout petits dans les bras de leur mère, d'autres qui trébuchent à chaque pas, tu te rends compte ?

Comment arriver à imaginer tout un peuple en charrette, en voiture ou à pied, épuisé, affamé, parfois en guenilles, certains estropiés ?

L'incroyable nouvelle frappa de stupéfaction les habitants du département, pourtant déjà inquiets. On n'attendait pas une telle masse. On apprit peu à peu qu'il en arrivait de partout, à Prats de Mollo, au Perthus, à Cerbère, à Saint Laurent de Cerdans, par tous les cols.

Cette année-là, février fut glacial, la neige tomba sur les fuyards, misérables fourmis cheminant avec difficulté par tous les chemins et sentiers des Pyrénées pouvant les conduire en France, pays frère devenu leur unique espoir de salut. C'était le déferlement de la *Retirada*[1].

Le soir du sept février, tout était tranquille à Paulilles. Les familles se tenaient au chaud près du poêle. Un roulement continu sur la route résonna soudain puis s'amplifia. Malgré le froid, Étienne et Maria comme beaucoup d'autres habitants sortirent de chez eux, scrutant l'obscurité. Des véhicules hétéroclites par groupes de cinq ou six se suivaient en un défilé interminable. Ils roulaient lentement. Sur les plates-formes des camions dépourvues de bâches on devinait des silhouettes tassées les unes contre les autres. À la lumière des phares du véhicule qui suivait, Maria aperçut, appuyé contre une ridelle, un visage d'enfant dévoré par de grands yeux sombres. Happé par l'ombre, il disparut mais son image tragique resta incrustée dans l'âme de la future mère.

– C'était donc vrai ! On m'a dit qu'ils étaient des milliers à attendre au col des Balistres. Des colonnes entières sont déjà passées par le tunnel de Cerbère.

– Pourquoi le tunnel ?

– C'est plus court que par la route. Ceux qui viennent de Gérone ont fait la route à pied, avec femmes et enfants.

– Pauvres gens. Où vont-ils ? Pourquoi on ne les protège pas du froid ? Ils n'ont pas de quoi se couvrir ?

– Ils sont partis en catastrophe. Ça chauffe, et de plus en plus près de la frontière. Il paraît que Llança et Puerto de la Selva ont été bombardées.

– J'ai entendu dire que de petits bateaux sont aussi arrivés à Port-Vendres avec plein de gens.

Les commentaires allaient bon train. On racontait ce qu'on savait ou croyait savoir. L'incrédulité, la pitié le disputaient à la crainte. Qu'allait-t-on faire d'eux ? Où allaient-ils ? Tant de monde franchissait la ligne !

1 Retirada : nom donné à l'exode de 500000 Catalans et Castillans fuyant le franquisme en l'espace de trois semaines, en janvier et février 1939.

– Je croyais qu'on avait fermé la frontière !

– Plus maintenant. T'as pas lu dans le journal ? Depuis avant-hier, tout le monde passe. Au début, c'étaient que les femmes, les enfants et les vieux.

– Y avait aussi des militaires blessés, il paraît, certains salement.

– Maintenant je te dis, y a aussi les combattants vaincus. C'est Daladier qui a décidé ça.

Les avis étaient partagés. On avait peur des Rouges mais on craignait aussi les Nationalistes dont on disait qu'ils étaint féroces !

Les jours qui suivirent, dans les ateliers, dans les casernes, dans les vestiaires, à la cantine, à la buvette près de la gare, on ne parla que « des événements d'Espagne et de la situation à la frontière ». Selon le tempérament et les opinions politiques, on approuvait ou non les décisions prises par le gouvernement français.

– Les Républicains défendaient la démocratie, il fallait les soutenir, on n'a rien fait, c'est honteux.

– De toute façon, ils ont perdu la guerre, ils sont vaincus ! Maintenant peut-être qu'il y aura un peu d'ordre en Espagne !

– Comment peux-tu dire ça ? C'est le fascisme et y a rien de pire !

– N'empêche qu'avec tout ça, les Rouges sont chez nous maintenant, toute une armée qui est entrée !

– Ils ont été désarmés à la frontière, tu le sais parfaitement.

Les journaux étaient lus et commentés. On avait vu d'énormes tas d'armes confisquées, des photos de tirailleurs sénégalais venus renforcer la Garde mobile. Pareil déploiement impressionnait et rassurait en un sens. Mais on se disait aussi que si on avait fait venir autant de militaires et de policiers, c'était bien la preuve que tous ces Espagnols étaient des gens dangereux.

Étienne se rappelait les propos nostalgiques de sa mère évoquant la terre de ses ancêtres. Née en Espagne, elle était arrivée toute petite avec ses parents, lors d'une grande vague de migration vers le Roussillon au siècle précédent. Si elle avait été encore de ce monde, nul doute qu'elle aurait été bouleversée par les événements du moment.

– Ma mère disait toujours que c'était beau et sauvage dans son pays mais que son petit peuple était maudit, toujours obligé d'aller ailleurs pour vivre en paix et nourrir les siens.

– Tes grands parents sont arrivés en Vallespir de leur plein gré, rétorquait Maria et ils ont été heureux de ce choix.

– Ils sont venus ici chercher du travail. S'ils avaient pu rester en Espagne, ils l'auraient fait. Quitter sa patrie, c'est toujours un déchirement.

– Si tu es là aujourd'hui, c'est que ton père a rencontré une jolie petite Espagnole ! La destinée a aussi ses bons côtés !

Maria avait entendu cent fois son mari évoquer le souvenir de sa mère trop tôt disparue. Elle sentait aussi qu'Étienne, enraciné comme elle dans ce pays catalan qu'ils aimaient, n'en oubliait pas pour autant ses lointaines origines par-delà les Pyrénées. Plus encore qu'un autre, il était ému au douloureux spectacle de ce flot ininterrompu d'hommes et de femmes.

Quant à Maria, elle était en proie à des pensées contradictoires à propos des milliers d'Espagnols qui avaient franchi la montagne : elle les redoutait malgré elle et en avait un peu honte. Qui savait ce que pouvaient faire des hommes qui avaient tout perdu ? Andreu disait qu'ils voulaient continuer à se battre et n'abandonneraient jamais. Ce fut lui qui, le premier, lui parla du camp de concentration d'Argelès.

Ils étaient là, les réfugiés, sur la plage, derrière des barbelés. Un habitant de la petite ville lui avait raconté que juste avant leur arrivée, tard le soir, des gendarmes étaient passés dans les rues, ordonnant de rentrer chez soi et de fermer les volets.

– Y a rien à voir ! Défense de sortir ! Et défense d'ouvrir votre porte à qui que ce soit ! Toute personne qui accueillera quelqu'un chez elle, se retrouvera elle aussi emmenée dans le camp !

La ville morte avait seulement entendu le roulement des véhicules et les piétinements qui n'en finissaient pas, en direction de la plage.

Argelès… C'était donc là qu'on les avait conduits, ceux qui étaient passés sur la route au-dessus de Paulilles ? On avait cru qu'ils s'étaient arrêtés à Port-Vendres. Des hangars avaient été ouverts pour accueillir les réfugiés. Le passage avait été incessant durant des jours. Les arrivants repartaient très vite, aussitôt remplacés par d'autres. Tous se ressemblaient. Le corps épuisé, les vêtements souvent sales et déchirés, le visage tiré, les yeux hagards.

\ \ \

Avec le printemps, les travaux dans les vignes s'intensifièrent. Sur les coteaux, tout se faisait à la main et on avait besoin de bras. Andreu et son père suffisaient à la tâche car leur terre n'était pas grande. Mais le jeune homme pensa que c'était l'occasion ou jamais de proposer du travail aux réfugiés catalans d'Argelès. Car d'autres propriétés plus vastes réclamaient davantage d'ouvriers agricoles. Le maire et ses administrés les plus importants se laissèrent convaincre de l'intérêt qu'il y aurait à embaucher une main-d'œuvre disponible et peu coûteuse.

Un matin, six hommes descendirent d'un camion. Parmi eux, Josep. Il fut désigné pour aller travailler sur les *feixes* qui occupaient presque toute la colline juste à côté de la vigne où Andreu était à pied d'œuvre depuis l'aurore. Josep était accompagné de vignerons qui lui montrèrent ce qu'on attendait de lui. Il s'agissait de biner le sol autour des ceps à l'aide de l'ancestral outil à deux dents, le *bigos*. Rien qu'à la manière dont il tenait son outil, il était visible que Josep n'avait pas l'habitude de ce genre de travail. Surveillé par les autres, il fut l'objet de quelques remontrances et conseils prodigués sur un ton bourru. Il ne broncha pas et manifesta une bonne volonté qui finit par être récompensée. Quand vint l'heure de la pause casse-croûte, il fut gratifié d'une bourrade d'encouragement et il s'intégra tout naturellement à l'équipe de travailleurs à laquelle Andreu s'était joint en voisin.

Josep était taciturne et réservé. Andreu respecta la distance qu'il semblait vouloir instaurer mais multiplia les occasions de l'approcher, à la fois parce qu'il éprouvait de la sympathie pour lui et parce qu'il avait envie d'en savoir davantage sur le sort des exilés. Les premiers temps, tous ceux qui travaillaient dans les vignes ou les fermes avoisinantes repartaient le soir pour le camp. Finalement, par commodité, on décida de les loger sur place. En obtenir l'autorisation ne fut pas une mince affaire. C'étaient des Républicains à surveiller de près ! Des contrôles quotidiens furent mis en place avec le concours de gendarmes aussi consciencieux que bon enfant. La mairie fournit un local pour abriter les six ouvriers. Ce n'était pas le grand luxe, loin de là. Mais ils disposaient de couchettes et surtout ils avaient des sanitaires à leur disposition.

– C'est comment votre installation ? demanda Andreu, un peu inquiet.

– C'est bien, en tout cas c'est mieux qu'au camp. On a des toilettes, on peut se laver à l'eau propre.

– Parce qu'à Argelès, vous n'en avez pas ?

Josep regarda son interlocuteur, resta un moment silencieux puis laissa tomber :

– On n'a rien de rien. Au début, on est resté sans manger et sans boire pendant cinq jours.

– Cinq jours ! mais pourquoi ?

– C'est comme ça… Parce que rien n'a été prévu pour nous par les Français. Dès le début, on nous a entassés sur la plage comme du bétail, enfermés derrière des barbelés qu'on nous a fait poser nous-mêmes !

– Et après, ça s'est arrangé ?

– Si on peut dire. Maintenant on a quelques robinets d'eau saumâtre sur la plage mais toujours pas de sanitaires ni de constructions en dur. Et on est des milliers…

Comme s'il en avait assez dit pour cette fois, Josep se tut. Il se leva et s'éloigna. Sa voix s'était cassée et Andreu s'en voulut de l'avoir questionné…

Le soir, il descendit à Paulilles voir ses amis Étienne et Maria. Il leur raconta ce qu'il avait appris du sort des Républicains à Argelès et leur parla avec émotion de Josep.

– Et ta famille à toi, tes cousins ? Tu as fini par avoir des nouvelles ? demanda Étienne.

– Non, toujours pas. Ils sont peut-être dans un camp eux aussi. Si je pouvais savoir où !

Les trois amis partageaient la même indignation. Pour Andreu, c'était bien pis depuis que la misère des réfugiés avait un visage.

Le 16 avril, une semaine après le dimanche de Pâques, c'était la fête à Cosprons. Comme chaque année, on célébrait *Pasqüetes*. Habitants du village et des environs convergeaient vers la chapelle du Dévot Christ puis redescendaient sur l'esplanade du mas Pi partager le repas en plein air. Tout Paulilles était là. Maria, accompagnée d'Étienne qui portait Louis dans ses bras, retrouva avec bonheur ceux qu'elle connaissait depuis toujours. Andreu s'empressa de leur présenter Josep qui, exceptionnellement, avait été autorisé à quitter le camp un dimanche.

Il avait hésité à venir, peu enclin sans doute à faire la fête en pareilles circonstances. Devant la gentillesse insistante de ses compagnons vignerons, il avait accepté. Il était là, grand jeune homme hâlé par sa vie au grand air. Maria lui trouva un air infiniment triste, malgré le léger sourire qui flottait sur ses lèvres. Étienne évoqua l'émigration en pays catalan de ses grands-parents.

– Au moins ont-ils été bien accueillis à leur arrivée, dit Josep avec un brin d'amertume dans la voix.

– Je pense, oui, ils étaient venus travailler, comme toi tu le fais ici.

– Ils étaient libres, eux, lança Josep avec plus de vivacité. On ne les a pas parqués dans un camp de concentration.

– C'est vrai et je tiens à te dire que nous autres, nous n'approuvons pas ce qui se passe même si, il faut le reconnaître, c'est pas évident d'accueillir des milliers d'hommes, de femmes et d'enfants.

– Ma femme, on m'en a séparé ! répliqua le Républicain d'un ton presque agressif.

Et Josep de raconter que dès leur arrivée, on a mis les femmes d'un côté avec les enfants et les hommes de l'autre dans le camp coupé en deux par la rivière. Andreu, à qui il n'avait pas dit qu'il était marié, devint blanc d'émotion et de colère.

– C'est ignoble. Alors, vous ne vous voyez plus ?

– Si, une fois par semaine, le dimanche.

Josep suivit du regard un jeune couple qui s'éloignait main dans la main et ajouta :

– Seulement moi, je ne peux pas embrasser ma femme ni même lui toucher le bout des doigts. On est chacun derrière des barbelés et un couloir de sable nous sépare avec des gendarmes et des tirailleurs qui nous surveillent et rigolent. Il faut crier pour s'entendre…

La détresse du jeune Catalan était si poignante que les trois amis se sentirent envahis par la honte. Honte que l'on commît des actes aussi inhumains presque sous leurs yeux, honte de ne rien faire eux-mêmes pour que cessât pareille indignité. Honte de rire, de s'amuser en ce jour de fête. On entendait les musiciens du Réveil banyulenc accorder leurs instruments car, sur la place du village, le bal allait commencer. Une chaude odeur de *bunyetes*[1] flottait dans l'air et l'on voyait partout des pyramides dorées, saupoudrées de sucre. La veille, la balade des jeunes, promenant de mas en mas leurs *cistelles*[2] et chantant des *goigs*[3] avait rapporté une imposante quantité d'œufs et de victuailles diverses. Depuis le matin, des femmes s'activaient pour confectionner les gourmandises. Les omelettes avaient disparu et l'on se régalait désormais du délicieux beignet.

Maria offrit une bunyeta à Josep et elle mit dans ce geste simple toute sa spontanéité :

– Je t'en préparerai pour la fin de la semaine et, dimanche prochain, tu lui porteras. Elle ne seront pas chaudes mais ce sera bon quand même. Moi, j'y mets toujours une bonne dose de fleur d'oranger.

Il avait vu sa femme avant de venir à Cosprons et avait vécu la rencontre comme une souffrance. C'était pis de dimanche en dimanche. Le visage pathétique de sa Joana le bouleversait, il emportait en lui une image qui ne le quittait pas une seconde et faisait grandir sa révolte. Il n'avait pas dit à ses nouveaux amis qu'elle portait un enfant. En voyant Maria toute en rondeur, Étienne plein d'attentions pour elle, Louis qui courait partout, Josep était incapable de parler. Son corps et son visage se crispaient en silence, il imaginait sa femme tapie avec d'autres au fond

1 Bunyetes : galettes que l'on consomme traditionnellement à l'époque de Pâques et qui marquent la fin du carême.

2 Cistelles : paniers d'osier à anse.

3 Goigs dels ous ou « joie des oeufs » : ce sont des chants populaires (à l'origine des cantiques à la Vierge et aux saints) chantés la veille de *Pasqüetes* de maison en maison ; en remerciement, on offre aux chanteurs des oeufs, symboles de renaissance, qui serviront le lendemain.

d'un trou creusé dans le sable pour s'abriter du vent. Les tentes annoncées n'arrivaient pas et pour l'instant, hommes et femmes n'avaient, en guise de toits, que des couvertures tendues entre quatre piquets. Il aurait tout donné pour que Joana fût au chaud. Aussi n'en crut-il pas ses oreilles quand, peu après la fête de *Pasqüetes*, il apprit de ses compagnes d'infortune qu'elle n'était plus là. Elle était à Brouilla[1] dans une maternité miracle qui arrachait les futures mères d'Argelès à leur enfer.

Lorsque Maria apprit la naissance d'un petit Pau, elle n'était plus très loin du terme.

\ \ \

1 Grâce à une jeune institutrice suisse, Elisabeth Eidenbenz, une maternité provisoire à fonctionné à Brouilla de mars à septembre 1939. Elle fut alors déménagée au château d'En Bardou à trois kilomètres d'Elne, où elle resta jusqu'en 1944.

19

Le petit Marcel naquit le 21 août 39 au matin. La nuit avait été très chaude et l'orage, éclaté vers minuit, n'avait pas rafraîchi l'atmosphère.

Maria reposait, son nouveau-né près d'elle. Elle pensait à Pau, le fils de Joana. Dès qu'elle le pourrait, elle irait leur rendre visite et présenter Marcel, presque le jumeau de Pau. Brouilla n'était pas si loin. Étienne sourit en entendant sa femme échafauder des projets :

– Tu seras toujours la même ! Avant de penser à te promener, commence d'abord par te relever et par mettre sur les rails ce petit voyou !

Heureux, Étienne saisit son fils et le souleva en l'air.

– Attention ! s'écria la jeune mère. Tu oublies qu'il vient de naître, il faut lui soutenir la tête, voyons !

– Mais oui, mais oui, je sais, n'aie pas peur. Regarde comme il est costaud déjà !

Maria se sentait comblée. Elle appréciait davantage son bonheur depuis qu'elle connaissait les malheurs de couples comme celui de Josep et Joana. Il y en avait tant d'autres comme eux. Qui sait quand ils pourraient retrouver une vie normale, s'ils y arrivaient.

Elle regardait son Étienne et lui revenaient à l'esprit les mauvaises nouvelles qui remplissaient tous les jours les pages des journaux. Un an plus tôt, la guerre avait été évitée de justesse, mais aujourd'hui la menace resurgissait. Étienne se voulait rassurant :

– On ne risque rien ! Les Anglais sont des alliés puissants et si l'Allemagne devient trop ambitieuse, l'URSS ne la laissera pas faire. Et puis tu oublies que nous avons la ligne Maginot !

– Oh, la ligne Maginot, je ne sais pas trop, moi…

– Qu'est-ce que tu racontes, elle est im-pre-nable, c'est une certitude.

Étienne était sincèrement confiant. Il ne croyait pas à la guerre. À la fin du mois, comme tous les Français, il fut frappé de stupéfaction en découvrant la première page du journal : les Allemands et les Russes avaient signé un pacte de non-agression. À Paulilles, la consternation se lisait sur les visages. Les plus anciens se rappelaient la Grande Guerre et redoutaient d'avance celle qui se profilait. Optimiste jusque là, Étienne devint sombre :

– Cette fois, c'est fichu. On va avoir la guerre. L'Allemagne n'a plus aucune raison de renoncer à ses visées.

Le bombardement de Varsovie et l'invasion de la Pologne firent disparaître les derniers espoirs de paix. On attendait la déclaration de guerre. Elle arriva le 3 septembre et avec elle, l'ordre de mobilisation générale.

En quelques jours, villes et villages se dépeuplèrent de tous leurs hommes de moins de quarante ans, à quelques exceptions près. À Paulilles, ce fut d'abord le départ des plus jeunes, suivi en huit jours de celui de leurs aînés. Ne restèrent que quelques ouvriers et cadres, affectés sur place, afin que continuât à tourner une usine qui pouvait s'avérer précieuse. Le site, sur lequel régnait en permanence une activité intense, sembla s'éteindre et se mettre à vivre au ralenti. Les hommes présents au hameau se sentaient vieux et, pour certains, l'étaient. Les femmes faisaient les braves et devenaient omniprésentes. Dominant leur angoisse, elles se stimulaient les unes les autres :

– Ils seront vite revenus, disaient-elles parlant de leurs soldats. C'est l'affaire de quelques mois.

– Oui, donnons une fois pour toutes une bonne leçon à Hitler.

Les grands-mères gardaient pour elles qu'en 14 aussi, elles avaient cru que la guerre ne durerait pas. À quoi bon décourager les jeunes ? Après tout, ce nouveau conflit ne pourrait pas s'étaler sur quatre ans comme le précédent, c'était impensable !

À peine remise de ses couches, Maria fit face, le cœur déchiré par le départ de son mari. Il y avait les enfants et il faudrait reprendre le travail au plus tôt.

Marie vieillit d'un coup. Elle était toujours vaillante, rude à la tâche comme avant. Mais son visage se marquait de plus en plus, sa chevelure poivre et sel devint blanche en quelques semaines. Maria eut l'impression qu'elle perdait du poids et s'en inquiéta, ce qui provoqua chez sa mère des dénégations impatientes et bourrues. Un dimanche, Marie prit Louis chez elle pour la journée. Maria, son petit Marcel dans les bras, partit pour Brouilla, accompagnée d'Andreu qui avait attelé la charrette. Aller voir Joana était une véritable expédition mais Maria se l'était promis.

Elle arriva dans un havre de paix qui la surprit. Certes, les installations étaient simples, voire rudimentaires, mais tout était clair et propre. Et surtout, elle ne croisa que des visages souriants. Une jeune Catalane vêtue de blanc la conduisit jusqu'à Joana, tout en lui expliquant qu'elle-même venait du camp d'Argelès auquel la directrice avait réussi à l'arracher en disant qu'elle avait besoin de vraies infirmières comme elle.

Sans qu'elle eût à se présenter, Joana devina qui elle était. Elle était assise et cousait, son enfant à côté d'elle. Son visage encadré d'une abondante chevelure brune ondulée était éclairé par de magnifiques yeux verts. Fascinée par ce regard d'eau vive, Maria la trouva belle et pathétique à la fois. Les deux jeunes femmes ne se ressemblaient pas physiquement mais en un quart d'heure, elles se trouvèrent mille points communs, à commencer par leurs deux bébés presque du même âge, ronds et roses tous les deux. L'un et l'autre dormaient, repus, de sorte que leurs mères purent à loisir se raconter.

Maria s'émut d'apprendre que Joana ne pourrait rester que trois mois à la maternité et qu'il lui faudrait retourner au sinistre camp d'Argelès. Pleine de courage, la jeune réfugiée évoqua la chance qui était la sienne d'avoir pu être accueillie ici, dans ce monde à part, bâti de toutes pièces par une femme aussi étonnante que sa directrice. Bien sûr il lui faudrait repartir, mais au moins Pau aurait bien démarré dans la vie. Et puis, d'après Josep qui n'avait pu venir que deux fois, des baraques commençaient à se monter dans le camp, avec presque de vrais lits. Elle n'aurait plus à se coucher au fond d'un trou creusé dans le sable. Elle raconta à sa nouvelle amie que, certains matins, elle s'était levée avec le visage constellé de petits cailloux, méchamment envoyés par la tramontane avec une force telle qu'ils s'incrustaient dans la peau. Eh bien, cela n'arriverait plus !

\ \ \

Les débuts de la « drôle de guerre » déconcertèrent Maria. Elle se rassura avec les nouvelles qu'elle écoutait quotidiennement sur son poste de radio. Certes la Pologne avait été écrasée mais, à l'évidence, la France et l'Angleterre ne pourraient pas être vaincues aussi facilement. D'ailleurs il n'était question que de quelques escarmouches, nos troupes se mettaient en place le long du Rhin et du Luxembourg et renforçaient la ligne Maginot.

On se sentait protégé. On parlait même d'avancées de l'armée française en Allemagne sur plusieurs kilomètres sans qu'elle rencontrât de réelle résistance. Tout allait bien. Les premières lettres d'Étienne étaient insolites. Il avait l'air de s'ennuyer, de se demander ce qu'il faisait là où on l'avait mis !

Le premier tract communiste qui arriva entre les mains de Maria l'horrifia : « On envoie au massacre des ouvriers et des paysans pour défendre des intérêts qui ne sont pas les leurs ! » Elle y vit un refus coupable de défendre son pays. Andreu voulut lui expliquer le sens d'une propagande pacifiste mais elle refusa tout net de l'écouter et un froid durable s'installa dans leurs relations. Elle en fut profondément affectée mais se résolut à suivre son chemin, en solitaire s'il le fallait. Pourtant, l'amitié avait beaucoup d'importance à ses yeux. Elle se sentit, sinon trahie, du moins incomprise.

L'année s'acheva tristement. Sans être aussi rude que le précédent, l'hiver parut long et glacial. Maria s'inquiétait pour son mari qui avait toujours eu du mal à endurer le froid. Là-haut, dans l'est de la France, où il se trouvait justement, les températures négatives n'étaient pas rares. Dans une lettre, il racontait que des tonneaux avaient éclaté et qu'il avait fallu débiter à la hache les blocs de vin gelés. Il parlait aussi de patrouilles, de poses de mines qui faisaient pâlir Maria. Lui semblait apprécier d'avoir, de temps à autre, ce qu'il appelait « une vraie occupation de soldat ». De retour à l'arrière, il recommençait à s'ennuyer ferme, regardant ses camarades graver des objets en fer blanc ou sculpter des bouts de bois. Il espéra une permission qui ne vint pas et Maria regarda d'un air soupçonneux et jaloux un jeune soldat venu passer quelques jours chez lui.

– Pourquoi lui et pas Étienne ? demandait-elle.

Nul ne pouvait lui répondre. Le climat d'incertitude qui régnait alors, l'absence d'informations sur l'inactivité apparente de l'armée et ses raisons empoisonnait les relations des uns avec les autres. Les affiches, placardées sur les murs, à Banyuls, à Port-Vendres et même à Paulilles, n'arrangèrent rien. Ce fut son amie Annette qui, un jour, l'entraîna pour lire celle qui avait été collée sur une pile du pont du chemin de fer : « Gagnons la guerre des nerfs !... et, comme il y a vingt-cinq ans, taisons-nous ! Méfions-nous ! Les oreilles ennemies nous écoutent ! »

Maria, pétrifiée, lisait et relisait les mots écrits en lettres bleues, inscrits dans un cadre tricolore, juste orné d'un drapeau national flottant au vent.

– Ils sont partout ! murmurait Annette qui ne pouvait s'empêcher de regarder autour d'elle.

– Qui ça ?

– Mais les Allemands bien sûr ! Les ennemis !

– Mais pas ici, voyons.

– Et alors, qu'est-ce que tu crois ? C'est une dynamiterie ici !

Maria sentait renaître ses craintes, elle qu'Étienne taquinait volontiers avec ses « Tu as peur de tout ! »

Oui, elle avait peur, pour lui, pour ses enfants, pour son pays. De retour chez elle, elle se précipita pour écrire à son mari. Dans sa dernière lettre, il lui avait raconté que lorsqu'il retournait à l'arrière, il se trouvait parfois en contact avec des habitants dont il louait la gentillesse et la générosité. Elle tenait à le mettre en garde :

«Méfie-toi de tout et de tous ! Pense que les ennemis prennent les aspects les plus inoffensifs : prêtres, religieux, civils. N'accepte rien des gens que tu ne connais pas et même de ceux que tu connais : ni bonbons, ni cigarettes, ni boissons, pour tant que tu en aies envie. Tu sais que nos ennemis usent de stratagèmes infâmes. Tous les moyens leur sont bons pour faire la guerre ! Je te fais peut-être sourire mais je suis sûre que j'ai raison ! »

Soulagée, elle s'arrêta et posa sa plume. Ses enfants dormaient. Sa mère, qui était venue les voir, s'était assoupie sur une chaise. Elle les regarda et ils lui parurent tous trois vulnérables. Du coup, elle se sentit plus forte, comme si d'avoir à protéger ceux qu'elle aimait lui donnait une énergie nouvelle.

\ \ \

Un dimanche de mars, Maria sortit sur le pas de sa porte. Il était encore de bonne heure. Un léger souffle traversa l'espace et lui effleura les joues. En un geste familier, elle leva le visage vers le ciel, ferma les yeux et chercha la caresse du soleil. Elle sut d'instinct que le printemps était arrivé. Qu'importait sa date officielle ! Chaque année, il n'en faisait qu'à sa tête et arrivait à l'improviste. En quelques pas, elle atteignit le jardinet qu'elle entretenait de son mieux en l'absence d'Étienne beaucoup plus compétent qu'elle. Des violettes foncées se bousculaient tout le long de la clôture, des myosotis d'un bleu délicat se pressaient au pied des rosiers parés de feuilles toutes neuves. Elle nota que les petits pois étaient en fleurs prometteuses. « Les fleurs, c'est bien joli, disait Étienne, mais ça ne nourrit pas son homme, sa femme non plus ! » Conciliant, il acceptait volontiers que Maria semât des plantes purement décoratives mais la culture des pois, fèves, tomates et autres poireaux le préoccupait davantage. Les branches du cerisier étaient encore nues, peut-être un peu renflées par endroits, mais l'abricotier, plus précoce, avait déjà éparpillé ses pétales autour de lui et de petites feuilles vert cru dessinaient leur contour ciselé.

Maria oubliait ses angoisses et la guerre. Le beau temps revenu incite à l'espoir. Elle parvenait à ne plus se projeter sans cesse dans l'avenir, à vivre davantage au jour le jour, comme le lui conseillait Étienne dans ses lettres.

– Il a raison, disait Marie. À chaque jour suffit sa peine. Si aujourd'hui tout va bien, profitons-en. Ce sera toujours ça de gagné et ça pourra nous aider si, demain, il y a un souci.

Et elle ajoutait en catalan : « Qui viu, plora i riu [1] »

Cette sagesse pragmatique n'était pas naturelle à Maria, perpétuellement inquiète du lendemain. Elle cueillit une belle salade, quelques violettes odorantes et rentra chez elle s'occuper de ses enfants.

En avril, un succès franco-anglais ranima l'espoir des plus moroses. Hitler avait lancé ses troupes à l'assaut de la Norvège jusqu'au port de Narvik par lequel transitait le minerai de fer suédois. Ce lieu stratégique était de la plus haute importance, autant pour les Anglais que pour les Allemands. La puissance des destroyers alliés mit en déroute ces derniers qui durent même saborder leurs derniers navires pour sauver les marins rescapés, réduits à s'enfuir à travers les montagnes enneigées. Suspendue aux informations de sa radio, Maria entendit les propos triomphants de Paul Raynaud : « Nous venons de couper la route du fer à l'Allemagne ! »

Tout Paulilles imagina la fin prochaine du conflit, l'anéantissement des ennemis et le retour de ses soldats. Maria recommençait à penser à l'avenir et le voyait sous des jours riants.

Aussi, malgré le temps magnifique qui, en ce 10 mai, colorait la baie entière des couleurs les plus vives, les nouvelles catastrophiques du jour déferlèrent comme une tempête. Les bombardements intensifs sur la Hollande, le Luxembourg et la Belgique préludèrent à une invasion massive. Le massif des Ardennes, réputé impénétrable, fut franchi. À Paulilles, les anciens évoquèrent la seconde bataille de la Marne, celle de 18. Ceux et celles qui les écoutaient ne demandaient qu'à croire en un miracle qui se reproduirait à vingt-deux ans d'intervalle. Malheureusement, les nouvelles qui se succédaient par la voie des ondes confirmaient de jour en jour une progression foudroyante des Allemands jusqu'à la mer.

Maria ne recevait plus de lettre, les autres femmes ou mères de Paulilles non plus. Le samedi premier juin, elle écoutait la retransmission de la cérémonie qui se déroulait au Sacré-Cœur de Paris. À la demande

1 Qui vit, pleure et rit.

du gouvernement, l'archevêque consacrait Paris et la France aux Sacrés-Cœurs de Marie et Jésus. Elle vit sa mère se détourner et pleurer en entendant la Marseillaise retentir dans la cathédrale. Marie se ressaisit très vite, se leva et dit d'une voix ferme :

– Il faut faire confiance à notre Patrie.

– Tu vois pas que c'est fini ? explosa Maria. Les Boches vont arriver, c'est certain, ils sont tout près. Y a plus rien à faire.

Et elle s'effondra en pleurant. Marie, qui était moins convaincue qu'elle ne l'avouait et cherchait plutôt à donner le change, se retrouva sans voix.

Les jours qui suivirent confirmèrent qu'il n'y aurait pas de miracle. La radio avait beau parler de repli stratégique de nos troupes sur des positions prévues d'avance, plus personne n'était dupe et on s'attendait au pire.

Où était Étienne ? L'obsédante question ravageait Maria. Il était vivant, elle en était sûre ! Pourtant des rumeurs de pertes considérables commençaient à circuler. L'héroïsme des combattants autour de Dunkerque suscitait moins la fierté que la conviction qu'ils mouraient pour rien.

Le départ du gouvernement pour Bordeaux puis Paris « ville ouverte » où les Allemands allaient entrer d'une heure à l'autre donnèrent le vertige. Maria, qui passait son temps à écouter la radio quand elle ne se précipitait pas au-devant du facteur, entendit parler du retour d'un jeune vigneron de Cosprons. Dans l'espoir fou d'avoir des nouvelles, elle monta au village pour le voir. Sa chambre était remplie de parents et d'amis. Blessé dans un assaut, Joseph avait été renvoyé dans ses foyers. Amaigri, le pied et la jambe en piteux état, il affichait un moral stupéfiant :

– Les Boches, disait-il, ils perdent deux fois plus d'hommes que nous ! Tous ceux qui tombent sont jeunes, bientôt, ils n'auront plus que la réserve. Ces saligauds-là, il paraît qu'ils ne relèvent même plus leurs morts, ils passent dessus !

– On a entendu Paul Reynaud hier, disait sa mère, et je me demande s'il ne faut pas s'attendre à une capitulation. On aurait dit qu'il nous avertissait, tu sais.

– Les soldats croient toujours à la victoire, rien ne les atteindrait plus que l'annonce d'une capitulation !

Maria croisa le regard de plusieurs visiteurs, incrédules, admiratifs, et tout prêts à se laisser convaincre par la ferveur du jeune soldat.

Elle avait suivi le discours de l'homme d'état. Sa voix à la tonalité grave et dramatique lui avait serré la gorge. Elle aussi avait eu la sensation qu'il préparait le pays au pire. Mais après avoir entendu Joseph, elle se remémora l'appel pathétique du Président du Conseil. Et s'il était entendu ? Si demain, tanks et avions américains venaient faire pencher la balance du côté de la France et de ses alliés ?

C'était terrible de passer ainsi d'une extrême à l'autre, du désespoir à l'espoir le plus fou. Tout se mélangeait dans sa tête. Quand elle se représentait la patrie relevant la tête et arrachant une victoire décisive, elle voyait en même temps son Étienne souriant qui lui revenait et lui ouvrait ses bras. Mais quand elle entendait parler d'avancée inexorable de l'ennemi, l'image de son mari s'estompait, il avait disparu ou alors il gisait quelque part, gravement blessé, et nul ne venait à son secours.

Le jour même du discours de Pétain, faisant « don de [sa] personne » à la France et annonçant « qu'il [fallait] cesser le combat », elle reçut une carte postale militaire d'Étienne. Le facteur était si content de la lui apporter qu'il pédalait à toute vitesse sur son vélo. Sa sacoche sautait en tous sens au risque de se vider et il brandissait le message en criant :

– Maria, ton mari va très bien ! Il t'a écrit !

On ne s'étonnait plus à Paulilles que le facteur s'autorisât à lire le courrier avant les destinataires ! Maria prit la carte à deux mains. Ce n'étaient que quelques mots datés du début juin. Elle ne pensa plus que sa dernière lettre remontait à plus d'un mois et que sans doute elle ne recevrait jamais celles qu'il n'avait pas manqué d'envoyer entretemps. Elle posa ses lèvres avec ferveur sur le rectangle grisâtre de l'armée.

« Ne t'inquiète pas, écrivait-il de son écriture appliquée, je vais bien. Nous nous déplaçons vers l'intérieur. J'espère pouvoir t'écrire plus longuement bientôt. En attendant n'aie aucun souci à mon égard. De gros baisers pour mes garçons et mes pensées les plus tendres pour toi. Étienne. »

\ \ \

Dès la signature de l'armistice, Maria attendit le retour de son mari d'un jour à l'autre. Elle dut patienter plusieurs semaines encore. Elle vit rentrer les plus âgés puis les classes antérieures à 1936 mais seulement les agriculteurs. Juillet s'achevait et dans ses lettres qui désormais se rapprochaient, Étienne s'impatientait de n'être toujours pas concerné. Maria désespérait.

Fidèle à l'image de résolution qui avait toujours été la sienne, Marie rabrouait sa fille :

– Tu n'as pas le droit de te plaindre. Tu es restée chez toi. Ton mari va te revenir intact. Pense aux morts, aux prisonniers, à ces millions de pauvres gens jetés sur les routes par l'exode, mitraillés, bombardés, volés, démunis. Et même, regarde : on n'est pas tellement privé, sauf le pain et ça c'est dur, mais bon…Faut relativiser ! Tes enfants ne manquent de rien. On a le jardin, on se débrouille, y a toujours quelqu'un pour nous fournir du poisson.

Justement, le mari d'Annette cognait à la porte, apportant pour elle des sardines bien raides et des anchois bleutés. Régulièrement, histoire d'améliorer l'ordinaire, il partait à la pêche au *lamparo*[1] et ne manquait jamais de faire profiter les amis de ses bonnes prises. Dans son for intérieur, Maria convint qu'une fois de plus, sa mère avait trouvé les mots justes pour qu'elle remît les pieds sur terre.

L'optimisme de Marie fut cependant quelque peu tempéré dans les semaines qui suivirent. Certaines denrées se firent rares, le sucre, le beurre, le café et même les pâtes. On vit de moins en moins, puis plus du tout, les commerçants ambulants qui, chaque semaine, venaient sous le préau de l'école proposer leurs produits. Un coup de klaxon avertissait les habitants et c'était là l'occasion de se rencontrer entre ménagères, devant l'étal du poissonnier ou l'étalage de l'épicier.

La maîtresse quittait sa classe ou mettait ses élèves en récréation, le temps de faire son marché ; une fois, le boucher lui fit cadeau, pour sa leçon de sciences, d'un cœur de bœuf rouge vif qui chavira plus d'une âme sensible ! La pénurie raréfia leurs visites. Les enfants regrettaient surtout l'absence du boulanger qui avait coutume d'accrocher aux branches d'un arbre ses couronnes parfumées à l'anis et fermait les yeux quand une ou deux étaient grignotées !

1 Lamparo : cette pêche se pratique la nuit, à l'aide de grosses lampes destinées à attirer les poissons dans les faisceaux de lumière pour les capturer au filet.

Le préau resta vide. Faire ses courses tourna parfois à l'exploit. En revanche, les poules dont, avant guerre, Maria avait eu envie de se débarrasser parce qu'elles donnaient trop de travail, s'avérèrent une bénédiction et eurent le bon goût de fournir assez d'œufs pour toute la famille et ses voisins moins chanceux. Il commençait à être question de cartes de rationnement.

Étienne enfin fut démobilisé. D'un coup, toutes les difficultés parurent mineures à Maria. Elle eut l'impression que la vie reprenait comme avant, qu'une parenthèse se refermait. Pourtant, bien des hommes n'avaient pas eu la chance de rentrer comme le sien. Beaucoup de morts. Beaucoup de prisonniers dont on comprit qu'ils ne reviendraient pas de sitôt.

Le ciel se mit à l'unisson des habitants de Paulilles. À un automne en pleurs, qui noya de tristesse vignes et champs, succéda un hiver d'emblée très froid. Des températures largement négatives glacèrent la fin de l'année. Noël passa presque inaperçu et personne n'eut envie de fêter le Nouvel An. Qu'apporterait l'année qui commençait ? La neige et le verglas paralysèrent la côte Vermeille. Se chauffer devenait de plus en plus difficile. Louis et Marcel ressemblaient à deux bonshommes Michelin avec leur superposition de vêtements. Maria avait si peur de la pneumonie ! Leurs silhouettes gauches et rigolotes, leurs joues cramoisies et leurs yeux brillants témoignaient d'une insouciance enfantine qui aidait leurs parents à vivre dès qu'ils les regardaient.

En rentrant un soir, Étienne apprit à Maria que Josep était parti.

– Parti ? Comment ça ? Où ?

– Exactement, j'en sais rien. Dans la montagne. Rejoindre un groupe de Républicains qui se cachent et veulent reprendre le combat.

– Mais c'est de la folie ! Il va se faire reprendre ! Et Joana ? Qu'est-ce qu'elle devient ? Il y a pensé à Joana ?

– Que veux-tu que je te dise, j'en sais pas plus que ça. Il faut le comprendre aussi. Il paraît qu'il était sur la liste pour quitter le camp.

– Pourquoi ? Je croyais qu'avec son travail à Cosprons il était tranquille.

– En fait, il appartenait toujours au camp d'Argelès et là, on envoie les hommes ailleurs, dans l'Ariège, je crois.

– Et les femmes ?

– Elles vont partir elles aussi, à ce qu'il paraît, mais pas forcément au même endroit que les hommes.

Maria était désemparée. Elle n'avait pas revu Joana et son petit Pau. Ce n'était pas possible d'aller la voir dans sa baraque sur la plage. Mais elle avait des nouvelles, par Andreu qui gardait le contact avec Josep, on ne savait trop en quelles occasions. Car, avec l'hiver, le Républicain avait été obligé de retourner au camp de concentration.

Maria tâchait de faire parvenir à Joana des vêtements pour le petit et pour elle, un peu de nourriture aussi et un minuscule morceau de savon. Les deux jeunes femmes ne s'étaient vues qu'une seule fois à la maternité mais elles avaient l'impression de bien se connaître. Maria avait de la tendresse pour son amie et pensait souvent à elle. Elle savait que c'était réciproque. Elle imaginait le désarroi de la Catalane, son désespoir. À moins que Josep et elle n'eussent décidé ensemble ce départ ? N'en subirait-elle pas les conséquences ? Voilà que revenaient les questions sans réponse.

Étienne partageait la tristesse et l'inquiétude de sa femme. Mais que faire ? Il ne lui raconta pas la conversation qu'il avait eue avec Andreu. Il était clair que lui aussi avait envie de partir, qu'à la première occasion, il le ferait. Il ne supportait pas ce qu'était devenue la France, il refusait d'entendre l'appel à la « Défense passive ». Étienne se sentait ébranlé. Il était revenu de la guerre depuis quelques mois, il avait apprécié de retrouver les siens. Mais ce qu'il voyait et entendait tous les jours, et d'abord à l'usine, ne lui plaisait pas. Plus le temps passait, plus il se disait qu'il y avait sûrement quelque chose à faire. Il guettait l'opportunité.

Il avait entendu parler d'un général français inconnu qui, après Pétain, avait lancé sur les ondes un appel tout différent de celui du Maréchal. Il ne connaissait pas le nom de De Gaulle mais depuis Londres, disait-on, il demandait aux Français de résister, de le rejoindre.

Comment ? Pour quoi faire ? Andreu, lui, ne savait pas grand-chose à ce sujet et semblait envisager une lutte aux côtés des Républicains espagnols et catalans. Étienne avait plus que de la sympathie pour eux mais de là à partager leur combat, était-ce bien raisonnable ?

\` \` \`

20

À partir du 12 novembre 1942, il fallut composer avec l'occupant, partout présent.

L'avant-garde arriva par une nuit glaciale et ventée. Étienne et Maria se réveillèrent en sursaut. Par les fentes des volets clos, ils virent les gros phares dont les faisceaux venaient buter contre la masse sombre de véhicules lourds. La colonne n'était pas très longue et quand elle bifurqua pour pénétrer sur le site de l'usine, Étienne, pour ne pas réveiller les enfants, murmura :

– Ils occupent l'usine.

Et comme le bruit s'éloignait, il conclut :

– Ils vont vers la plage.

– Ils n'ont pas l'air nombreux, constata Maria, pleine d'espoir.

– La suite viendra plus tard, sois-en sûre.

Le lendemain, Maria passait devant le Magasin Général quand elle entendit un énorme bruit de roulement. Elle se retourna et vit foncer un camion, suivi d'un autre et encore un autre. Elle n'eut que le temps de reculer pour s'engouffrer par la première porte qui s'offrit à elle. Elle tomba sur des femmes en train d'ensacher de la cellulose.

– Les Boches ! s'écria-t-elle.

Ce fut la ruée pour contempler le triste spectacle. Le sol tremblait sous les roues de l'interminable convoi. Des side-cars annoncés par des ronflements sourds zigzaguaient sans aucune précaution.

L'occupation se mettait en place. On ne pouvait faire un pas sans se sentir surveillé.

Tout civil devenait, par définition, suspect ou gênant. Les chars étaient à Banyuls, un mur fut construit à Paulilles, mur de défense anti-char qui des années plus tard servirait aux jeux des enfants ou au repos des promeneurs.

Un certain temps, les barques de pêche purent sortir en mer afin de ravitailler en poisson les habitants victimes de pénurie. Puis ce droit fut retiré aux pêcheurs trop enclins à abreuver de Banyuls les soldats qu'ils étaient obligés d'embarquer !

Une petite Marion était née dans le courant de l'été. Ce bébé surprise ne venait pas au meilleur moment mais Maria et Étienne étaient fous de joie et d'amour devant leur fille ; quant aux grands frères, ils se sentaient investis d'une responsabilité nouvelle qu'ils assumaient de leur mieux. Dès qu'un rayon de soleil se glissait entre les nuages, réchauffant l'air d'un coup, il leur venait des fourmis dans les jambes et ils emmenaient avec eux la petite merveille emmitouflée dans sa voiture. Mais on n'osait plus laisser les enfants divaguer, comme ils l'avaient toujours fait, entre les bâtiments ou sous les pins. La plage était interdite, les chemins sur les coteaux de Cosprons déconseillés.

– J'ai l'impression d'être en prison, maugréait Maria, habituée à circuler où bon lui semblait depuis l'enfance et qui, pour cette raison, laissait une grande liberté à ses garçons.

Quand arrivèrent les beaux jours, ce sentiment d'être sans cesse contrôlé, suspecté, entravé dans ses mouvements connut une acuité plus grande encore. Les Allemands étaient omniprésents. Leur organisation parfois approximative contribuait à accentuer l'effet de surprise et l'inquiétude. Tout était défendu.

Des jeunes filles de Paulilles et de Cosprons qui, un matin d'été, voulurent passer outre à l'interdiction de se baigner et s'avisèrent d'envahir en groupe la plage Bernadi, se virent refoulées sans ménagement par des soldats qui, d'abord, n'en crurent pas leurs yeux. Les plus hardies tentèrent de résister en apostrophant les militaires à peine plus âgés qu'elles et en affichant leurs plus beaux sourires :

– Eh, venez plutôt vous baigner avec nous ! Il fait beau, c'est l'été ! Ça fait de mal à personne et ça vous fera du bien !

Les effrontées prirent peur devant l'air menaçant de ceux qui leur barraient le chemin. Quant aux parents des adolescentes, ils ne purent que frémir rétrospectivement devant tant d'inconscience et chapitrer sévèrement les coupables.

De plus en plus régnait sur tout le département une atmosphère lourde et menaçante. On délogeait manu militari ceux qui vivaient là depuis des années. Ce fut le cas du gardien du fortin au cap Ullestrell, contraint d'aller s'installer ailleurs. La répression se durcissait au fur et à mesure des obsessions de l'occupant qui désignait pêle-mêle comme ennemis les communistes, les francs-maçons, les juifs, les tziganes, les résistants et, désormais, les gaullistes. La côte faisait évidemment l'objet d'une surveillance accrue pour prévenir toute attaque des Alliés par mer ou à la frontière. N'importe quel habitant de cette zone était a priori suspect de chercher à renseigner un réseau de « terroristes ».

L'école de Paulilles désertée avait un air abandonné qui affligeait les habitants : les enfants de Cosprons restaient désormais chez eux et c'étaient ceux d'en bas qui montaient les rejoindre, avec leur institutrice. La classe s'installa pour plusieurs mois au mas Pi, au sud du village. La vaste salle qui l'accueillit était munie d'une cheminée impressionnante et efficace. Au printemps entrait par les fenêtres le parfum des fleurs des orangers plantés à l'abri des hauts murs.

À l'usine, on avait d'autres soucis. De jeunes ouvriers recrutés par les Allemands arrivaient chaque matin par le train. Ils venaient des environs ou des camps de réfugiés espagnols. Ils débarquaient avec leurs outils sur l'épaule et on les employait à des travaux de terrassement. La construction de murs, de casemates et autres ouvrages de fortification était considérée comme essentielle. La mauvaise volonté évidente des recrues nuisait à la qualité du travail qui traînait en longueur quand il ne devait pas être refait entièrement pour malfaçon. On entendait alors les éclats de voix rauques des meneurs de travaux qui houspillaient les hommes, sans pour autant obtenir d'amélioration sensible.

Étienne voyait de loin comment les choses se passaient. Il frémissait intérieurement. Il connaissait quelques-uns des jeunes qu'on avait contraints à venir jouer les hommes de peine. Et s'il comprenait leurs répugnances, il s'inquiétait de leurs réactions impulsives toujours possibles et redoutait des représailles. Maria, qui partageait ses craintes, l'incita à tenter de modérer ceux qu'ils connaissaient.

– Dis-leur qu'il vaut quand même mieux pour eux être réquisitionnés sur place qu'expédiés en Allemagne au S.T.O., remarqua-t-elle avec son pragmatisme habituel.

Désormais trop âgé, Étienne n'était pas concerné par cette menace. Mais il partageait le sentiment d'impuissance qui grandissait dans les esprits de quelques-uns.

Quant à Maria, ses préoccupations les plus graves étaient d'un autre ordre. Toutes les femmes grondaient de mécontentement devant les difficultés d'approvisionnement qui n'étaient pas les mêmes pour tout le monde :

– Ils nous prennent tout ! s'exclamait Maria, on nous fait l'aumône de cent grammes d'un pain compact et dur mais eux, ils en ont tant qu'ils veulent, et du bon encore, à se demander d'où il sort !

– J'irai t'en chercher si tu veux, enfin du pain de maïs, mais on pourrait en avoir un peu plus, répondait Étienne, je sais où m'adresser.

Loin de calmer Maria, la proposition la rendait plus véhémente encore. Le marché noir, elle connaissait. Mais elle savait aussi que certains s'étaient fait prendre et payaient cher leurs combines qui ne marchaient qu'une fois sur deux.

– Ah non, disait-elle, tu ne vas pas t'y mettre ! Si tu crois que je n'ai pas assez de raisons de trembler comme ça ! Tu savais qu'à Port-Vendres, les quais sont minés, et que tout le bassin peut sauter d'un moment à l'autre ?

– C'était forcé, mais tu n'as pas à avoir peur. Ça n'arriverait pas jusqu'ici. Les Allemands se protègent contre une arrivée par la mer, c'est logique.

– Et qui te dit qu'ils ne vont pas faire la même chose ici, dans la baie ?

Étienne ne répondit pas. Il y avait pensé et il se demandait s'il était raisonnable de maintenir sa petite famille si près d'une dynamiterie, ce qui était un comble en temps de guerre, et d'une côte forcément exposée à des attaques des Alliés ou des autres.

\ \ \

Malgré tout, l'usine continuait à tourner. On vit avec méfiance arriver un sous-directeur allemand. Il eut l'habileté de se montrer conciliant et même aimable. On le voyait parfois circuler entre les jardins, humant une rose et s'arrêtant pour regarder en souriant les cabrioles de chatons maladroits. Car il avait la passion des animaux en général et des chats en particulier. Louis et Marcel avaient un magnifique chat siamois dont les yeux bleus fixaient sans crainte ceux de l'Allemand. Il aurait bien voulu le caresser mais il dut l'amadouer avant d'y parvenir. Dissimulés derrière le cerisier, les deux garçons surveillaient la scène. L'homme qui les avait vus, les interpella et leur fit signe d'approcher. Il sortit son portefeuille de sa poche et l'ouvrit :

– Voyez, dit-il, en leur montrant du doigt une petite photo. À la maison, nous avons le même.

Les frères virent deux petits garçons comme eux, accroupis dans un jardinet, avec un buisson fleuri derrière eux. Le plus jeune des enfants tenait contre lui un chat qui semblait le jumeau de leur Tapioca.

De retour chez eux, ils racontèrent la rencontre à leur mère avec animation. Maria fronça les sourcils et les rabroua, leur intimant de ne plus parler à n'importe qui. L'incident la troubla. Jamais jusqu'à présent, elle n'avait pensé que les Boches avaient une famille, une maison et des chats. Cette pensée la dérangea. Elle aurait préféré que l'ennemi continuât d'être personne, une silhouette sans visage, et surtout sans une vie personnelle qui ressemblât trop à la sienne.

Travailler pour les Allemands n'enchantait guère ni les ouvriers de Paulilles ni les habitants de Port-Vendres, souvent réquisitionnés pour de multiples tâches ou amenés à commercer avec eux. Mais comment y échapper ?

À l'usine, on fabriqua de la poudre dans une baraque montée par l'occupant près de la plage. Des femmes y étaient employées. Maria les connaissait toutes. Certaines avaient son âge ou à peu près. Elles n'osaient pas se plaindre trop fort mais si elles avaient pu aller ailleurs, elles n'auraient pas hésité une seconde.

– Je n'en peux plus, lui dit Annette, une ouvrière qu'elle rencontra à la consigne, un jour de distribution des cartes d'alimentation.

Maria lui trouva en effet le teint jaune et les joues creuses. Visiblement, la jeune femme était à bout.

– Tu n'imagines pas comme elle est fine cette poudre, ajouta-t- elle. On dirait de la poudre de riz ! Sauf que, quand j'en ai sur la figure, je ne le fais pas exprès ! J'ai l'impression d'en avaler à longueur de journée. Si je pouvais m'arrêter de respirer, je le ferais !

La situation évolua rapidement à partir du début 44. Dès janvier arriva brutalement l'ordre d'évacuer toutes les communes de la côte rocheuse. Il concernait en principe toutes les personnes qui ne travaillaient pas pour l'armée allemande. C'était vague et en grande partie inapplicable. Beaucoup en profitèrent pour faire la sourde oreille. Une centaine d'ouvriers à Paulilles, des chauffeurs, des cheminots, des employés et travailleurs divers à Port-Vendres ou ailleurs étaient de toute façon réquisitionnés et indispensables. On sentait la désorganisation et la contradiction s'installer. Entre février et juillet, la conquête de la Sicile acheva de convaincre les Allemands de l'imminence d'un débarquement par la Méditerranée.

Sous la pression, femmes, enfants, hommes âgés de plus de soixante-cinq ans se préparèrent à partir, qui vers le Vallespir, qui vers les Aspres ou l'Ariège. Dans la précipitation, il fallut trouver des parents, des amis chez qui aller.

Le fidèle Andreu répondit présent sans avoir été appelé. Il avait pris la succession de son père et, si la propriété ne l'avait pas retenu, il serait parti depuis longtemps rejoindre le maquis. Il connaissait beaucoup de monde et sut trouver où envoyer Maria, ses enfants et son propre père.

Étienne s'attendait à ce que Maria refusât de le quitter. Il n'en fut rien. Elle ne songea pas à discuter. À plusieurs reprises, elle avait été paralysée de terreur au point que son mari avait dû la secouer pour la ramener à la raison. Elle ne pouvait plus entendre un bruit ressemblant à celui d'un avion sans être prise de panique. Elle se rappellerait toujours le déchaînement de la DCA accompagnant l'impressionnante arrivée d'une escadrille. On avait donné l'ordre à tout Paulilles de courir en direction du *Forat*[1] . Saisissant sa fille, tirant ses deux garçons, elle s'était précipitée avec eux, aussitôt rejointe par Étienne. Les avions étaient passés dans un bruit assourdissant et on sut plus tard qu'ils étaient allés bombarder le port de Llançà.

1Forat : nom catalan de la plage située au-delà du cap Sud de Paulilles, en direction du cap Ullestrell.

Le soulagement n'empêcha pas les habitants massés sur la plage de se regarder et de penser que cette fuite à moins d'un kilomètre n'avait guère de sens car, si l'usine avait été visée, ils auraient tous péri dans la gigantesque explosion qui n'aurait pas manqué de se produire.

Les angoisses de Maria étaient encore accentuées par les absences inopinées de son mari qui, la nuit, disparaissait quelques heures sans qu'elle sût où il était passé. À plusieurs reprises, en étendant le bras à côté d'elle dans le lit, elle rencontra le vide. Elle restait éveillée, guettant le moindre bruit jusqu'à son retour. Elle se doutait bien de quoi il retournait mais quand elle l'interrogeait, il posait la main sur elle et disait :

– T'inquiète pas. Tout va bien, je suis là. Je t'aime.

En un tournemain, il se déshabillait, se glissait entre les draps avec un soupir d'aise et s'endormait aussitôt.

\ \ \

Dans les semaines qui suivirent le départ de sa femme et de ses enfants, Étienne, à qui ils manquaient cruellement, se réjouit de leur absence. La fébrilité de l'occupant s'accentuait de jour en jour et pouvait à tout moment devenir dangereuse pour qui ne lui plaisait pas. Or ses propres activités, pour discrètes et prudentes qu'elle fussent, l'exposaient en toute connaissance de cause. Savoir Maria au loin le déculpabilisait et lui permettrait d'affronter avec sang-froid ce qui pouvait survenir.

Andreu, plus que jamais son ami et son complice dans l'action, était soulagé lui aussi. La seule qui ne fût pas dupe de ce qu'elle appelait « les manèges » de son gendre, c'était Marie. Les allusions qu'elle glissa dans la conversation laissèrent Étienne de marbre. Tenue à l'écart, Marie fut un peu vexée mais elle était trop fine pour ne pas comprendre qu'Étienne avait raison de se taire.

Ils étaient de plus en plus nombreux ceux qui avaient besoin de gagner l'Espagne mais il fallait faire preuve d'ingéniosité pour tromper la vigilance de l'occupant, renforcée par la collaboration active de la Milice et hélas, parfois, par la bêtise et la méchanceté de dénonciateurs anonymes.

Ni Andreu ni Étienne ne faisaient de différence entre un Juif ou un étranger obligé de fuir, un communiste, un résistant grillé, un patriote, un réfractaire au STO. Ils mettaient au service de ceux et celles qui en avaient besoin leur connaissance de la montagne et leur volonté de lutter contre l'oppression. Malgré le danger tapi dans l'ombre, Étienne, qui étouffait dans Paulilles occupé, aimait ce vent de liberté qui soufflait autour de lui dès qu'il commençait à gravir le sentier menant au lieu de rendez-vous. C'était une petite clairière enfouie dans les arbres. Une nuit, il vit de dos un groupe de plusieurs personnes qui l'attendaient. Andreu était déjà là :

– Vite, faut pas traîner.

Il jetait des coups d'œil inquiets aux formes indécises qui se pressaient autour de lui, tel un troupeau apeuré. Un homme, plus tout jeune, tenait une valise dont le poids l'entraînait d'un côté. Une femme portait un enfant aux yeux grands ouverts et près d'elle se serraient deux petits garçons. Étienne crut voir Maria et ses trois petits. Fugitive, l'illusion n'en fut pas moins frappante et le passeur détourna le regard pour fuir l'émotion.

Ils partirent. L'air était doux, c'était une chance, mais le chemin qui traversait les Albères devint glissant quand une pluie fine se mit à tomber. Andreu ouvrait la marche, il avait pris sur ses épaules le plus petit des garçons et Étienne marchait en serre-file, la valise à la main. La nuit noire engloutissait le paysage. Il fallut s'arrêter plusieurs fois pour laisser souffler les voyageurs, fatigués avant même le départ. D'où venaient-ils ? Qui étaient-ils ? Où comptaient-ils aller ? En Amérique ? En Afrique ? Andreu disait qu'ils avaient un contact de l'autre côté à Espolla. Leurs vêtements trop élégants, leur allure de citadins les rendaient incongrus dans ce décor montagnard que les passeurs traversaient les yeux fermés et les fugitifs en aveugles. Ils atteignirent enfin le col de Banyuls. En bas, c'était l'Espagne et l'espoir. Curieux retour des choses. Étienne et Andreu quittèrent bientôt leurs protégés. Comme pour tous les autres, ils ne sauraient jamais s'ils s'étaient sortis de leur périlleuse situation.

Au retour, Étienne se glissa chez lui comme une ombre. Il s'allongea sur son lit. Il lui restait peu de temps avant le début d'une nouvelle journée de travail. Il ferma les paupières sans parvenir à s'endormir. Il pensait à Maria et aux enfants. On disait que les événements se précipitaient, que les Allemands ne tiendraient plus longtemps. Mieux valait ne pas se réjouir trop tôt et laisser venir.

\ \ \

Le débarquement en Normandie puis en Provence sonna le glas des ambitions ennemies. Partout l'occupant préparait son retrait. Quand, au début de l'après-midi du 19 août 44, Étienne entendit les premiers tirs, il comprit qu'ils venaient de Port-Vendres et il crut d'abord qu'une attaque avait commencé. La fusillade ne cessait d'enfler. On entendait des explosions à répétition, parfois si intenses que tout tremblait à Paulilles. Les premières vitres brisées tombèrent à terre.

– Ils font tout sauter ! s'exclama un ouvrier plus perspicace que les autres.

– J'espère qu'il n'y a plus personne, là-bas, répliqua un autre.

– Tu sais bien qu'on a évacué quasiment tout le monde. La ville est déserte ou presque, heureusement !

Des charges explosives posées tous les dix mètres détruisaient en effet les quais sur toute leur longueur. Les maisons construites en bordure furent endommagées, des toits crevés. Les dégâts touchèrent jusqu'aux bâtisses des quartiers intérieurs.

Soudain, une épaisse fumée noire s'éleva dans le ciel et l'on croyait sentir son odeur âcre :

– Ils brûlent les citernes de mazout ! ça va faire mal !

Les explosions se multipliaient et, au bruit, chacun tentait d'identifier ce qui venait de sauter. À un moment, on comprit que les navires, stationnés dans la rade ou la passe, étaient à leur tour détruits. On s'attendait presque à voir la houle se former et les geysers d'eau marine jaillir. On se tordait le cou pour voir et on ne voyait pas grand-chose. Mais on entendait, et c'était comme si le tonnerre le plus brutal n'avait cessé d'éclater.

Enfin, vers cinq heures, le silence revint. Pauliles aussi avait souffert par contrecoup. Ici et là, des effondrements, du verre brisé auraient pu faire croire que l'anse avait été visée.

– Pas de doute, ils s'en vont, mais ils cassent tout avant de partir, ces salauds-là.

– Dès ce matin, c'était le défilé. T'as pas vu sur la route ?

– En tout cas, il doit rester des artificiers pour finir le boulot !

Au même moment, sur la nationale, passèrent quelques véhicules mais aussi des hommes à cheval ou à pied, juste équipés de leur arme individuelle et, sans doute, du strict nécessaire.

Le soir et le lendemain, les batteries, installées partout sur les hauteurs, furent à leur tour détruites. Des dépôts de munitions et de carburant furent anéantis les uns après les autres. Il ne resta presque rien de la Redoute Mailly.

La défaite allemande réjouissait Étienne et tous ses compagnons. L'annonce de la libération de Perpignan déclencha un mouvement spontané d'allégresse. Les vingt et un mois d'occupation avaient fait peser une chape de plomb sur tout le littoral. Il avait bien fallu continuer à vivre dans ce qui était devenu un véritable camp retranché allemand tout au long de la côte.

Ce serait bientôt le temps des vendanges. Les villages désertés retrouveraient leur animation. On se sentirait à nouveau chez soi.

– Maria revient quand ? demanda Marie qui venait d'entrer.

– Je ne sais pas encore. Il faut que je m'organise. Je vais voir avec Andreu.

– Je la connais, elle doit brûler d'impatience !

Puis regardant fixement son gendre, elle ajouta :

– Tu n'es pas content ? Tu en fais une tête !

Étienne avait hâte de retrouver une vie normale avec les siens mais il n'arrivait pas à partager l'allégresse ambiante. Il était allé à Port-Vendres, poussé par la curiosité, et il avait vu. C'est ce qu'il raconta à sa belle-mère. Les quais ravagés, les maisons effondrées, le chaos généralisé l'avaient pétrifié sur place. La ville semblait avoir subi un bombardement.

– Je ne peux m'empêcher de penser que nous avons notre part de cette destruction, expliqua-t-il. Un peu comme si nous étions complices.

– Comment ça, complices ? s'étonna Marie.

– Je veux dire que c'est nous qui avons livré la dynamite, qui l'avons fabriquée.

– Et alors ? C'est pas toi qui l'as posée la dynamite !

– Non. Mais elle vient d'ici.

– Tu voulais faire quoi ? L'usine était occupée, fallait faire avec !

– Tu ne comprends pas. Je veux dire qu'en voyant Port-Vendres, je me suis senti responsable, au moins en partie, de ce qu'elle est devenue aujourd'hui.

– Tu n'es responsable de rien du tout. À Paulilles, on a toujours fabriqué de la dynamite. C'était notre gagne-pain, on a continué. Alors, il aurait fallu crever de faim ? S'en aller ? Dire non ?

– Je ne sais pas ce qu'il aurait fallu faire. Je me pose des questions, c'est tout.

Au fond d'elle-même, l'ouvrière comprenait la réaction amère d'Étienne. Mais elle s'en défendait. Qui aurait pu leur faire des reproches ? C'était trop facile de dire qu'il aurait fallu agir autrement. La discussion tourna court, les laissant insatisfaits l'un et l'autre.

La gaîté revint au logis avec le retour de Maria et des enfants. Ces derniers avaient mille choses à raconter de leur séjour au milieu des pâturages de montagne. Ils l'avaient vécu comme des vacances et en étaient d'ailleurs revenus avec des mines superbes. Maria, plus souriante et plus sereine, trouva son mari un peu tendu et s'en inquiéta :

– Qu'est-ce qui ne va pas ? Tu as un souci ? Tu n'es pas heureux de nous avoir récupérés ?

– Si, bien sûr. Vous m'avez manqué. Je suis seulement fatigué, je me sens usé.

Dans l'intimité retrouvée de leur chambre, Étienne essaya d'expliquer à Maria son désarroi en pensant à tout ce qui s'était passé : la guerre, les privations qui continuaient, l'occupation, surtout l'occupation et toutes ces destructions. Il espérait que sa femme comprendrait mieux que Marie dont les réponses bourrues l'avaient heurté.

Il éprouva du soulagement quand il entendit Maria lui répondre qu'elle éprouvait la même chose que lui. Elle lui avoua qu'en apprenant que les Allemands avaient fait exploser leurs stocks de munitions entreposés au couvent des Carmes de Perpignan, elle s'était bien doutée qu'ils avaient utilisé la dynamite de Paulilles. Y avait-il eu des morts ? Des blessés ? L'idée l'avait glacée, exactement comme si elle était allée elle-même leur apporter les bâtons destructeurs.

Étienne lui apprit qu'avant de se retirer, les Allemands avaient procédé à d'autres dynamitages, entre autres tout un train de munitions. Ils se montaient la tête l'un l'autre, réduits aux suppositions en ce qui concernait l'ampleur des destructions et leurs conséquences.

La sensibilité et les scrupules du jeune couple étaient-ils plus marqués que chez ceux qui les entouraient ? Ou était-il plus commode de ne pas évoquer ce qui gênait ? En tout cas, nul n'évoqua cette question troublante.

Il y avait beaucoup à faire pour reconstruire, remettre la machine économique en route. Dans un premier temps on para au plus pressé, à Paulilles comme à Port-Vendres.

On continua à vivre.

Le traumatisme de la guerre n'était pas près de disparaître.

\ \ \

Quatrième partie :

Marine

21

Marine est étendue sur son lit, tout habillée. Les bras repliés sous sa tête, les yeux au plafond, elle suit machinalement du regard une mince fissure en zig-zag qui serpente d'un bord à l'autre pour aller se perdre dans la moulure en haut des murs. Si on la fixe assez longtemps, elle prend vie : tel un ruisseau, elle ondule et coule, mais sans bruit. Cette fissure, elle est apparue dès le début de leur installation, au grand désappointement de son père qui aurait voulu que tout fût parfait dans la maison. Marine au contraire s'en amusait, et elle le fait encore aujourd'hui. Que de rêves et d'idées folles se sont insinués dans cette fente familière ! Arrive toujours le moment où ses paupières s'alourdissent et se ferment. Une douce somnolence s'installe et son esprit, devenu plus libre, s'aventure dans le passé ou l'avenir.

C'est une belle bousculade dans la tête de la jeune fille. Elle voulait qu'on lui racontât Paulilles. Eh bien, elle a été servie ! Jamais sa grand-mère et sa mère n'avaient été aussi loquaces. Il est vrai que jamais non plus Marine ne s'était montrée aussi curieuse et obstinée dans ses questions. Elle sent que les réponses aux interrogations qui la taraudent de plus en plus sont cachées là, dans les souvenirs de ces deux femmes si différentes et si semblables parfois. Comme elle regrette de n'avoir pas connu Marie, morte dix ans avant sa naissance. Marion, c'est Maman. Maria, c'est Iaia. Rien de plus naturel. Mais Marie, c'est Marie. Comment l'aurait-elle appelée si elle avait vécu ? C'est difficile de l'imaginer en arrière-grand-mère quand on n'a d'elle que l'image d'une jeune femme. Marine devine une grande complicité entre son aïeule et sa propre mère pour avoir entendu l'émotion faire trembler la voix de Marion parlant d'elle.

Toutes les trois des filles de Paulilles, nées sous son ciel, élevées dans son vallon, enracinées dans un sol où elles ont travaillé, aimé, vu leurs enfants grandir. Et elle, qui n'a vécu dans ce village ouvrier que quatorze ans, est-elle aussi enfant de Paulilles ? Elle se sent riche des expériences et des souvenirs engrangés par celles qui l'ont précédée, même si elle ne les connaît pas tous. Alors pourquoi ce doute, cet étrange sentiment de n'être semblable à aucune de ces trois femmes, comme si elle n'était pas tout à fait leur héritière ?

Marine ouvre les yeux et, cette fois, elle regarde ses trésors d'enfant alignés sur le petit sofa d'angle qui orne sa chambre. Ils ne sont pas nombreux et elle y tient. Sa mère la taquine et l'incite à sortir de l'enfance en se débarrassant de « ces vieilleries » mais, pour ne pas faire de peine à sa fille, elle supporte l'ours borgne et pelé, la petite poupée noire avec sa robe et son fichu en madras coloré, le poupon joufflu aux yeux dormeurs.

Celui-là, c'est le préféré. Marine se rappelle le jour où elle l'a eu dans les bras pour la première fois. L'immense salle de la cantine à l'usine était remplie d'enfants qui attendaient le Père Noël. Un sapin haut jusqu'au plafond croulait presque sous les guirlandes et les boules scintillantes. Les tables étaient couvertes de bonbons, nougats et gâteaux plus appétissants les uns que les autres. Après avoir bu un café au lait qui pourtant sentait bon, Marine avait eu un peu mal au cœur et du coup les friandises ne lui disaient plus rien. Elle regardait les autres tendre les mains vers les assiettes et les vider à toute vitesse. Elle trouvait qu'il y avait trop de bruit. Entre les piaillements du petit monde et la musique déversée par le pick-up, on ne s'entendait plus, elle avait mal à la tête. Quand surgit enfin le Bonhomme à la barbe blanche, elle n'en pouvait plus d'attendre. La distribution des jouets commença.

Tout s'effaça autour de Marine et elle n'entendit plus rien quand son cadeau lui fut présenté. Elle en eut le souffle coupé. On aurait dit un vrai bébé, avec sa barboteuse, son burnous à capuchon et ses chaussons de laine. Ses yeux bleus s'ouvraient et se fermaient quand elle le berçait. Elle devint instantanément sa petite maman. Elle avait alors cinq ans mais pas loin de vingt ans plus tard, elle s'en souvient avec tous les détails. Elle se fait seulement la réflexion que la Nobel savait y faire pour s'attacher les ouvriers et leurs familles. Ce paternalisme qui dura des décennies l'agace un peu mais elle reconnaît qu'il avait aussi ses bons côtés et qu'après tout, si tant de gens ont été heureux ici, il faut retenir cet aspect positif et ne pas ergoter sur les méthodes !

– Marine ? Tu es dans ta chambre ? Tu n'es pas malade au moins ?

Marion s'inquiète. La jeune fille saute sur ses pieds et rejoint sa mère dans la salle à manger.

– Non non. J'étais fatiguée. Moins j'en fais, plus ça me fatigue !

– C'est toujours quand on s'arrête qu'on sent la fatigue. J'ai bien vu, lorsque tu es arrivée, que tu étais sur les nerfs. Tu en fais trop. Tu ne dois pas assez dormir à Toulouse.

Marine ne répond pas. Elle était lasse, c'est vrai, mais maintenant elle aurait bien aimé aller faire un tour du côté de la mer. Elle qui peut rester de longues heures dans sa petite chambre toulousaine, penchée sur sa table de travail, ne tient plus en place dès qu'elle arrive à Banyuls. Elle est capable de faire des kilomètres à pied, emplissant ses poumons de l'air marin ou des senteurs des chemins, quelle que soit la saison.

\ \ \

Il pleut sur Banyuls. La mer, la terre et le ciel sont noyés de gris. Un furieux vent d'est parcourt avec violence un paysage si uniforme qu'on n'y distingue plus rien. Cette fois, c'est bien un temps de novembre, humide et lugubre. L'été qui, hier encore, semblait s'être attardé, a disparu pour plusieurs mois.

Le nez contre la vitre, Marine espérait une éclaircie qui lui aurait permis de se dégourdir les jambes. Elle soupire car les nuages lourds qui se bousculent dans le ciel confirment la réflexion de sa mère :

– Y en a pour la journée au moins.

Désoeuvrée, la jeune fille se détourne de la fenêtre et va s'asseoir auprès de Marion, occupée à ourler un bas de pantalon. Marine n'a jamais fait l'effort d'apprendre à coudre. Aussi, chaque fois qu'elle revient chez ses parents, apporte-t-elle sa couture, à peine honteuse de donner du travail supplémentaire à sa mère. Placide, Marion s'attelle à la tâche, une heure par-ci, une heure par-là. Penchée sur son ouvrage, elle lève les yeux de temps à autre et jette un regard à sa fille.

– Tu t'ennuies !

– Je n'aime pas quand je n'ai rien à faire.

– Tu te rappelles quand tu étais petite, que tu errais comme une âme en peine en répétant : « Chais pas quoi faire ! »

– Tu parles si je m'en souviens ! Que ce soit Papa ou Iaia, ils me disaient : « Prends un marteau et tape-toi sur les doigts, ça t'occupera ! » J'étais dans une rage folle !

– Ils trouvaient que tu te conduisais en enfant gâtée et ils n'avaient pas tout à fait tort.

– Oui et non. Parce que si je m'ennuyais c'est que je ne pouvais pas sortir à cause du mauvais temps. Fallait que je bouge ! Y avait tant de choses à faire dehors ! Tandis que dedans, je n'avais pas autant de jouets que les enfants d'aujourd'hui et pas de télé non plus !

– C'est vrai. Pas encore… Il t'aurait fallu un frère ou une sœur…

Une ombre passe sur le visage de Marion. Elle aurait tant voulu élever plusieurs enfants, au moins deux ou trois. Le destin en avait décidé autrement. Marine qui connaît la blessure de sa mère, la réconforte :

– Tous les gosses de Paulilles étaient frères et sœurs. Je ne me suis sentie seule à aucun moment. Quand on entrait au collège, on se serrait les coudes. C'était comme une grande famille. Seulement, avant, on ne s'en rendait pas compte.

– Tu es comme nous tous, tu as la nostalgie de ce temps-là.

– C'est drôle, je ne l'ai pas eue tout de suite. Et même au début, j'enviais un peu ceux qui partaient. Les copines étaient tout excitées à l'idée d'aller vivre à Banyuls ou à Port-Vendres et moi, je trouvais qu'elles avaient de la chance.

Marine et Marion se taisent, chacune laissant sa pensée vagabonder.

\` \` \`

Le premier souvenir qui vient à l'esprit de Marion est empreint d'une vive émotion. Elle revit le dernier jour à l'usine, celui de la fermeture définitive. Ce matin de mars, François a rejoint son poste comme si de rien n'était. Il était pâle et sa démarche avait quelque chose de raide qu'elle n'oublierait pas. Les autres ouvriers et tout le personnel adoptaient, comme s'ils s'étaient donné le mot, la même attitude pleine de dignité, sans commentaire inutile. On savait que l'activité de placage allait se poursuivre à Rivesaltes mais ici, rien ne serait plus pareil. Il y avait encore sur place plus d'une centaine d'hommes à l'œuvre, autant dire une ruche, même si cela n'avait plus rien de comparable avec ce qu'avait connu Paulilles pendant près d'un siècle.

François confia plus tard à sa femme qu'il avait éprouvé une étrange impression. Alors que tous les bruits s'éteignaient un à un, lui entendait le ronflement des machines tel qu'il l'avait entendu quand elles fonctionnaient à pleine puissance avec toutes sortes de sonorités propres à chacune. Ponts roulants, élévateurs, tronçonneuses, presses, leurs « voix » étaient familières et longtemps après elles résonneraient dans sa tête. Comment ne pas être fier des immenses plaques de vingt tonnes et plus qui, ici, avaient été poncées, dégraissées avant d'être emportées à Tautavel pour les opérations de tir. La minutie des hommes, leur savoir-faire, les résultats obtenus avaient suscité l'admiration des Américains pour la technique française, François ne manquait pas de le rappeler.

Puis les grilles de l'usine se refermèrent définitivement sous les yeux de Marion, venue au-devant de son mari ce soir-là. Elle n'oublierait pas non plus cette vision d'une fermeture lente et majestueuse sur un passé révolu.

À cette époque, ils s'étaient installés à Banyuls dans la maison que François avait construite de ses mains et où ils finiraient leur vie. Le personnel restant allait être réduit. Ils auraient pu partir à Marseille dans le cadre d'un reclassement mais ils n'arrivaient ni l'un ni l'autre à s'imaginer ailleurs que sur leur terre catalane. Autant se consacrer aux terres à vigne héritées de leurs parents. Ils s'en sortiraient toujours. Certes Marine n'avait que quatorze ans, il faudrait finir de l'élever, lui donner une situation mais il leur semblait qu'avec un seul enfant, ce ne serait pas trop difficile.

– Tu te rappelles le jour où ton père a quitté l'usine ? demande Marion.

– Vaguement. Par contre, je me souviens que déjà à ce moment-là, on parlait de projets immobiliers sur le site. Je trouvais ça vraiment bizarre ! J'espère qu'il n'en est plus question… Non, ce que je me rappelle de façon beaucoup plus saisissante, ça s'est passé plus tard.

– De quoi tu parles ?

– Des cheminées qu'on a abattues.

– Terrible ! On avait tous les larmes aux yeux. Et pourtant, elles ne servaient plus à rien, elles étaient dangereuses, y avait rien d'autre à faire, fallait qu'elles dégringolent complètement.

– Je me demandais pourquoi tout le monde allait voir ça. D'ailleurs, moi, je ne voulais pas. Ça ne m'intéressait pas du tout ! Avec le recul, je ne regrette pas. C'est un souvenir qui m'a marquée.

\ \ \

Marion, Marine et François étaient au premier rang de ceux qui s'étaient massés au bord de la route, juste après le virage del Salt d'en Monich. Autour d'eux, d'anciens ouvriers de Paulilles venus avec femmes et enfants regardaient une dernière fois ce qu'ils avaient eu sous les yeux si longtemps. En ce jour de mai lumineux, la tramontane soufflait avec rage. Quelques automobilistes curieux s'arrêtaient et venaient demander ce qui se passait.

– On va faire sauter les cheminées !

Du doigt, on leur désignait les longs fûts de briques qui se dressaient en contrebas.

Des gendarmes de Banyuls et de Port-Vendres canalisaient les spectateurs et surveillaient les abords. En bas, des hommes s'activaient. C'étaient des sapeurs-mineurs venus du Gard. Ils avaient pris tout leur temps pour installer les pains de plastic. Ils avaient consacré plusieurs heures à leur tâche minutieuse qui s'achevait.

– C'était la dynamiterie ?

– Non, c'était l'usine d'acides.

– Quels acides ? Pourquoi des acides ?

– Différentes sortes si je me souviens bien. De toute façon la production s'est arrêtée depuis plus de quarante ans. On avait besoin d'acides pour fabriquer la dynamite : de l'acide chlorhydrique, nitrique, sulfurique et puis d'autres encore.

C'était un ancien de l'usine qui répondait aux interrogations des uns et des autres. Sa voix s'altérait parfois sous le coup de l'émotion. Les cheminées, il ne les avait jamais vu fonctionner mais elles faisaient partie du paysage pour lui. Enfant, il avait joué autour avec les gamins du hameau. Il se souvenait qu'à côté se dressait une grande bâtisse abandonnée, devenue un magnifique terrain de jeux où il avait fait les quatre cents coups.

Elles étaient deux à se dresser pour quelques minutes encore vers le ciel : la plus grande mesurait plus de trente mètres, la seconde, moins haute et plus récente, semblait sa petite sœur. Larges à la base, elles s'effilaient jusqu'au sommet. Des échelles métalliques escaladaient leurs rangées de briques rouges et plus d'un garnement avait tenté l'ascension vertigineuse.

Les avis étaient partagés sur l'esthétique de ces constructions industrielles. Les uns les trouvaient affreuses et se déclaraient ravis de savoir qu'elles allaient cesser de balafrer le paysage. Les autres ne les jugaient pas si laides et regrettaient qu'on supprimât les symboles d'une activité d'autrefois.

– Elles sont devenues dangereuses. La déchetterie et surtout la maison là-bas sont menacées si jamais des briques viennent à dégringoler et c'est déjà arrivé.

D'en haut, on ne voyait pas bien mais les habitués de Paulilles savaient que la plus vieille des cheminées, qui était aussi la plus haute, était très abîmée, rongée par les vapeurs d'acides et les fumées qui l'avaient traversée durant des années puis par les intempéries et maintenant le temps qui passait, destructeur patient mais tenace.

Soudain, une rafale de vent plus violente balaya l'espace, emportant au passage quelques casquettes et foulards. Était-ce un signal avant-coureur ? Une sourde explosion suivit aussitôt, brève mais intense. La colline entière en fut ébranlée, l'air vibra.

Alors, s'effondrèrent ensemble les deux cheminées, dans un mouvement qu'on aurait cru au ralenti et qui accentuait l'impression que des géantes avaient été abattues. Quand les énormes morceaux touchèrent le sol, on entendit se répercuter un formidable grondement, tandis que s'élevait un immense nuage de poussière rouge et grise, amplifié par le vent qui n'avait pas désarmé.

Marine n'avait accompagné ses parents qu'à contre-cœur, et maintenant devant pareil spectacle, elle était saisie. La puissance anéantie des deux monstres l'impressionnait mais surtout elle réalisait devant les visages graves de ses parents et de ceux de leur génération qu'une nouvelle page de Paulilles s'était tournée.

Elle avait dix-sept ans. Quand l'usine avait fermé trois ans plus tôt, elle était déjà toute contente d'être partie habiter « en ville » à Banyuls. À quatorze ans, elle s'imaginait une vie nouvelle, davantage ouverte sur l'extérieur. L'enceinte de l'usine, le hameau avaient été un paradis quand elle était petite. Elle avait eu la sensation d'être libre, de jouir d'un vaste espace où elle circulait à sa guise, de la voie ferrée jusqu'à la plage. Les interdits avaient été finalement peu nombreux en comparaison de tout ce qu'il avait été possible de faire sans intervention des parents ! Parvenue à l'adolescence, elle avait commencé à trouver son environnement étriqué. D'une certaine façon, plus elle avait grandi, plus il avait rétréci. Une impatience nouvelle l'animait alors, elle aspirait à autre chose même si tout restait vague dans sa tête.

Sans qu'elle s'y attendît, devant les cheminées écroulées, elle aussi était émue. Dans le site déserté, à l'ombre des bâtiments encore debout, sous les pins, derrière les bosquets foisonnants ou dans les herbes folles, gisait désormais son enfance.

\ \ \

La pluie redouble. Le vent l'oblige à tomber de biais et elle gifle les vitres qui ruissellent. Marion avait raison : aucune chance que le temps s'arrange aujourd'hui.

– Et si tu montais chercher ce qui t'intéresse au grenier ? Tu voulais le faire, n'est-ce pas ? Ce serait une bonne idée puisque tu ne peux pas sortir.

– Tu as raison, Maman. Je n'y pensais plus ! Tu te rappelles où c'est rangé, tout ça ?

– Rangé, c'est beaucoup dire ! Attends-toi à une certaine pagaille ! Tu verras, au fond, il y a une grande malle en bois. J'ai entassé des tas de choses là-dedans quand on a déménagé. Je ne sais plus exactement ce qu'il y a.

– Tu n'es pas très curieuse. Tu n'as jamais eu envie de regarder de près ce que tu avais ? D'autant que, si je me souviens bien, tu as récupéré ce que Iaia ne voulait plus garder.

– En fait, je n'ai pas eu le temps. J'ai tout empilé en me disant que je regarderais plus tard. Et ensuite, j'ai un peu oublié. Avec ça que ton père voulait que je fasse un tri et que j'en garde le moins possible. J'ai été découragée d'avance.

– Eh bien, j'y vais ! Je pars à la chasse au trésor !

Marine qui avait du vague à l'âme se sent toute ragaillardie à l'idée de mettre le nez dans le passé, et elle est stimulée par tout ce qu'elle a entendu depuis deux jours.

Sous ses pieds, l'escalier de bois ciré craque. La jeune fille grimpe les marches deux à deux et ouvre la petite porte de ce que son père appelle « le galetas ». C'est un terme qu'elle n'aime pas beaucoup, elle ne sait pas pourquoi. Elle préfère « grenier ». Peut-être parce que dans « galetas » il y a « gale » et « tas », deux mots pas sympathiques auxquels elle associe des idées désagréables ! Une étymologie très personnelle, c'est sûr, et qui la fait sourire.

La pièce mansardée dans laquelle se sont accumulés boîtes, caisses, valises et objets hétéroclites est sombre. Marine tourne l'interrupteur. L'ampoule de faible puissance qui pend à une solive ne permet guère d'y voir davantage. Une fois ses yeux habitués à la pénombre, la jeune fille se dirige vers le fond, comme le lui a dit Marion. Contre le mur, elle devine en effet une grosse malle mais il lui faut d'abord enlever la pile de cartons qui a été posée par-dessus.

Apparaît enfin l'objet de sa convoitise : une imposante malle en bois, bombée, avec des ferrures et des poignées sur le côté.

– J'espère qu'elle n'est pas fermée à clef, dit tout haut Marine entre deux éternuements déclenchés par la poussière.

Non, elle ne l'est pas et le couvercle se soulève sans difficulté bien qu'il soit plus lourd que Marine ne l'aurait cru. À l'intérieur, c'est un fouillis de papiers, de dossiers, de carnets et livrets mais aussi de bouts de tissus plus ou moins grands dont on se demande à quoi ils ont bien pu servir, et de boîtes de différentes grandeurs.

Marine essaie de tirer la malle vers la lumière. Elle est trop lourde. Elle entreprend alors des va-et-vient entre le grenier et le palier où elle entasse du mieux qu'elle peut ce qu'elle ramène en piles.

Puis elle s'assied sur la seconde marche pour examiner son butin. Par où commencer ? Elle met de côté des livrets militaires anciens qu'elle se promet d'étudier plus tard, des portefeuilles et porte-cartes en cuir usé, tous vides. Ils appartenaient probablement à ses grands-pères. Elle ouvre une boîte remplie de négatifs de photos. Deux paquets de lettres attachées ensemble, l'un par un ruban, l'autre une simple ficelle, la font hésiter. Un coup d'œil sur les enveloppes lui montre qu'il s'agit de correspondance datant de la Première Guerre et de la Seconde. Les lettres de ses arrière-grands-parents et grands-parents, elle ne se sent pas le droit de les ouvrir et pourtant, elle est dévorée de curiosité ! Brusquement, elle se rappelle que sa mère lui a parlé de certaines d'entre elles. Elle les avait trouvées dans la maison de Marie après sa mort. Une autre liasse de papiers s'avère être une incroyable collection de factures remontant au déluge !

Marine est un peu déçue. Finalement, à part les lettres, il n'y a pas grand-chose d'intéressant. Elle n'est pas sûre qu'il soit encore possible de tirer quelque chose des négatifs de photos, il faudra voir. Dans une sorte d'album, sont classées des cartes postales anciennes de la région ou de l'Algérie. Elle le descendra pour le regarder de plus près, certaine que ses parents prendront plaisir à redécouvrir ces images à demi oubliées.

Amusants, tous ces petits carnets remplis de comptes ou de recettes de cuisine ! Au fond de la malle, un grand cahier recouvert d'un papier à fleurs attire son attention. Il est épais mais paraît fragile. Marine l'extrait avec précaution et le pose sur le parquet ciré du palier avant de l'ouvrir : un herbier ! N'est-ce pas celui dont lui a parlé sa mère ? Elle admire l'écriture calligraphiée à l'encre violette et sourit, attendrie. Lui aussi, elle va le descendre. Il ne mérite pas de rester enfoui dans la poussière. Il sent un peu le moisi mais une fois à l'air, l'odeur s'atténuera paut-être. Marine éternue encore, victime d'une allergie qu'elle connaît bien.

Un éternuement de trop et voilà qu'elle est sur le point de lâcher le cahier fleuri. Elle le rattrape de justesse mais ne peut éviter que plusieurs feuilles glissent et tombent en voletant jusque dans l'escalier. Elle craint un instant d'avoir abîmé l'herbier et qu'il soit en train de perdre ses pages.

Il n'en est rien. En retournant les feuilles éparses sur le sol, elle découvre des dessins.

\ \ \

22

Des dessins sans signature, sans date. Tracés d'une main ferme, tantôt au crayon à papier, tantôt à la plume, ils dénotent un savoir-faire précis. Ce qui frappe Marine, c'est que tous offrent une économie de traits remarquable, ce qui ne les empêche pas de suggérer avec force ce qu'ils représentent. Elle reconnaît la baie de Banyuls et l'arc de sa plage, celle de Port-Vendres avec son sémaphore, ses maisons serrées, son église à coupole regardant la mer sur laquelle naviguent gros bateaux et barques de pêche. Des vaguelettes à peine esquissées suffisent à suggérer le mouvement de l'eau et on voit des oiseaux marins traverser le ciel. Voici l'anse de Paulilles, vue de la mer, ses deux « montagnes », sa plage, les hautes cheminées de l'usine. Sur l'eau, danse une barque catalane, non loin du ponton. À l'arrière-plan, quelques lignes figurent la voie ferrée, des arbres et des vignes grimpent à l'assaut des coteaux. Sur une autre feuille encore, des tiges graciles s'élancent en courbes délicates, on dirait les bambous d'un dessin oriental.

Marine est fascinée par la maîtrise de l'artiste. Car elle en est certaine, c'est une même main qui a ainsi traduit la beauté de sites qu'elle connaît par cœur. Elle passe d'un paysage à lautre, emplie d'admiration.

Soudain, elle reçoit un choc. Elle ne s'attendait pas à ce qu'elle a maintenant sous les yeux. Le sourire éblouissant d'un jeune homme occupe toute une page, la dernière qu'elle ait retournée. Quelques traits incisifs pour tracer l'ovale d'un visage juvénile. Des lèvres ouvertes sur des dents bien rangées. L'expression de la joie a réduit les yeux à deux minces fentes étirées jusqu'aux tempes. Les cheveux raides et sombres, les sourcils drus, figurés par deux lignes horizontales, le nez presque épaté achèvent de donner à l'ensemble du portrait une physionomie orientale.

Qui est ce beau garçon ? S'agit-il d'un auto-portrait réalisé par l'auteur des paysages ? Comment ces six précieuses images se sont-elles retrouvées dans le cahier-herbier ? Marine est troublée. Elle ne peut pas ne pas penser aux Annamites de la guerre de 14. Elle devine qu'une vérité ancienne a été enfouie au milieu des fleurs séchées et que cette vérité-là fait peut-être partie de celles qu'elle cherche à découvrir depuis qu'elle est revenue à Banyuls. Elle est tentée de tout remettre au fond de la malle. Il serait si facile de rabattre le couvercle et de rendre à l'ombre tout ce qu'elle a ramené à la lumière. Elle se rend bien compte que sa découverte la plus importante est le portrait de l'inconnu. Ne vaudrait-il pas mieux le renvoyer dans l'oubli ? De quoi a-t-elle peur ? L'ignorance et le doute la font souffrir depuis des années, c'est le moment ou jamais de savoir. Et si elle allait réveiller des secrets douloureux chez ceux qu'elle aime ? Sa mère et sa Iaia ont la clé des mystères qu'elle soupçonne, à présent, elle en est certaine. A-t-elle le droit de les obliger à parler ?

Marine est déchirée mais son tempérament la pousse à aller jusqu'au bout de ce qu'elle entreprend. Elle est tout près d'aboutir dans sa quête. Il s'agit seulement d'être prudente pour ne blesser personne. Elle est exactement dans la situation qui est la sienne quand, sur un chantier de fouilles, elle dégage au pinceau, de leur gangue de terre, les éléments à mettre au jour, progressant avec lenteur pour ne rien abîmer et respecter le passé. La jeune fille retourne ranger au grenier les objets qu'elle a décidé de laisser de côté pour l'instant. Elle referme avec douceur la malle aux trésors, repose par-dessus les boîtes enlevées et s'apprête à regagner le palier. Elle a la main sur l'interrupteur, s'arrête un instant, se retourne vers le fond du débarras puis sort sans faire grincer la porte, en étouffant ses pas. Le passé peut se rendormir paisiblement mais elle en emporte une partie.

\ \ \

– Alors, ce fouillis ? Tu y as dégoté quelque chose qui t'intéresse ?

Marion est assise à la même place. Elle vient de terminer son ourlet et le pantalon replié a été posé sur la table. Elle tourne la tête vers sa fille et comprend tout de suite qu'elle est émue. Elle reconnaît l'herbier et voit aussi les dessins qu'elle tient dans son autre main.

– Mon Dieu, tu as trouvé ça ! Je les avais oubliés !

C'est au tour de Marion maintenant d'être perturbée. Elle a pâli et s'en veut de n'avoir plus pensé que Marine allait tomber sur les dessins.

– Qui est-ce ? demande la jeune fille, brandissant le portrait.

– C'est une longue histoire, soupire sa mère. Je ne sais pas si je dois, si je peux.

– Maman, il faut me dire. Qui est-ce ?

Marine presse sa mère de répondre, insiste. Marion regarde le portrait que lui tend sa fille, retient son geste au moment de le prendre, lève les yeux vers sa fille puis se décide enfin :

– C'est un Annamite. Il est mort il y a longtemps. C'était pendant la Guerre de 14.

– Je sais. Iaia m'a parlé des Annamites qui travaillaient à Paulilles. Mais celui-là, qui est-ce enfin ? Qui l'a dessiné ? Pourquoi tu as gardé son portrait ? Qu'est-ce qu'il est pour toi, pour Iaia ?

L'avalanche de questions paralyse Marion qui ne sait par quoi commencer ni ce qu'elle a le droit de dire.

– C'est ton arrière-grand-mère qui l'a connu.

Marion hésite :

– Elle l'aimait bien.

– Et Iaia, elle le connaissait aussi ? Pourquoi elle m'en a pas parlé ? Comment il s'appelait ?

– Non, elle ne l'a pas connu. Il s'appelait Dan. Elle ne sait pas grand-chose de lui. Et puis tu sais, moi j'ai essayé, mais elle ne veut pas qu'on en parle. Tout ça, c'est compliqué. C'est resté un secret.

– Un secret ? Quel secret ? Il faut tout t'arracher ! Tu en as trop dit ou pas assez !

Marine s'énerve tandis que Marion prend un air contraint qui témoigne de sa gêne grandissante.

– Écoute, ma chérie, puisqu'on en est là, je vais te le confier, ce secret, mais je crois qu'il faudra que nous allions ensemble à Cosprons voir Iaia, sans lui faire de peine surtout.

– Je ne veux faire de peine à personne, moi ! Ce Dan, explique-moi.

– Ce Dan, comme tu dis, c'est le père de Iaia. Il est mort dans un accident, à l'usine, elle avait quatorze mois.

Marine reste muette de saisissement, les yeux fixés sur le beau visage du jeune Annamite. Elle se tourne vers une petite glace ovale qui orne le mur derrière elle et contemple son image. Le miroir lui montre d'un coup ses cheveux lisses et sombres, son front bombé, ses yeux en amande et ses pommettes hautes. Elle caresse du doigt ses paupières supérieures presque sans pli, qu'elle a toujours trouvées disgracieuses.

– Je sais ce que tu penses, dit Marion. Tu ressembles à ta grand-mère quand elle était jeune. Elle était très belle et tu l'es aussi.

Marine a les larmes aux yeux. Penchée vers sa mère, elle lui passe les bras autour du cou et l'embrasse.

Cette mère à qui elle ressemble si peu.

\ \ \

Il pleut toujours mais avec le soir, le vent s'est calmé. On entend les gouttières ruisseler et les gerbes d'eau se soulever quand passent des voitures.

François, qui vient de rentrer, s'ébroue dans le hall et retire son blouson trempé.

– Quel temps ! On est mieux chez soi ! s'exclame-t-il en se frottant les mains. Ben dites donc, vous en faites une tête toutes les deux !

Marion lui explique brièvement que Marine « sait » pour l'arrière-grand-père. D'ailleurs, il a vu le portrait sur la table.

– Eh bien, c'est pas un mal. Les secrets, c'est pas bon. Ça empoisonne souvent la vie pour rien. J'ai toujours pensé qu'on aurait dû te le dire plus tôt, ajoute-t-il en regardant sa fille droit dans les yeux et en effleurant sa joue.

Durant le dîner, aucun des trois n'ose plus évoquer le fameux secret de famille. Comme si une pause était nécessaire pour que chacun fasse le point dans sa tête. François parle d'amis qu'il a rencontrés dans l'après-midi, donne des nouvelles. Sa femme et sa fille l'écoutent et font quelques commentaires mais il est clair qu'il s'agit surtout d'entretenir la conversation. Parfois on n'entend plus que le bruit des couverts, le silence s'installe sans rien de pesant, au contraire, c'est comme si une complicité nouvelle naissait entre Marine et ses parents.

Le portrait de Dan est calé sur le buffet, contre la pendulette, en-dessous de celui de Marie. À plusieurs reprises, la jeune fille ne peut s'empêcher de les regarder tour à tour. Elle les trouve beaux et réalise soudain que tous deux sont plus jeunes qu'elle ne l'est en ce moment. Et pourtant, il s'agit de ses arrière-grands-parents. Son imagination vagabonde. Elle invente une rencontre romanesque et se rappelle ensuite que cette histoire d'amour s'est déroulée en temps de guerre et dans une dynamiterie ! Pas très romantiques, les circonstances. Pourvu que Iaia Maria veuille bien en dire davantage. Marine voudrait déjà être à demain car elle n'a pas l'intention d'attendre un jour de plus avant de retourner à Cosprons. Sa mère a promis de l'accompagner, c'est important qu'elle soit là d'autant que la conversation risque de ne pas être facile.

\ \ \

Le lendemain, Marine est debout de bonne heure. La matinée se traîne en longueur. La visite à Cosprons est prévue pour l'après-midi. Il faut patienter.

En attendant, la jeune fille feuillette l'herbier et s'attendrit à nouveau sur les plantes artistement disposées, les noms et commentaires écrits avec application. Les fleurs ont tendance à partir en poussière. Une artiste, elle aussi dans son genre, que Marie ! Elle emmenait sa petite-fille cueillir des herbes avec elle comme elle avait sans doute emmené sa fille auparavant. Et avec son amoureux, y avait-il eu des promenades et des cueillettes ou avaient-ils été toujours obligés de se cacher ? Parlait-il le français ? Avait-il décrit son pays à sa belle ? De quoi parlaient-ils ?

Se pourrait-il que les étranges histoires de Iaia Maria viennent de lui ? Était-ce le moyen qu'avait trouvé Marie pour lui parler de son père sans en avoir l'air ? Marine n'a pas oublié les belles légendes que lui a contées sa grand-mère. Elle était grande qu'elle réclamait encore l'histoire du dragon gigantesque qui faisait venir la nuit sur terre rien qu'en fermant les yeux, et naître le jour en les ouvrant. Tous les dragons de Iaia étaient parés de couleurs rutilantes et d'écailles luisantes, tous étaient gentils et ne songeaient qu'à aider les hommes de leur souffle puissant et de leur queue démesurée. Même le feu qu'ils crachaient parfois ne faisait pas de mal aux hommes. Un roi n'avait-il pas reçu le secours d'un dragon volant qui avait abattu une montagne pour que l'eau dévastatrice d'une inondation s'écoulât loin d'une vallée ?

Un jour, Marine avait reçu en cadeau un livre empli de dragons terrifiants qui, dès la couverture, dardaient des langues enflammées et brûlaient tout sur leur passage. Seul un vaillant chevalier parvenait à terrasser ces monstres malfaisants. L'histoire avait stupéfié l'enfant qu'elle était. Elle préférait de beaucoup les merveilleuses créatures de sa Iaia qui, affirmait-elle, avaient une perle dans la gorge.

– Une perle ! s'exclamait Marine.

– Parfaitement, disait la grand-mère, et sais-tu pourquoi ? C'est toujours une perle magique. Celui qui la possède ne profère que des paroles précieuses.

– C'est quoi des paroles précieuses ?

– Des paroles de sagesse, bien sûr. Des paroles qui disent des vérités éternelles.

Marine ne vit rien de précieux dans la gueule des dragons de son livre ! Ce devait être des faux ! Les vrais avaient des perles !

Quand elle fit le lien entre les légendes de sa Iaia et ce qu'elle apprit des dragons d'orient, les années avaient passé. Elle ne se demanda pas où sa fantasque grand-mère avait pu entendre parler de ces entités amies et protectrices pour les humains qui n'avaient rien à voir avec les maléfiques créatures des mythes chrétiens. Aujourd'hui, en revanche, Marine soupçonne que les sympathiques dragons de son enfance sont jadis passés par Paulilles grâce à un bel Annamite pour enchanter les rêves de plusieurs générations de petites filles.

\ \ \

Marion pousse la porte de Maria et Marine appelle :

– Iaia ? Où es-tu ? C'est Maman et moi !

La grand-mère sort de sa chambre, souriante et légère. Elle est minuscule à côté de sa petite fille qui doit se pencher pour l'embrasser. Légère et menue, elle semble glisser plutôt que marcher. À sa suite, les deux femmes pénètrent dans la salle à manger où flotte une suave odeur, reconnaissable entre toutes. Maria va droit à son fauteuil habituel tandis que Marion et sa fille rapprochent des chaises pour s'asseoir près d'elle. Un rayon de soleil s'insinue par la fenêtre, fait danser quelques grains de poussière et caresse le bord de la table.

– Tu sais quoi, Iaia ? Ce matin, je regardais l'herbier de mon arrière-grand-mère. Maman l'a gardé et si on fait attention, on peut encore en tourner les pages et tout savoir de la botanique à Paulilles !

– C'est un bien grand mot, enfin, de la botanique si tu veux… C'est vrai que ma mère était incollable sur les plantes utiles et savait s'en servir. Tout le monde lui demandait ses tisanes, ses baumes ou des conseils.

– Toi aussi, tu sais des tas de choses, intervient Marion.

– À force de la regarder faire et de l'écouter, j'ai retenu sans m'en rendre compte.

– Ce doit être elle aussi qui t'a raconté des histoires extraordinaires. Et moi, je me souviens encore du temps où tu me parlais de gentils dragons et de perles. J'adorais ! Si un jour j'ai des enfants, je saurai comment les faire rêver.

Marine, qui ne sait comment aborder les questions qui lui tiennent à cœur, s'en approche par des voies détournées. Maria se laisse entraîner, sans s'en douter.

– Ce sont les légendes du pays des Annamites. Je t'ai dit, l'autre jour, qu'ils étaient à Paulilles pendant la guerre de 14. Ils fabriquaient des dragons pour leur fête, tu te souviens ? Et ma mère à moi, elle m'en a fait un petit en papier, quand j'étais gamine, plein de couleurs mais d'un fragile ! Il a vite été déchiré. Ma grand-mère, Madeleine elle s'appelait, bougonnait parce qu'on trouvait des petits bouts partout.

– Elle avait pas l'air commode ta grand-mère, pas comme la mienne, rétorque Marine avec un clin d'œil.

– Elle était un peu dure, comme les femmes de son temps, mais très bonne quand on la connaissait. Elle reprochait à Maman de me bourrer le crâne avec des contes qui n'étaient même pas de chez nous.

Détendue, Maria sourit en évoquant son enfance. Sa peau transparente se plisse en fines ridules qui donnent l'impression que son visage entier est en joie. Ses yeux se transforment en fentes allongées au point qu'on ne les voit plus qu'à peine et pourtant, on devine qu'ils pétillent.

Marion voudrait ramener la conversation sur les Annamites :

– Dis donc, Maman, tu n'as pas fabriqué de dragon en papier ni pour moi, ni pour Marine !

– Je ne sais pas faire… D'ailleurs, je n'en ai eu qu'un.

– Tu sais ce qu'on a aussi trouvé dans l'herbier de Iaia Marie ? Des dessins.

Marion s'est jetée à l'eau et le regard que lui jette Marine lui fait comprendre que cette dernière ne la trouve pas très habile. Tant pis !

– Montre-lui, Marine.

Après un temps d'hésitation, Marine sort de son grand sac une chemise cartonnée dans laquelle elle a placé les dessins pour les protéger. Elle étale d'abord les paysages sous les yeux de Maria qui paraît sincèrement surprise.

– Tu ne les as jamais vus, Iaia ?

– Non. Ils étaient dans son herbier, dis-tu ? De toute façon, je ne sais pas quand ma mère le remplissait, en tout cas pas devant moi. Et quand on a vidé sa maison après son décès, j'ai pas eu envie de me plonger dans ses affaires.

Maria passe d'un dessin à l'autre :

– Non, je ne les ai jamais vus, ou alors j'ai oublié.

Elle esquisse le geste de les rendre à Marion comme s'ils ne l'intéressaient pas vraiment ; sa fille sort alors de la chemise le portrait :

– Regarde, Maman, ce beau jeune homme.

D'un coup, le visage de Maria se ferme, se durcit. Les lèvres pincées, elle se détourne, sans prendre le dessin entre ses mains.

– Je ne connais pas, dit-elle, d'un ton cassant qui ne lui ressemble pas.

Marine a la respiration coupée. Sans se démonter, d'une voix douce, Marion reprend la parole :

– Moi je sais qui c'est. Iaia Marie me l'a dit. Il s'appelait Dan.

Maria s'est tassée dans son fauteuil mais ses traits sont moins crispés qu'il y a un instant. Elle allonge ses mains sur sa robe, en écartant les doigts. Elle est aussi attendrissante qu'une enfant. Marion s'approche encore d'elle, à la toucher :

– Iaia m'a raconté beaucoup de choses sur lui, en me faisant promettre de garder le secret, de ne pas t'en parler ou alors beaucoup plus tard, quand ce serait le moment.

Marine ne supporte pas la tension qui règne dans la pièce et s'exclame :

– Nous avons bien le temps de reparler de tout ça ! Iaia, je voudrais regarder encore tes photos, je vais les chercher !

Elle est debout, elle file chercher les albums et elle est de retour avant que sa mère et sa grand-mère aient pu réagir. Au hasard, elle en ouvre un. Coup de chance, elle tombe sur ce qu'elle espérait : des clichés de Maria enfant qu'elle reconnaît instantanément alors qu'elle n'a jamais eu l'occasion de les voir.

– Pourquoi tu ne m'as pas montré tes trésors plus tôt ? Mais tu es superbe ! On dirait une poupée !

Marine cache son émotion car, en regardant sa grand-mère petite fille, c'est elle-même qu'elle croit voir. S'il n'y avait pas les petites robes et la coiffure démodées, on pourrait s'y tromper. Et dire qu'elle a cru... Les pensées se bousculent dans la tête de la jeune fille. Elle préfère s'étourdir de paroles :

– C'est ta mère, n'est-ce pas ? Elle était vraiment belle. Elle est plus souriante que sur la photo qu'on a à la maison !

Soulagée par la diversion, Maria s'est penchée vers l'album et, du doigt, elle montre un homme qui la tient dans ses bras :

– Et voilà mon père. Il est parti trop tôt, il m'a tellement manqué.

Bien sûr, elle parle d'Augustin et Marion, qui se sent coupable d'avoir brusqué sa mère, saisit l'occasion de lui remettre un peu de baume au cœur :

– Lui aussi, Iaia Marie m'en a parlé. Elle disait que la guerre l'avait marqué mais que c'était un homme admirable et qu'il t'adorait.

– J'avais quatre ans quand il est mort, j'étais pas vieille, je me souviens quand même très bien de lui. Il me lançait en l'air et Maman le grondait parce qu'ensuite, il était tout essoufflé, il avait été gazé dans les tranchées. Moi, je ne me rendais pas compte et m'envoler si haut me rendait folle de joie. Je riais, je riais, à en avoir mal au ventre ! Pauvre Papa, c'est ce maudit gaz qui l'a tué, lui et beaucoup d'autres.

Marine a repris ses esprits. Elle s'est approchée de sa grand-mère qui maintenant tient l'album ouvert sur ses genoux tandis que le portrait de l'Annamite a été posé au bord de la table :

– Iaia, je suis fière de te ressembler. Je ne m'en étais pas rendue compte mais quand je vois ces photos…

– C'est sûr que j'ai changé et que la ressemblance entre nous deux n'est pas évidente aujourd'hui !

Maria retrouve son air espiègle et Marion est soulagée :

– Maman, tu fais ta coquette ! Tu as toujours été très belle et tu le restes.

– C'est vrai, Iaia, dit Marine gravement. Si tu savais comme je suis contente d'être ta petite fille.

Elle n'ajoute rien. Elle aurait beaucoup de choses à ajouter mais tout ne peut pas être dit d'un coup.

L'album d'autrefois redevient un bon dérivatif au tumulte qui les agite toutes les trois. Maria fait lentement défiler les images. Augustin disparaît. La petite fille qu'elle était grandit de page en page, Marie vieillit doucement, elle apparaît de moins en moins souvent. Des photos de classe montrent une ravissante adolescente aux yeux bridés dont le minois tranche au milieu de ses camarades de classe.

– On m'appelait la Chinoise ! Je sortais bec et ongles pour me défendre et ne pas montrer que j'étais malheureuse.

Une nouvelle page se tourne et voici Maria au bras d'Étienne, le jour de leur mariage : jolie, l'air très jeune de sorte qu'elle paraît un peu déguisée dans sa robe blanche.

– Mon Étienne, je l'ai perdu trop tôt, lui aussi.

– Un bel homme, Iaia.

– Oui, le même genre que Papa, pas très grand, pas gros mais costaud et toujours souriant… Et celui-là, il ne devait pas être grand non plus.

Sans transition, Maria a attiré vers elle le portrait de Dan. C'est de lui qu'elle parle maintenant. Marion en profite pour dire doucement :

– En somme, tu as eu deux pères, l'un quelques mois, l'autre quelques années. Pas longtemps, mais tous les deux t'ont aimée. Ta mère en était certaine. Elle n'a pas réussi à te parler de celui qui t'a donné la vie.

– C'est pas mon père, intervient brutalement Maria qui rejette une nouvelle fois l'image de Dan. D'ailleurs, il nous a abandonnées, ma mère et moi ! Papa, c'est lui.

La vieille dame est revenue en arrière dans l'album et tape du doigt à plusieurs reprises sur la photo d'Augustin.

– Tu ne peux pas dire ça. Il ne vous a pas abandonnées, il est mort à Paulilles, dans un accident.

À son tour, Marion devient véhémente. Elle reprend :

– Iaia Marie m'a tout raconté. Après, je ne pouvais plus regarder « la montagne neuve ». J'avais des remords d'être allée jouer dans les bassins[1] quand j'étais petite. Et plus tard, je ne supportais pas les enfants qui y allaient. Je les faisais partir.

– Je ne savais pas, répond Maria d'une voix à peine audible. Je n'ai jamais voulu savoir. Et aujourd'hui encore j'ai peur, je n'ai pas envie d'entendre. Laisse-moi encore un peu de temps.

– Tu as raison. Pardon, Maman. C'est toi qui décideras. Je te raconterai d'abord l'idylle de ta mère et… – Marion hésite avant d'ajouter « de ton père » – leurs rendez-vous secrets. Tu es née d'une belle histoire qui hélas a fini tragiquement.

– Plus tard, oui, plus tard. Laissez-moi seule maintenant. N'emportez pas le dessin pour que j'essaie d'apprendre son visage.

\ \ \

1 A Paulilles encore aujourd'hui, il reste des vestiges de ce que les ouvriers appelaient «les bassins des Annamites» parce que c'est là qu'ils avaient travaillé.

Marine et Marion partent sans savoir si elles ont raison. Elles obéissent seulement. Le retour à Banyuls est silencieux.

Une fois dans la maison, elles éprouvent le besoin de parler à nouveau. Elles pensent au portrait resté à Cosprons et elles sont convaincues qu'un premier pas a été accompli par Maria quand elle a demandé à le garder, qu'elle ne regrettera pas de se retourner sur son passé et celui de sa mère.

Marine aussi doit poursuivre son chemin et elle veut à tout prix en apprendre davantage sur Dan. Marion comprend qu'il n'est pas possible de la faire attendre davantage et elle commence par le pire, la mort dramatique du jeune Annamite, racontée par Marie avec tant d'intensité que chaque détail en est resté inscrit à jamais dans l'esprit de Marion, comme si elle l'avait elle-même vécue.

23

Quand la clameur traversa l'espace, Marie sut d'où elle venait. Elle se dressa d'un coup, son ouvrage à la main, retenant sa respiration pour mieux entendre les bruits du dehors. Dans son berceau, près de la fenêtre, Maria dormait, ses petits bras relevés de chaque côté de la tête et les poings serrés comme elle en avait l'habitude. Elle ne broncha pas, même quand des cris inhumains jaillirent.

Figée sur place, Marie écoutait. Son cœur lui disait qu'elle avait raison d'avoir peur. La catastrophe si souvent redoutée était là, monstrueuse et inexorable.

Un claquement brutal avait d'abord éclaté puis des hurlements de bête avaient suivi. Des hurlements déchirants, qui montaient et descendaient, se modulaient en sonorités de plus en plus aiguës.

L'atelier des Annamites était tout près. N'y tenant plus, Marie saisit un châle et sortit en hâte. Dehors, des hommes et des femmes accouraient de partout et convergeaient en direction des bassins. Ils furent très vite arrêtés par des contremaîtres et des ouvriers qui barraient le passage à quiconque n'avait rien à faire à proximité.

On voyait jaillir des flammes par intermittence, une épaisse fumée noire s'élevait dans le ciel, une odeur âcre se répandait mais surtout on entendait des plaintes, des gémissements mêlés de cris et d'ordres brefs. Aucune voix n'était reconnaissable.

La nature entière s'était tue, pas un bruissement dans les arbres, pas un chant d'oiseau, l'eau du ruisseau semblait s'être arrêtée de couler.

Sans rien voir, chacun savait trop bien ce qui se passait. Des hommes flambaient dans les bassins en feu, c'était sûr. Tout autour, on courait, on fuyait, on en oubliait les règles les plus élémentaires de sécurité et du coup, l'incendie se propageait à une vitesse foudroyante. La panique généralisée se devinait. À l'extérieur, elle gagnait la masse sans cesse grossissante de tous ceux qui attendaient des nouvelles.

Un rescapé raconta plus tard qu'il avait vu mourir Tien, le rigolo, le petit au visage si mobile qu'il faisait rire tout le monde avec ses grimaces, même quand on ne comprenait pas un mot de ce qu'il disait. Il était debout au milieu d'un bassin, les bras en avant, il voulait sortir mais ses pieds restaient collés au fond. Les flammes s'enroulaient autour de son corps gracile, il gesticulait pour les chasser, il tentait d'avancer vers le bord. Tous ses efforts étaient vains et il était impossible de l'aider car on ne pouvait ni approcher ni lui tendre de quoi s'accrocher afin d'être tiré de la fournaise. On tenta bien d'actionner la pompe pour envoyer de l'eau sur lui et sur l'ensemble du bassin mais cela ne servit à rien. Peu à peu ses cris insoutenables s'étaient transformés en plaintes puis en râles, il avait glissé au ralenti avant de s'effondrer.

Marie est paralysée. Elle voit apparaître les premiers blessés qu'on transporte sur des civières avec d'infinies précautions. Ils sont méconnaissables, les visages noirs de suie, tellement brûlés qu'ils n'ont plus apparence humaine. Des bras et des jambes menus pendent le long des brancards, les vêtements en lambeaux sont impossibles à distinguer des lanières de chair entremêlées. La jeune femme fixe ces visions d'horreur, elle ignore s'il est là mais elle comprend qu'elle l'a perdu.

Elle l'a souvent contemplé en cachette à travers la fenêtre de l'atelier ; collée à la vitre, elle le cherchait et, quand elle l'avait trouvé, elle ne le quittait pas des yeux, au point que lui, se sentant observé, tournait la tête vers elle et lui adressait un sourire tout en continuant son travail ingrat.

Il était debout dans l'eau jusqu'à mi-jambes. Il se penchait pour attraper à deux mains et soulever un paquet de coton qu'il secouait avec énergie en un mouvement tournant. Ses gestes précis et continus avaient quelque chose de fascinant et de noble. Parfois, sans s'interrompre, il appuyait un de ses bras sur une cuisse pour soulager son dos endolori et tirait à lui la masse de coton d'une seule main. Marie le trouvait magnifique. Elle en oubliait combien la tâche était éprouvante et dangereuse. Lui, dans ce visage de femme entrevu un instant, puisait un peu de bonheur et la force de continuer son labeur de forçat.

Quand plus tard ils se retrouvaient pour quelques minutes de tendresse, il s'ingéniait à la rassurer avec les quelques mots dont il disposait dans un vocabulaire forcément limité. Sa maladresse finissait par la faire rire. Leur jeunesse, leur joie de vivre prenaient le dessus. Ils oubliaient la guerre, l'usine de dynamite, les bassins si prompts à s'enflammer. Ils oubliaient tout.

Marie est toujours là tandis que des hommes s'acharnent à maîtriser l'incendie. Dans sa tête, l'image de Tien agonisant qu'elle n'a pas vu se superpose à celle de Dan lui souriant tendrement depuis le même bassin.

Nul ne saura lui raconter sa mort mais durant des nuits et des nuits, elle assistera en boucle à sa souffrance et à son affaissement au fond du bassin comme si elle était à nouveau derrière la vitre. Car on a retiré son corps de l'affreuse mélasse qui le recouvrait d'un linceul noir.

– Tu perds la tête de te donner ainsi en spectacle !

Madeleine a saisi sa fille par le bras et l'entraîne vers la caserne.

– Et ta fille ? Tu y as pensé ? Elle pleure tout ce qu'elle sait, abandonnée ! Tu n'as pas honte ?

Hébétée, Marie ne répond rien et suit sa mère telle une automate. Madeleine jette des regards autour d'elle, plus soucieuse du qu'en dira-t-on que de la détresse de la jeune femme. Elle est au courant de l'accident mais elle en a vu d'autres et ne perd jamais son sang-froid.

Pour l'instant, il s'agit de regagner le logis sans se faire remarquer pour s'occuper de la petite. Avant même d'entrer, les deux femmes entendent la fureur de Maria qui témoigne à travers ses pleurs de son incompréhension, habituée qu'elle est à ce que sa mère soit constamment à son écoute. Marie se penche vers le bébé qui, dans ses bras, se rassérène très vite. Le petit visage émeut plus que jamais la jeune maman qui sent sa poitrine se gonfler de tendresse et de douleur. Cette enfant sera tout ce qui lui restera de son amour englouti dans un bassin noirci.

\ \ \

Les jours suivants, l'atelier des Annamites resta sans vie. Le silence enveloppa les ombres qui se déplaçaient dans le baraquement où ils logeaient et à proximité.

Puis, peu à peu, l'activité recommença comme si de rien n'était ou presque. On n'entendit pas parler des blessés, on ne les revit pas. Les morts furent enterrés en toute discrétion sans qu'on sût exactement si l'inhumation avait eu lieu sur place ou dans le petit cimetière de Cosprons.

L'émotion avait été vive parmi tous les employés de l'usine. Mais on ne posa pas de question. La solidarité entre tous les travailleurs quels qu'ils fussent était naturelle et évidente. Elle n'empêchait pas une réserve et une discrétion spontanées qui auraient pu passer à tort pour de l'indifférence aux yeux d'un étranger à Paulilles.

Marie aussi reprit sa vie d'avant le drame. Elle ne dit rien à personne et on ne se hasarda pas à lui parler de la tragédie. Le mutisme de règle à l'extérieur fut également en vigueur à la maison. Un temps, Madeleine observa sa fille et se rassura devant son attitude digne. La pâleur qui avait envahi son visage demeura longtemps, la raideur de sa démarche s'accentua. Ce fut tout. Maria continua de grandir et son babil combla les silences. La jeune mère enfouit à jamais sa peine sous les décombres de son idylle effacée en quelques minutes.

Son sourire de femme amoureuse avait disparu, remplacé par celui qu'elle adressait à son enfant innocente.

\ \ \

Malgré le soleil et une relative douceur, l'automne 18 donna l'impression de se traîner. Chacun était las de cette guerre qui n'en finissait plus. On entendait parler de paix imminente, mais on restait dubitatif, pour avoir cru au début que ce conflit serait très court et que les hommes reviendraient quelques semaines plus tard, quelques mois tout au plus.

L'échec des offensives allemandes en Picardie et en Champagne durant le printemps et l'été précédents étaient connus mais des soldats français n'en continuaient pas moins à mourir et des familles endeuillées s'ajoutaient à la triste liste de tel ou tel village.

Dans cette ambiance morose, le visage triste de Marie ne surprenait personne. Elle était semblable à toutes celles dont le mari était au front depuis trop longtemps, silencieuse et grave, repliée sur elle-même.

Le 11 novembre, quand arriva la nouvelle de l'armistice, l'incrédulité le disputa à l'espoir. Depuis la mi-juillet, on avait commencé à y croire un peu. L'échec de l'offensive allemande lors de la « seconde bataille de la Marne » redonnait du courage à ceux qui n'en pouvaient plus d'attendre. On suivait avec une joie mesurée la progression des Alliés. Dès le début du mois d'août, ils percèrent les lignes allemandes à l'est d'Amiens et, fin septembre, l'assaut généralisé de Foch fut décisif.

Alors, après quatre ans de combats meurtriers, de deuils et de privations, la plupart des Français voulurent croire que l'armistice était imminent mais une première demande allemande fut repoussée. Il fallait obtenir une reddition sans conditions, disait le haut commandement.

Les partisans d'une paix rapide comprenaient mal qu'on se montrât aussi intransigeant, en refusant de traiter avec l'empereur et les militaires. La population ne savait plus que penser, oscillant entre la foi en un avenir plus serein, le découragement et l'incompréhension. Puis les événements s'accélérèrent : en Allemagne, les troubles se multiplièrent, Guillaume II abdiqua. Au matin du 11 novembre, en forêt de Compiègne, l'armistice fut enfin signé.

Le jour même, la France entière fut en proie au délire. Dans la moindre bourgade, hommes et femmes se rassemblèrent en une foule exubérante, on sortit les drapeaux et, le soir venu, fêtes spontanées et illuminations témoignèrent de la joie retrouvée.

Pourtant, nombre de familles pleuraient leurs morts, réfugiées dans leur chagrin ; d'autres tâchaient d'évaluer le temps qu'il faudrait encore attendre avant le retour d'un mari, d'un fiancé, d'un père ou d'un frère.

A Paulilles aussi, on se réjouit ; on se remit à envisager l'hiver à venir sous un jour moins sombre. Certes, tout ne serait pas facile, il y aurait sûrement des hauts et des bas. Sans le dire, on appréhendait le retour des combattants car on avait l'intuition qu'après tant de souffrances, ils ne seraient plus les mêmes. Impatience et inquiétude se mêlaient dans le cœur de toutes les femmes.

***

Marie semblait sereine et, d'une certaine façon, elle l'était. Augustin allait rentrer. Durant quatre ans, elle n'avait pas eu de mari. Elle ne connaissait pas celui qui allait revenir de l'enfer. Il faudrait lui parler, expliquer mais à quoi bon prévoir quoi que ce soit à l'avance ? Elle aussi, elle avait souffert.

Elle avait changé.

Son enfant était désormais toute sa vie. Elle seule comptait, telle était sa certitude. Pour le reste, Augustin déciderait.

Madeleine ne disait rien mais elle pensait si fort que Marie l'entendait. Les idées les plus contradictoires lui traversaient l'esprit. Tantôt elle se répétait que son gendre ne pourrait jamais accepter ce qui s'était passé entre sa femme et l'Annamite, que sa colère, ô combien justifiée, allait éclater, qu'il chasserait Marie et la petite. Tantôt, au contraire, elle voulait croire que les choses s'arrangeraient ; Augustin était un brave garçon et surtout, il était profondément épris de Marie ; peut-être pourrait-on lui parler, trouver une solution raisonnable.

Au village, personne ne souffla mot, du moins devant Madeleine ou sa fille. Mais il était certain qu'on guetterait les réactions d'Augustin dès son retour. Il avait perdu ses parents depuis plusieurs années et les bonnes langues disaient que c'était mieux ainsi, que jamais ils n'auraient supporté un déshonneur pareil. Quant à son frère, il avait quitté Paulilles depuis longtemps. Devenu marin, il était parti courir les mers et on le voyait rarement. D'ailleurs, on était sans nouvelles de lui, qui savait s'il reviendrait de la guerre ?

Comme tout le monde, Marie crut que les soldats allaient regagner leurs foyers très vite ; ce serait l'affaire de quelques semaines. Avec un peu de chance, on passerait Noël en famille, affirmaient les plus optimistes. Il n'en fut rien. Plusieurs mois passèrent. Il fallut attendre les premiers retours bien davantage.

Entretemps, le contingent d'Annamites avait quitté Paulilles. Leur départ fut rapide. Ils eurent à peine le temps de faire leurs adieux. Ils étaient amers car il n'était pas encore question pour eux d'un retour au pays auquel pourtant ils aspiraient de plus en plus. Nul ne savait, sauf peut-être la direction de l'usine, où on les emmenait.

Marie embrassa les trois amis de Dan, ceux qui avaient été les plus proches de lui. Ils regardèrent avec intensité la petite Maria et gravèrent ses traits dans leur mémoire. L'un après l'autre, ils lui caressèrent la joue et elle les gratifia d'un sourire lumineux auquel ils répondirent en faisant semblant d'être gais. L'un d'eux, le plus âgé, sembla hésiter mais resta silencieux comme ses compagnons. Ensemble, ils s'éloignèrent en direction du camion militaire sans se retourner. Au bord des larmes, Marie les suivit des yeux. En cet instant, Dan la quittait encore un peu plus. Elle fit un effort pour se remémorer ce qu'il lui disait à propos des morts.

– Pour nous, les défunts sont toujours là et ils ont besoin de nous comme nous avons besoin d'eux. C'est très important. Au cœur de nos maisons, il y a toujours un autel des ancêtres avec leurs photos, de l'encens et des chandeliers. Nous les honorons à chaque grande occasion de la vie et plus spécialement le jour anniversaire de leur mort. Nous leur parlons, ils nous entendent, ils sont tout autour de nous.

Elle n'avait pas de photo, tout juste un dessin qu'un copain avait crayonné sur un bout de papier et que Dan lui avait offert : quelques traits, une esquisse, mais c'était bien lui. Elle sortait parfois ce portrait de sa cachette, elle l'embrassait, lui chuchotait quelques mots, sans jamais être sûre qu'il l'entendait. Il manquait le rituel évoqué par Dan et sans doute aussi sa foi ancestrale.

L'hiver passa, éprouvant, d'autant qu'en décembre et janvier, souffla presque en permanence un vent glacial. Le temps était comme suspendu dans l'attente des soldats démobilisés qui tardaient à rentrer pour d'obscures raisons. Dans les journaux, on lisait qu'il y avait près de cinq millions de soldats à faire revenir et que c'était forcément difficile, d'autant que de nombreuses voies ferrées étaient détruites. À cela s'ajoutait le fait que près de la moitié d'entre eux étaient blessés, certains si gravement qu'ils n'étaient pas encore en mesure de voyager. On n'osait pas encore parler de ceux qu'on avait ramenés à la vie mais qui n'avaient plus figure humaine et qu'on s'efforçait de rendre présentables.

À Paulilles, les plus avertis assuraient que les combattants reviendraient en fonction de leur classe d'âge, et rappelaient qu'il était bien normal de tenir compte de l'ancienneté. De leur côté, les soldats se plaignaient dans leurs lettres que leurs unités étaient sans cesse réorganisées, qu'aucun régiment ne comportait plus d'hommes d'une même classe et que cela compliquait à n'en plus finir les formalités de démobilisation.

Augustin ne rentra pas parmi les premiers.

Mais un jour, il fut là.

Il ouvrit la porte de sa maison et s'arrêta. Marie vit d'abord sa silhouette à contre-jour. Sa capote bleu-horizon paraissait noire et les pans relevés du vêtement dessinaient deux angles bizarres. Avant qu'il n'apparût, elle avait tressailli en entendant le bruit clouté des lourds brodequins. Debout sur le seuil, tête nue, il tenait à la main son casque Adrian dont le métal sonna en heurtant le chambranle de la porte. L'ombre noyait les traits de son visage mais elle devina son regard posé sur elle.

Au moment où il était arrivé, elle était en train de frotter la table et elle avait suspendu son geste en se tournant vers lui. Ils demeurèrent tous deux immobiles et silencieux. Le bras de Marie retomba lentement, elle frotta ses mains dans son tablier puis murmura « Augustin ». S'avançant vers elle, il posa son casque et la prit dans ses bras. Il sentait la sueur et la fatigue. Sa peau rugueuse agressa les joues tendres de sa femme. Quand il s'écarta d'elle et lui apparut en pleine lumière, elle lut sur son visage creusé l'épuisement des interminables années de guerre. Il poussa un long soupir dont elle n'aurait su dire s'il était de satisfaction d'être enfin de retour chez lui ou de lassitude infinie.

– Je voudrais me laver, dit-il. Ôter tout ça.

Et il déboutonnait sa capote, commençant à se débarrasser de sa tenue militaire. Elle se précipita pour faire chauffer de l'eau. Elle avait besoin, pour ne pas penser, d'accomplir les tâches d'une épouse attentionnée.

Il était arrivé discrètement, sans prévenir. Mais tout Paulilles savait déjà qu'il était là. On murmurait que ses blessures lui avaient valu un retour plus rapide. Au hameau comme à Banyuls ou à Port-Vendres, elles étaient nombreuses, les mères, les épouses ou les fiancées, à pleurer des hommes tués au combat. Pas encore résignées, parfois révoltées, elles espéraient des informations de la part de ceux qui auraient la chance de revenir et peut-être sauraient dire le pourquoi et le comment de morts injustes. Personne cependant n'osa frapper à la porte d'Augustin et Marie dès le premier soir. Il enfila des vêtements civils avec volupté mais son attitude gauche montrait qu'il en avait perdu l'habitude. Sa femme remarqua aussi qu'ils avaient l'air trop grands pour lui tant il avait maigri. Elle le regarda s'asseoir dans son fauteuil habituel. Elle ne savait comment aborder ce qu'elle avait à lui dire. Elle lui tourna autour, lui proposant à boire, à manger, ce qu'il voulait.

Soudain un cri d'enfant venu de la petite pièce du fond troua le silence. L'œil interrogateur, Augustin se redressa :

– Tu gardes un enfant ? À qui est-il ?

– Je n'ai pas eu le temps de te dire, répondit Marie éperdue.

Comme les appels devenaient insistants, Marie se décida et revint, Maria dans les bras. La frimousse du bébé émergeait de cheveux en bataille. Ses pieds et ses mains s'agitaient frénétiquement. Interloqué, Augustin ne sut que penser devant ce visage qui lui parut typé.

– À qui est-ce ? répéta-t-il.

– À moi.

La réponse était à peine audible et l'homme crut avoir mal compris.

– C'est ma petite, précisa Marie, les yeux brillants de larmes.

Elle ne savait pas quelle réaction aurait Augustin mais elle ne s'attendait pas aux gestes qu'il fit. S'approchant de Maria, il écarta les mèches noires de son front, passa un doigt sur ses sourcils, sur son nez minuscule, fit le tour de son visage avec douceur.

– Quel âge a-t-elle ? Comment l'as-tu appelée ?

Au supplice, Marie répondit, attendant la suite. Elle aurait voulu commencer à s'expliquer. Mais il la fit taire d'un « chut » impérieux. Puis il se détourna et se dirigea vers leur chambre d'un pas lourd. Son dos voûté lui donnait l'air d'un vieil homme. Comprenant qu'elle voudrait le suivre, sans se retourner, il l'arrêta, lui faisant signe de rester où elle était.

Qu'allait-il décider ? Pourquoi ne lui posait-il aucune question ? Elle était impardonnable et d'ailleurs elle ne demanderait pas son pardon mais elle aurait aimé lui raconter ce qui s'était passé, au moins essayer. Et lui, il l'en empêchait. Il refusait d'avance ses mots à elle. S'il en était ainsi, il ne lui restait plus qu'à partir avec son enfant. Mais pour aller où ?

Marie se réfugia dans la petite chambre avec son bébé. Assise sur une chaise basse, elle attendit. Deux heures passèrent puis elle entendit la porte de leur chambre s'ouvrir et se refermer. Augustin l'appela d'une voix forte. Maria, qu'elle avait déjà reposée dans son lit, avait fourré dans sa bouche l'index et l'auriculaire de sa main droite comme elle faisait toujours en s'endormant et, en même temps, elle faisait entendre une drôle d'onomatopée du genre « croï croï croï croï ». Marie rejoignit son mari :

– Je vais partir, lança-t-elle d'un ton presque provocateur.

– Qui te le demande ?

L'échange entre les deux époux fut bref et intense. Augustin refusa d'entendre les détails d'une histoire qui, dit-il, ne le concernait pas. La guerre n'avait été pour lui qu'une suite de drames. Il était inutile d'en rajouter un de plus. Le géniteur de Maria n'était plus de ce monde et l'enfant portait son nom à lui, elle était donc sa fille et il l'élèverait comme telle.

– Marie, ajouta-t-il, pendant plus de quatre ans penser à toi m'a aidé à endurer le pire. Tu ne sauras jamais ce que j'ai vécu et je ne sais pas ce que furent tes années de femme seule. Ne me demande pas de te dire que je t'aime, je ne te le demanderai pas non plus. Plus tard, peut-être, aurons-nous des jours meilleurs.

Les semaines qui suivirent furent étranges. Dans un premier temps, Augustin s'enferma chez lui et ne voulut voir personne. Au fond des tranchées, il avait été gazé. Les séquelles qu'il en gardait l'affaiblissaient beaucoup. Le repos prolongé qu'il fut contraint de prendre les atténua sans les faire disparaître. La direction de l'usine sut se montrer compréhensive et attendit le temps nécessaire avant de lui proposer un emploi au laboratoire qu'il était tout à fait capable d'assumer. Affecté aux tâches minutieuses du contrôle des échantillons de production, il prit à cœur son travail et s'y montra vite performant. Ce retour à une vie professionnelle lui fut bénéfique à tous égards et il arriva même qu'il retrouvât le sourire.

La petite Maria n'était pas étrangère à cette esquisse de bonheur. Sa joie de vivre était communicative et son charme très féminin faisait fondre Augustin. Il aima sans arrière-pensée cette enfant innocente et aimable. Sa fragilité, sa petitesse, la délicatesse de ses membres l'émouvaient. Naturellement bon et sans malice, il craignait pour elle la méchanceté gratuite. Sorti de l'enfer, il aspirait à une pureté qu'il lui semblait trouver dans ce petit bout de femme qu'il comparait à une princesse de conte de fées. En un mot, il était fier de sa fille. Son attachement était si évident, son comportement si naturel qu'il imposa le respect à tous.

Marie pleurait parfois en cachette, autant sur son bel amour perdu que sur celui qui, à ses côtés, aurait mérité qu'elle ne le trahît jamais. Elle avait aussi la nostalgie de ses fiançailles et de ses premiers mois de mariage. Elle y pensait comme à un rêve lontain qu'elle n'oublierait pas et qui avait encore quelque chose à voir avec celui qu'était devenu Augustin. Elle se rendait compte qu'elle avait aimé et aimait encore deux hommes. Elle s'en étonnait naïvement, essayait d'analyser ses propres sentiments et, dans les mauvais jours, sombrait dans un désarroi qui la tourmentait. Maria était l'enfant de deux amours. Cette évidence la déconcertait et la laissait incrédule.

Madeleine, qui avait mis son point d'honneur à ne se mêler de rien, se contentait d'observer les deux époux. Jamais elle n'aurait imaginé que son gendre assumerait ainsi la paternité d'un autre. Elle aurait compris qu'il chassât la mère et l'enfant. Tant d'hommes l'auraient fait à sa place, et avec l'approbation de toutes les bonnes gens ! Ce qui la stupéfiait le plus, c'était de constater que nul ne se permettait la moindre parole malveillante ou moqueuse. Elle était consciente que sa propre vigilance avait tué dans l'œuf toute tentative d'humilier Marie depuis la naissance. Mais elle pensait qu'au retour d'Augustin, il en irait autrement. Tel n'était pas le cas. Elle guettait pourtant les propos des uns et des autres au passage de Marie et son bébé, elle écoutait ce qui pouvait se dire dans le dos du couple. Rien ne lui échappait. Elle-même s'était demandé tout bas si ce choix d'Augustin était digne d'un homme, d'un combattant qui avait fait ses preuves, ses blessures et ses citations en témoignaient. Le fait qu'il ne racontait rien de ses quatre années d'enfer et le regard nouveau, dur et sans concession, qu'il portait sur les choses et les gens, lui en imposaient comme à tout le monde.

Marie se sentit plus coupable que si Augustin lui avait reproché quoi que ce fût. Conscient qu'en parler avec sa mère ne lui serait d'aucun réconfort, elle s'enferma dans le mutisme et la solitude morale. D'ailleurs, Madeleine ne se prêta pas à la moindre confidence.

À force de taire des paroles, sans doute installe-t-on aussi le silence au fond de soi. Un voile de tristesse douce enveloppa Augustin et Marie, voile qui ne se déchirait qu'en face du visage malicieux de Maria, inconsciente et heureuse.

L'homme blessé dans son corps et dans son âme trouva dans cette petite fille au visage exotique une raison de vivre inattendue. Il cueillit au passage ce qu'elle lui offrait et enfouit ses malheurs sous une chape épaisse.

Ces semaines, ces mois, qui jamais ne deviendraient des années restèrent gravées dans la mémoire de Marie. Par la suite, elle essaya souvent d'imaginer ce qui serait arrivé si Augustin avait eu le temps de voir sa fille grandir, devenir une adolescente gracieuse et si différente des autres jeunes filles alentour.

Moins de vingt-quatre mois après son retour du front, elle comprit que son mari s'éteignait peu à peu. Il avait tout juste dépassé la trentaine mais elle sut d'instinct que les ans ne blanchiraient pas ses cheveux noirs. Ses crises d'étouffement se multiplièrent. Il n'était d'ailleurs pas dupe de ce qui lui arrivait :

– Allez, y en a d'autres qui, comme moi, crachent leurs poumons, disait-il au médecin embarrassé. Cette saleté de guerre continue à nous tuer.

Elle eut en effet raison de lui un soir de printemps 1921. Il était couché, la tête relevée par deux oreillers ventrus. Marie avait apporté une brassée de lilas, cueillie dans un jardin ami de Paulilles. Les grappes violettes parfumaient la chambre et l'on aurait dit qu'Augustin espérait puiser en elles le souffle qui lui manquait. Il ne quittait des yeux les minuscules fleurs que pour baisser les paupières d'épuisement. Maria dormait dans la pièce voisine, sa mère alla la chercher et l'allongea sans l'éveiller à côté de son père qui posa la main sur son petit corps.

Augustin s'endormit alors et ne se réveilla plus.

\ \ \

24

Marine est troublée. Marion ne l'est pas moins qu'elle, car elle revit ce qu'elle a ressenti quand Marie, sa grand-mère, lui a confié ses déchirements de femme, la perte cruelle de ses deux amours. L'une et l'autre éprouvent une immense compassion à l'égard de ces trois héros d'une histoire qui les a malmenés. Pour Marine, le mot est juste : Dan et Augustin sont d'authentiques héros, dépassés par un destin tragique dont ils furent les jouets. La Grande Guerre a broyé Augustin comme elle en a broyé des millions d'autres. Elle a aussi arraché Dan à son pays et la « patrie » l'a exploité, poursuivant sur le sol français son entreprise colonialiste dans ce qu'elle avait de pis, oubliant sans vergogne sa qualité d'homme.

Le devenir d'une famille s'est inscrit dans l'Histoire avec un grand H. Dan et Augustin ne se sont jamais rencontrés, leurs origines, leurs cultures, tout les séparait. Pourtant, ils hantent encore la baie de Paulilles. Ils sont à jamais les deux pères de Maria, les ancêtres de Marion, de Marine et des enfants à naître.

Pour la centième fois, dans la salle à manger de ses parents, Marine scrute le visage de Marie, son aïeule. Elle a pour celle qu'elle n'a pas connue un attachement aussi fort que pour Iaia Maria. Ce qui la rassérène un peu, c'est de se dire que, dans une période aussi troublée, aussi meurtrière que celle de 14-18, dans une baie paradisiaque où l'on fabriquait de quoi tuer, un amour a pu éclore entre deux êtres qu'a priori rien ne destinait à s'unir. Et puisque sa grand-mère est le fruit de cette histoire tendre, elle qui est sa petite-fille, elle a de bonnes raisons de s'y intéresser.

– Sais-tu où Dan et Marie se rencontraient ? Ils devaient être obligés de se cacher ! Qu'est-ce que Marie t'a dit ?

– Pas grand-chose… C'était son jardin secret, je crois. Elle m'a parlé de lui, de son arrivée en France. Par petits morceaux, elle l'a fait revivre. Et c'est vrai que depuis, j'ai l'étrange impression de l'avoir rencontré.

– C'est drôle : quand moi, je pense à ce que Iaia m'a raconté des Annamites, j'essaie de deviner lequel était Dan et je finis par en avoir une idée ! Peut-être que je me trompe d'ailleurs. Je l'imagine gai, facétieux, malgré son terrible travail.

\ \ \

D'instinct, Marion cherche à quitter le souvenir de la mort tragique de Dan, autant pour elle que pour sa fille.

Il ne s'agit pas d'oublier. Dépositaire d'un lourd secret de famille, elle a pris conscience en quelques jours, à travers les questions de Marine, qu'il était essentiel de le transmettre. Mais il n'est pas fait que de détresse et de mort. Dès sa naissance, Maria fut un symbole de vie et de beauté qui compta pour tous ceux qui l'approchèrent. Son inaltérable aura vient peut-être de là.

La vérité est difficile à cerner et plus difficile encore à exprimer. Marine a le droit de tout savoir, ce n'est pas trahir le passé que de faire une place aussi à ce qui fut source d'intense bonheur. Avant d'être rattrapée par le malheur, Marie a été heureuse. Elle gardait au fond d'elle-même mille petites joies qui l'aidèrent à ne pas sombrer après la disparition de son amant puis d'Augustin. Ce qui reste surprenant, c'est qu'elle n'ait pas réussi à en parler à sa fille, à lui révéler qui était son père géniteur. La mort prématurée d'Augustin a dû paralyser la confidence, empêcher Marie de trouver les mots capables d'atteindre Maria.

Marion en est là de ses réflexions au moment où Marine, toujours aussi directe, la harcèle de questions pour en apprendre davantage encore.

25

Les amoureux de tous les temps sont ingénieux quand il s'agit de se ménager des rendez-vous à l'abri des regards inquisiteurs. Dan et Marie ne firent pas exception. Bien sûr, ils avaient leurs endroits de prédilection pour se retrouver. Marie adorait se blottir contre la poitrine chaude du jeune homme et sentir ses bras se refermer sur elle, tandis qu'il inclinait la tête par-dessus la sienne. Il y avait, dissimulé sous de grands arbres au feuillage persistant, un banc de pierre qui semblait avoir été disposé là, tout exprès pour eux. Même en hiver, quand la journée était belle, son assise basse chauffée par le soleil et son haut dossier étaient accueillants au possible. C'était comme s'ils avaient été assis dans leur petite maison. À la belle saison, une végétation odorante et touffue les entourait, se courbait vers eux. On n'entendait aucun des bruits de l'usine et du hameau, repoussés et étouffés dans le lointain par les arbres et les arbustes. Dan et Marie étaient seuls au monde. Ils chuchotaient ou ils ne parlaient pas du tout, écoutant chacun le souffle de l'autre et les battements de leurs deux cœurs. Parfois, un oiseau s'envolait dans un bruissement d'ailes qui les faisait sursauter ; puis ils riaient de leur courte frayeur et replongeaient avec bonheur dans la tendresse silencieuse qui baignait les alentours.

Dan aimait s'asseoir au pied d'un énorme eucalyptus qui dressait vers le ciel son tronc argenté et laissait retomber ses multiples branches. Elles se balançaient au moindre souffle. Au sol se mêlaient des lambeaux d'écorces et des feuilles oblongues, tombées en voltigeant. Il attirait Marie contre lui et son parfum devenait celui de l'arbre ou bien le contraire, il ne savait plus très bien. En tout cas, une sorte d'ivresse s'emparait d'eux et leurs lèvres, en se joignant, avaient, elles aussi, une saveur camphrée ! Dan disait qu'à cet endroit les moustiques et autres bestioles les laisseraient en paix, et c'était vrai. Le jeune homme en profitait pour dénuder les épaules de Marie qu'il embrassait avec délicatesse avant de descendre plus bas jusque sur ses seins gonflés de désir.

Troublée plus qu'elle ne l'aurait voulu, Marie ne le laissait pas aller plus avant et, d'un bond, se dressait sur ses pieds. Confus, Dan cherchait à se faire pardonner mais avait du mal à résister aux charmes de sa compagne, provocante sans toujours s'en rendre compte.

La plupart du temps, leurs rencontres étaient brèves, l'un et l'autre devaient retourner à leurs occupations et surtout, ils craignaient de se faire surprendre. Marie se sentait coupable dès qu'elle pensait à son mari et, telle une petite fille, redoutait que sa mère n'apprît quelque chose de ses promenades sentimentales. Au début, elle voulut se persuader de leur innocence : Dan n'était qu'un garçon sympathique et esseulé comme elle, avec qui elle s'entendait bien, donc ils ne faisaient rien de mal ! Son trouble grandissant comme celui du jeune Annamite l'informèrent très vite de l'évolution de leurs sentiments. Et puis, si Dan n'était pas un soldat, il n'en restait pas moins qu'il était placé sous contrôle militaire et qu'il lui était formellement déconseillé sinon interdit, comme à ses camarades, de se mêler à la population de Paulilles. Les relations des uns et des autres n'étaient que tolérées. Il fallait donc se montrer prudent.

Les amoureux rêvaient de se retrouver plus longuement et de s'offrir par exemple une promenade ensemble tout un après-midi. Cela paraissait impossible. Un jour cependant, ils réussirent à ruser. Partis séparément et à des moments différents, elle de sa maison, lui de sa baraque, ils surgirent l'un après l'autre au lieu de rendez-vous fixé. C'était une minuscule clairière, en arrière de Paulilles, au sein d'un petit bois de châtaigniers. L'eau transparente d'une source glissait sous les schistes dans un bruit de soie. Les rayons du soleil filtraient à travers les feuillages.

Appuyé contre un arbre, Dan regarda Marie qui avait déployé son châle sur le sol et s'était assise dans une flaque de lumière. Tous deux vivaient comme en rêve. Quand ils s'allongèrent côte à côte, ils virent au-dessus d'eux le plafond vert troué de bleu et chavirèrent dans une étreinte qui les unit à la nature environnante. Marie découvrit les caresses patientes d'un homme qui savait être doux dans ses transports et ce fut elle qui explosa dans un plaisir violent qu'elle n'avait jamais connu jusque-là. Elle avait l'impression de découvrir l'amour et son bonheur était si intense qu'il lui semblait que plus jamais elle n'en connaîtrait un qui fût comparable, même avec Dan.

Ils prirent le chemin du retour en se tenant par la main mais à proximité de Paulilles, ils se séparèrent. Marie rentra seule et Dan attendit, à demi dissimulé derrière un bosquet, avant de regagner sa baraque.

Quand les beaux jours s'en allèrent, faisant place à un temps plus instable et plus froid, les deux amants durent espacer leurs rencontres. Ils guettaient la moindre occasion de se croiser, d'échanger un regard complice. Ni l'un ni l'autre ne se confièrent à qui que ce fût. Ils préféraient garder pour eux une liaison qu'ils savaient exposée à tous les dangers. Des complicités auraient peut-être pu faciliter leurs retrouvailles mais ils n'osaient pas s'y risquer. Il y eut des semaines où ils ne réussirent pas à se voir et ils étaient malheureux à en perdre le sommeil. Deux ou trois fois pourtant, le soir, une anfractuosité qui ne méritait pas le nom de grotte servit d'alcôve à leurs étreintes. Elle était située sous « la montagne vieille », là où des rochers à fleur d'eau dressaient leurs courbes et leurs arêtes noires. Ils entendaient le bruissement doux de la mer qui les berçait sans fin. Des étoiles trouaient le ciel sombre et Marie disait qu'elles leur faisaient de l'œil. Bien des années plus tard, elle y retournerait seule, le cœur en miettes mais incapable de résister à l'appel du souvenir.

Était-ce là ou dans le petit bois de châtaigniers que Maria avait été conçue ? Marie n'aurait su le dire. D'ailleurs pas une fois ne l'effleura l'idée qu'elle pourrait être enceinte. Inconscience ou naïveté ? Emportement fou de l'amour qui l'avait aveuglée au point de ne vivre que dans l'instant ? Dan remplit son existence durant deux petites années qui échappèrent ensuite au temps et se fixèrent dans l'éternité. Car il ne se passa pas un jour sans qu'elle pensât à lui jusqu'à son dernier souffle.

\ \ \

Que savaient-ils l'un de l'autre ? Lui avait connu Marie dans son cadre de vie, dans cette baie de Paulilles qu'elle aimait parce qu'elle y avait toujours vécu. Il évitait de parler de son propre pays, de son village. Y penser suffisait à lui faire mal et il aurait eu du mal à trouver les mots pour seulement évoquer sa terre natale. Il avait laissé beaucoup de souffrances derrière lui et sa venue en France avait encore ajouté son lot de douleurs.

Plusieurs fois, elle avait essayé de le questionner sur l'Annam, sur la manière dont il était parti pour la France.

Elle ne saurait jamais que par bribes ce qu'il avait vécu pour venir jusqu'à elle, jusqu'à cette anse, si douce et si calme en ce soir d'été. Elle respecta les silences qui entrecoupèrent son récit. Quand il s'interrompit, il détourna la tête et ses yeux se perdirent dans un lointain inaccessible. Elle ne se sentit pas exclue car il garda sa main dans la sienne et la tendresse les unit d'un lien plus solide de jour en jour. Elle se laissa porter par la rêverie de son compagnon qu'elle devinait mêlée de blessures et de regrets mais aussi de moments intenses avec peut-être leurs miettes de bonheur.

Lui revoyait des images qu'il croyait effacées et qui soudain s'imposaient à lui avec une incroyable netteté. C'était le désordre dans sa tête et il hésitait à réorganiser ce qui affluait ainsi, car les souvenirs font parfois peur. Alors les raconter, même à celle qu'il aimait, il n'était pas sûr d'y arriver, pas seulement à cause de la barrière difficile à franchir de mots qu'il ne maîtrisait qu'en partie, mais parce que même dans sa propre langue, il aurait eu du mal à exprimer ce qu'il avait vu, entendu, vécu, au fil des semaines et des mois.

Comment parler de ce port immense dans lequel il s'était senti perdu, en arrivant avec ses nouveaux compagnons ? Il avait perdu ceux de son village, séparés de lui sans qu'il comprît pourquoi. Ç'aurait pourtant été réconfortant de pouvoir poser son regard sur un visage ami. Il ne connaissait personne. Ils étaient des centaines, tous semblables et tous différents, à attendre sous ce vaste hangar gris et froid. Ils croyaient n'être là que de passage. Mais les jours se succédaient sans que rien ne se passât. Sans cesse, des bruits couraient sur un départ imminent. On voyait au loin un navire et chacun se persuadait que ce serait celui-là qui les emmènerait vers le pays dont on leur disait que c'était « la mère patrie ».

Alignés, entassés, désœuvrés, ils se sentaient anonymes et oubliés. La nuit, il faisait froid et ce n'était pas la méchante couverture enfin jetée à chacun comme une aumône qui pouvait protéger des morsures glaciales leurs corps amaigris par la marche et la faim. Les premiers jours, ils n'en crurent pas leurs yeux devant les bols de nourriture qui leur arrivèrent. Chez eux, la famine régnait depuis si longtemps que leurs estomacs avaient perdu l'habitude de ce double repas quotidien. La ruée fut telle que beaucoup se rendirent malades en dévorant à toute vitesse ce qu'ils craignaient de voir disparaître.

Dan se rappelait qu'il avait eu peu à peu la sensation que le temps ne comptait plus. Des journées interminables, des nuits trop longues s'étaient écoulées, il avait fini par ne plus savoir combien. Il avait eu la chance de résister. Mais à côté de lui, il en avait vu se tordre de douleur, en proie à des coliques terribles qui les vidaient en quelques heures. Très vite, une odeur insoutenable se répandit partout. Comme toujours avec retard, les autorités s'inquiétèrent de la situation et prirent des dispositions. On évacua les plus touchés, on transféra les autres d'un endroit dans un autre afin de désinfecter le premier. Beaucoup de ceux qui avaient été emmenés à l'hôpital ne revinrent pas sans qu'on sût ce qui leur était arrivé. Des liens récents mais précieux furent ainsi rompus et la solitude parut plus pesante à ces hommes qui se sentaient déjà déracinés et redoutaient à juste titre ce qui les attendait.

Pourtant, ce départ avait paru une aubaine, une promesse d'un avenir meilleur, tant la vie était devenue difficile dans les villages dévastés par des sècheresses interminables, suivies d'inondations à répétition qui avaient tout balayé sur leur passage, hommes, maisons, cultures. Et maintenant chacun s'interrogeait, osant à peine évoquer ses doutes avec son voisin.

Dan pensait à son petit frère si désireux de le suivre. Il avait tenté, en falsifiant son état civil, de faire croire qu'il avait plus de seize ans ! Le père avait freiné les ardeurs de l'impétueux cadet contre la promesse que, plus tard, si tout allait bien, il partirait rejoindre l'aîné de ses fils.

Accroupi dans son coin de hangar, Dan se félicita d'être parti seul. Il n'était pas loin de penser que lui-même avait commis une erreur. Un sombre pressentiment lui disait qu'il n'y avait rien à attendre de bon d'une armée qui semblait si mal organisée qu'elle était incapable de préparer dans des délais raisonnables le départ d'hommes dont elle disait pourtant avoir besoin.

\ \ \

Brusquement, la situation se dénoua. Comme chacun de ses compatriotes, Dan reçut un jour un volumineux paquetage dont le contenu ne laissa pas de l'intriguer, surtout quand il en sortit une paire de chaussures visiblement peu faites pour ses pieds habitués à la pleine liberté.

Le lendemain, au petit jour, ce fut l'embarquement. Le paquebot paraissait immense mais il n'était pas à même d'engloutir la file sans fin qui montait, montait, telle une chenille, pour se répandre ensuite avec docilité au gré des ordres donnés. Artilleurs et ouvriers furent séparés. Dan et ses compagnons furent envoyés à l'arrière. Les plus chanceux se retrouvèrent dans le faux-pont quatre. D'autres furent logés dans le spardeck[1], d'autres enfin dans le faux-pont trois, tout près des machines, où ils durent endurer un bruit assourdissant et supporter en permanence une température plus élevée que partout ailleurs sur le bateau.

Les silhouettes menues s'installèrent tant bien que mal dans les espaces exigus qui leur avaient été affectés : trois rangées de planches si serrées qu'il n'était pas question de s'asseoir face à face. Pas un murmure. Chacun semblait avoir accepté d'avance son triste sort.

Monté à bord parmi les premiers, Dan ne tarda pas à suffoquer sous l'effet conjugué de la chaleur, des odeurs nauséabondes et d'une indignation muette. Que n'aurait-il pas donné pour aspirer goulûment l'air frais qu'il imaginait là-haut sur le pont supérieur. Mais il était interdit de se déplacer et il se résigna, évitant tout mouvement qui l'aurait fait transpirer davantage encore. Il regardait, incrédule, le bétail qui se pressait là, tout près d'eux. Bêtes et hommes apeurés étaient logés à la même enseigne, presque mêlés les uns aux autres. Sur le pont arrière, on avait également monté les installations sommaires qui devaient servir de cuisines pour la troupe et de latrines !

1 Spardeck : terme de marine qui désigne un pont léger dressé par-dessus le pont supérieur de certains navires.

Une fois le bateau parti, ce fut encore pis. Les hommes voyageaient dans des conditions épouvantables. Ils n'avaient jamais connu de réel confort dans leurs villages, mais au moins pouvaient-ils se laver, boire et se reposer paisiblement après un travail quotidien dans les rizières où ils étaient habitués à passer de longues heures, courbés sous un soleil brûlant.

Sur le Pei Hô, le mal de mer terrassa d'emblée presque tous ces gens de la terre. L'inactivité forcée devint aussi une épreuve. La chaleur et l'entassement favorisèrent le déclenchement de troubles aigus chez des hommes qui n'avaient jamais mis les pieds sur un vapeur comme celui-là. Certains, peut-être déjà malades avant l'embarquement, virent leur état s'aggraver. Très vite, l'infirmerie fut débordée par le nombre. De toute façon, elle ne disposait pas en quantité suffisante des médicaments nécessaires.

Les premiers décès provoquèrent un début de panique. Chacun regardait son voisin avec suspicion, redoutant une maladie contagieuse. Tous savaient reconnaître la dengue qui régulièrement faisait des ravages au pays. Des douleurs intenses et une fièvre brutale associées à d'épuisantes nausées incitaient à fuir mais où aller quand on est coincé sur un paquebot en pleine mer ?

Des dysenteries spectaculaires touchèrent un nombre considérable d'hommes, sans doute favorisées par une eau contaminée. Elle était entreposée dans des caisses à l'avant et à l'arrière du bateau ; d'autres réservoirs, plus petits, étaient suspendus dans l'espace intermédiaire. Mais dès le départ, les appareils distillateurs s'avérèrent tous défectueux et aucune canalisation n'était prévue pour approvisionner les différentes parties du bateau. L'eau était portée à découvert dans des seaux, autant dire qu'à l'arrivée elle était déjà souillée.

Au début, Dan se retint de boire, dégoûté devant le breuvage trouble et tiédasse versé dans son gobelet. Vint le moment où il dut s'y résoudre quand son gosier desséché se fit douloureux au point qu'il n'arrivait plus à avaler sa salive. Comme les autres, il se tordit de douleur, le ventre ravagé par des spasmes intolérables. Devenu incapable de manger, il laissa plus d'une fois de côté la nourriture peu engageante et réduite dont on remplissait à demi leurs écuelles. L'estomac noué, il n'avait pas faim mais son corps affaibli finit par réclamer un minimum et il fallut se montrer moins difficile.

\ \ \

Assis avec Marie sous l'ombrage frémissant et odorant de leur eucalyptus, Dan repensait à ce long voyage qui, avec le recul, lui parut presque irréel. En buvant l'eau fraîche qu'elle lui avait apportée, il plissa les yeux de plaisir, savourant la gorgée pour laquelle il aurait tout donné quand il mourait quasiment de soif sur le Peï-Ho.

C'était étrange car les souvenirs paraissaient à la fois lointains et terriblement présents. De façon incontrôlable surgissaient des images brèves, un visage, des corps entassés, une ombre épaisse et malodorante ou, au contraire, un soleil aveuglant, une mer étincelante et dure qu'il voyait chaque fois qu'il se retrouvait sur le pont, appréciant malgré tout les bouffées d'air avidement aspirées.

En plein océan, il avait été saisi de vertige à la vue de cette immensité liquide, sans terre à l'horizon. De temps en temps, il distinguait une tache sombre à laquelle attacher son regard mais il ignorait le nom de ces îles parfois minuscules, vite effacées.

Ils étaient sûrement plus de mille, à l'arrière de ce vapeur qui aurait dû n'en transporter que la moitié. L'interminable voyage dura près de trois mois avec une escale à Djibouti et un arrêt prolongé au lazaret de Tor pour y laisser en traitement près de trois cents hommes. À bord, les décès s'étaient multipliés. Dan en perdit le compte mais jamais il n'oublierait les corps qu'on jette par-dessus bord, après une cérémonie vite expédiée ; jamais non plus, il n'oublierait le claquement de l'eau qui s'ouvrait pour engloutir un ami ou un inconnu, de toute façon un compagnon.

Le jeune Annamite eut plus tard la confirmation que le choléra avait fait son apparition, menaçant de décimer les plus vulnérables. L'épidémie ravageait la ville alors que les recrues attendaient le départ, entassées au port dans des docks. On leur avait interdit d'en sortir mais il fallait bien se nourrir et ce n'était pas avec ce qu'on leur donnait les dernières semaines qu'elles pouvaient se rassasier ! Le médecin du bord disait que plusieurs hommes avaient été contaminés à ce moment-là et maintenant tout le bateau pouvait y passer !

Dan était partagé. Il avait à peine plus de vingt ans, il avait envie de vivre ! Non, la mort n'était pas pour lui. Il fallait tenir tête à la maladie mais aussi résister au découragement ambiant.

Tiendrait-il le coup ? D'autres que lui avaient craqué. On racontait que de très jeunes soldats s'étaient suicidés. La rumeur était aussitôt démentie avec rudesse par les gradés mais il restait toujours un doute que chacun enfouissait au fond de son cœur.

Dan se souviendrait à jamais de ce jeune paysan qui n'était pas de son village mais qui lui ressemblait. Il lui arrivait à peine à l'épaule et son agilité surprenante frappait jusqu'à l'équipage. Son regard malicieux et son sourire perpétuel avaient plu à Dan. Ils avaient un peu parlé mais, souvent aussi, ils étaient restés côte à côte sans rien se dire, pour le seul plaisir d'être ensemble. Et ils étaient bien. Jusqu'au jour où son compagnon fut terrassé par la fièvre. Comme son état empirait d'heure en heure, on le convainquit d'aller à l'infirmerie. Il s'y refusa longtemps par crainte de quitter ses amis et de se retrouver dans un environnement inconnu.

– Ça va passer, répétait-il.

Ça ne passait pas.

Malgré ses demandes réitérées, Dan ne fut pas autorisé à aller le voir. Il dut se contenter de lever les yeux vers le pont supérieur où se trouvait l'espace réservé aux malades. Il crut même l'apercevoir, ombre fugitive. C'était bien lui. Il le vit s'avancer en chancelant, enjamber le bastingage et basculer dans le vide. Muet d'horreur, Dan resta pétrifié avant de s'élancer en hurlant son désespoir. Il était trop tard pour tenter quoi que ce fût. Insensible, le Peï-Ho poursuivit sa route.

On ne sut jamais ce qui s'était réellement passé, ce qui avait pu pousser le jeune homme à une telle extrêmité. À bord, nombreux étaient ceux qui se laissaient gagner peu à peu ou brutalement par une immense tristesse. Que faisaient-ils là ? Pourquoi avaient-ils quitté une vie difficile mais chez eux, avec leur famille ? Qu'était ce pays dont on affirmait que c'était le leur et qu'il fallait lui apporter leurs bras ? N'avaient-ils pas tout à craindre des Français quand ils voyaient comment les officiers les ignoraient ou les rudoyaient ici, sur le bateau, allant jusqu'à asséner quelques vigoureux coups de canne ? Certes, ils ne comprenaient pas la langue mais ils savaient bien reconnaître un ton injurieux ou méprisant.

Ils avaient retenu l'expression devenue familière pour les désigner : ils étaient « la pire race de nhaqués[1] » comme le répétait sans cesse l'adjudant qui les contrôlait.

Après ce drame, Dan devint plus taciturne que jamais. Déjà, en attente au port, il avait perdu une bonne partie de son optimisme. Puis l'espoir était revenu au moment d'embarquer. Un immense espoir, vite déçu, laminé par les odieuses conditions de vie, les accidents et multiples incidents, la promiscuité. Jadis, pourtant, il aimait rire. Cela remontait loin car les dernières années passées au village avaient été très âpres et les occasions de se réjouir étaient devenues rares. Sur le Peï-Ho, il se durcit, il vieillit. Il devint observateur et prudent, attentif à se protéger, à faire la part du feu.

Quand enfin le Peï-Ho navigua en Méditerranée, les hommes se détendirent un peu. Dan aussi. L'arrivée au port était pour bientôt. Une nouvelle vie les attendait. Ils voulaient tellement croire qu'elle serait meilleure.

\ \ \

De Marseille, ils ne virent pas grand-chose. À peine descendus à quai, ils reçurent l'ordre de ramasser leurs affaires et de se mettre en marche. On était en juillet. Il faisait chaud sous un ciel bas et gris. Mais surtout le voyage avait duré près de trois mois et les Annamites reprenaient pied sur la terre ferme en titubant de fatigue. Fléchissant le dos sous leur lourd balluchon, ils s'ébranlèrent, silhouettes chancelantes et difformes de bossus. Ils parcoururent seuls plusieurs kilomètres dans une ville inconnue qui ne ressemblait en rien à celles de leur pays. Les visages luisants ruisselaient de sueur. Ils croisèrent des passants qui se retournèrent sur eux, se moquant de leurs drôles de petits chapeaux côniques. Ils avaient l'air mal en point ces « exotiques », à se demander à quoi ils pourraient servir !

1 nhaqués : mot vietnamien désignant initialement un paysan ignare, utilisé ensuite avec mépris par les colons «civilisés» ; équivalent de «péquenot».

Enfin ils atteignirent le camp du Prado installé là où quelques années plus tôt s'étaient déployés les palais et pavillons de l'Exposition Coloniale.

Comme il avait plu, il fallut d'abord patauger avant de pouvoir pénétrer à l'intérieur des baraques Adrian. Les murs étaient de simples panneaux juxtaposés, cloués sur la charpente, ni jointifs, ni hermétiques. Ce jour-là, il pleuvait aussi à l'intérieur. Aucun équipement digne de ce nom. De simples châlits aux paillasses humides tenaient lieu de lits. Dan et les autres étaient si épuisés qu'ils se laissèrent tomber dessus, heureux de n'avoir plus à supporter roulis et tangage du bateau.

De nombreuses baraques semblables abritaient des Annamites arrivés durant les mois précédents. Au matin, quand Dan sortit, il eut l'impression d'une foule immense circulant entre les rangées sans fin de constructions précaires. Le vent avait nettoyé le ciel, et le soleil enfin réapparu donnait à l'ensemble un air un tout petit peu plus accueillant que la veille.

Il fallut bien s'organiser. L'accueil au Bureau de transit avec un interprète facilita les premières formalités et mit du baume au cœur des hommes. C'était dérisoire mais ils se sentirent réconfortés qu'on s'occupât d'eux. Chacun reçut avec fierté un Livret personnel qui, en somme, confirmait qu'il existait aux yeux de ceux qui commandaient.

Où allait-on les envoyer maintenant ? Une longue attente commença. Il y eut bien les visites des membres de Comités d'assistance, chargés de faciliter leur acclimatation et même d'organiser leurs distractions ! Mais Dan eut la fâcheuse impression qu'on les prenait pour des enfants. Il espérait il ne savait quoi, en tout cas une prise en charge plus sérieuse, organisée, et ce qu'il voyait ne lui inspirait guère confiance.

Au moins avait-il la chance d'avoir résisté physiquement plutôt mieux que la plupart de ses compagnons. Certains, grâce à leur jeunesse et leur endurance naturelle, recouvrèrent en quelques jours des forces amoindries par le périple à travers les mers. D'autres, moins chanceux, développèrent au contraire des maladies que les conditions de vie au camp ne risquaient pas d'enrayer. On entendait beaucoup tousser la nuit.

Bronchites et pneumonies envoyèrent quotidiennement leur lot de victimes à l'infirmerie ou à l'hôpital. Les médecins redoutaient avec raison la tuberculose qui ne manqua pas de faire ses ravages.

Plus le temps passait, plus Dan avait envie de travailler. L'oisiveté ne lui convenait pas du tout. Enfin convoqué au Bureau, il apprit qu'il allait devenir ouvrier d'usine. Une vague de fierté et de bonheur le submergea. Il aurait voulu être à pied d'œuvre tout de suite.

Une ombre passa sur son visage quand il sut que le groupe formé ne comportait aucun de ses compagnons. Il avait perdu depuis longtemps ceux de son village, engloutis dans un anonymat lointain avant même le départ de Saïgon. Il ne savait pas ce qu'ils étaient devenus. Mais sur le Peï-Ho, il avait noué de nouvelles amitiés, au camp du Prado aussi. À son âge, on se lie vite, à plusieurs on se sent plus fort.

Lorsqu'il monta à bord du camion qui transportait les travailleurs vers leur affectation, il découvrit des compatriotes mais c'était tous des inconnus et son sang se glaça. Pas un instant, il n'avait envisagé de se retrouver tout seul dans un environnement dont il ignorait tout. Empoignant son sac, il s'élança vers son destin d'O.N.S.[1] ignorant tout ou presque de ce qui l'attendait à Paulilles.

\ \ \

1 O.N.S : ouvrier non spécialisé, recruté avec le statut d'ouvrier-soldat, soumis à la discipline militaire.

26

Encore des baraques, un encadrement militaire implacable, un travail ingrat mais aussi un décor qui lui parut à la fois nouveau et familier avec ses couleurs vives, ses montagnes à l'horizon, la mer à ses pieds. Voilà ce que Dan découvrit d'abord à Paulilles.

Il était jeune et s'il fut parfois tenté de protester, il se tut par peur des punitions et parce que, par tempérament, il préférait laisser venir et aviser. Il s'aperçut aussi que, parmi les Français, il y en avait de gentils, que certains accomplissaient comme lui des tâches difficiles et dangereuses.

Puis il y eut Marie. Elle l'éblouit. Jamais aucune femme ne lui avait fait cet effet. Elle lui redonna la joie de vivre. Et lui était prêt à tout pour elle. Chaque instant passé auprès d'elle était savouré deux fois au moins, sur le moment et plus tard quand il y repensait. Plutôt timide, voire timoré au début, il devint plus hardi grâce à elle. Marie savait l'encourager, il se sentit un autre homme.

\ \ \

Ce jour-là, Dan avait le cœur léger. Il entendait profiter à plein de sa liberté. Jusqu'à présent, il n'avait pas osé sortir de l'enceinte de l'usine. Cet espace clos lui avait d'abord paru rassurant jusqu'à ce qu'il le perçût comme une prison. Il fallait qu'il en sortît. C'était devenu un besoin impérieux. Se contenter de la plage et des rochers environnants ne suffisait plus.

Port-Vendres n'était pas loin, trois kilomètres tout au plus. Il suivit deux camarades d'atelier qui y étaient déjà allés. Il suffisait de suivre la route qui passait près du mas Pams avant de remonter jusqu'au Coll de les Portes puis de dégringoler la pente jusqu'au cœur de la ville. Pour aller plus vite encore, ils coupèrent à travers vignes, toutes les fois que c'était possible et Dan aima ce chemin aventureux en pleine nature.

L'animation qui régnait dans le port ne le surprit pas. C'est à peine s'il se laissa impressionner par les cargos et navires moutonniers qui stationnaient dans la rade, côtoyant caboteurs et bâteaux de pêche. Il se serait volontiers promené dans les petites rues tortueuses ou sur les quais. Mais ses amis n'avaient qu'une idée, aller au café, boire un coup et jouer. L'atmosphère enfumée du bar et le bruit étourdirent Dan mais il était heureux dans cette ambiance chaleureuse.

Quand sonna l'heure de prendre le chemin du retour, il partit à regret, un peu frustré finalement de n'avoir pas vu grand-chose. Il y retourna plusieurs fois mais toujours avec des amis, si bien que l'itinéraire resta le même, les conduisant invariablement au même café où ils jouaient, inlassables et rieurs, oublieux pour un temps des pénibles tâches qu'il faudrait accomplir dès le lendemain.

Un matin, pour changer, la joyeuse bande se rendit à Banyuls. Mais c'était plus loin, même en prenant les raccourcis. Ils empruntèrent le chemin qui longeait la voie ferrée puis passèrent sous le col de Pere Carnera en s'engageant dans le tunnel comme tout le monde, bien que ce fût interdit.

Avant la descente sur le port, Dan s'arrêta pour contempler le spectacle : les couleurs vives peignaient un tableau tranquille où se mêlaient en subtile harmonie tous les tons de bleu, de gris et d'ocre. Sans les entendre, il voyait tout en bas se croiser des charrettes. Là, on oubliait la guerre, pas pour longtemps, mais il fallait saisir au passage ce bonheur simple. Comme il aurait voulu que Marie fût là !

Il avait déjà vu évoluer dans la baie de Paulilles les gracieuses silhouettes des barques catalanes avec leurs vergues en oblique et leurs voiles brunes. Sur la plage de Banyuls, il en découvrit des dizaines, prêtes à partir. Assises sur le sol, des ravaudeuses réparaient les filets maille après maille, le visage à demi caché par leur coiffe ou un mouchoir car bientôt le soleil se mettrait à chauffer. Une odeur de poisson flottait dans l'air, elle fit naître en lui la nostalgie de son pays. On lui dit qu'ici, à l'heure du marché, se vendaient des anchois, minces poissons au ventre argenté, au dos bleuté, qui remplissaient les paniers des pêcheurs.

Plus loin, sur la grève il aperçut d'autres femmes qui, à l'embouchure de la rivière, lavaient leur linge. Malgré lui, un court instant, il vit à leur place sa mère et ses sœurs, toutes celles de son village qui accomplissaient les mêmes gestes à des milliers de kilomètres et son cœur se serra. D'une bourrade, l'un de ses camarades le ramena à la réalité de Banyuls et il les suivit jusqu'au café où, comme à Port-Vendres, se rassemblaient les ouvriers de Paulilles venus se distraire.

\ \ \

Un dimanche de mars, c'est jusqu'à Perpignan que ses compatriotes voulurent entraîner Dan. Marie lui avait fait savoir qu'ils ne pourraient pas se voir cette fois-là. Il hésita : c'était beaucoup plus loin, il fallait aller à la gare de Port-Vendres prendre le train, toute une expédition. Quand il sut qu'Augustin était arrivé en permission, il se décida. Il n'avait nulle envie de croiser le regard du soldat et encore moins de voir Marie à son bras si jamais le couple sortait.

Il avait du mal à imaginer cette ville de Perpignan dont on lui parlait souvent : les maisons hautes et rectangulaires, la cathédrale, plus grosse que l'église massive et carrée qu'il connaissait à Banyuls, un palais, le Castillet crénelé, les jardins publics et les fontaines. Il était aussi question de filles aguicheuses et belles qui, pour de l'argent, vous faisaient passer du bon temps ! Ce genre de rencontres ne l'attirait pas. Son aventure amoureuse à Paulilles serait peut-être éphémère mais elle le comblait. D'ailleurs il trouvait dégradant d'avoir à payer pour un peu d'amour.

Ce qui l'attirait, c'était tout ce qu'un pays comme la France pouvait offrir de nouveau à un paysan tel que lui, habitué à contempler les rizières et les rues de son village, exceptionnellement les bâtisses de la ville voisine ou ce qu'il avait entrevu de Saïgon. Ici, tout était différent. Il était curieux aussi de voir les passants. Il avait aperçu de loin les beaux costumes du directeur et des ingénieurs, les robes claires et les chapeaux de leurs épouses. En ville, on en voyait partout, disait Quang qui n'avait pas sa langue dans sa poche et s'était offert quelques escapades dans la cité catalane.

Perpignan… le nom lui plaisait et il le répétait tout bas depuis plusieurs jours. On lui avait expliqué qu'en sortant de la gare, il se retrouverait au centre ville en un rien de temps. Il voulait se promener au gré de sa fantaisie, quitte à rejoindre ses amis au bar un peu plus tard, moins pour y boire que pour jouer aux cartes. Comme la plupart de ses compatriotes, il adorait jouer pendant des heures sans jamais trouver le temps long.

Quand il aperçut Khiêm, il n'en revint pas. C'était son village qui venait à lui. Khiêm habitait avec tous les siens à quelques maisons de celle de sa propre famille. C'était drôle : là-bas, au pays, ils n'avaient pas particulièrement sympathisé, ils se disaient bonjour en se croisant, ils avaient échangé quelques mots à l'occasion de fêtes, mais sans plus.

Ils se reconnurent tout de suite et restèrent face à face, interdits, l'espace de quelques secondes. L'instant d'après, ils tombaient dans les bras l'un de l'autre. C'était si bon et si inattendu d'être à nouveau ensemble, à des milliers de kilomètres de leur Annam natal.

Khiêm était tirailleur. Il avait été blessé au front puis avait contracté une pneumonie. Il était si maigre, si affaibli qu'on l'avait envoyé en convalescence dans le Sud. Il ne savait pas qu'à quelques kilomètres, des Indochinois travaillaient dans une dynamiterie. Dan était rempli d'admiration pour ce soldat qui avait le même âge que lui et se battait aux côtés des Français. Mais il sentit très vite une sorte de réserve dans les propos de son camarade. Il était clair qu'il n'avait guère envie de donner des détails sur ce qu'il avait vu et vécu sur les champs de bataille.

Dévoré de curiosité, Dan se fit insistant et Khiêm finit par lâcher :

– Les Français sont courageux mais ils ne sont pas les plus forts.

– Comment ? Mais ils disent tous à l'usine que les victoires se succèdent, qu'on en parle tous les jours dans les journaux.

– Je dis ce que je vois. Les Allemands sont cent fois plus forts que toutes les nations alliées réunies. Ils ont des avions en quantité qui sillonnent le ciel. Et ils ont des chars aussi et des centaines de canons qui lancent des obus partout.

Khiêm avait baissé la voix, jetant des coups d'œil autour de lui :

– On ne doit rien dire. Mais moi, j'ai vu. Je te le dis, on a été cherché les Annamites et tous les autres pour se faire tuer sur place. On mourra tous. C'est miracle que je sois encore là. Tu te souviens de mon cousin Dung ? Il ne reviendra pas, il a été fauché deux jours après notre arrivée. Et il y en a tellement d'autres. Je ne te parle même pas de tous ceux qui sont prisonniers en Allemagne.

Le cœur serré, Dan resta silencieux. Il ne comprenait déjà pas bien quel sens avait cette guerre ni surtout pourquoi eux, les paysans d'Annam, devaient y participer. Il ne s'était jamais senti vraiment concerné. Mais le discours des gradés, parfois indochinois comme eux, avait fini par le convaincre qu'il fallait participer à ce conflit devenu le sien parce qu'il était celui de la « mère patrie ». En écoutant le tirailleur, son compatriote, il retrouvait ses doutes. Le désarroi s'insinuait en lui.

Khiêm détournait souvent son regard, ce qui perturbait Dan, enclin à regarder ses interlocuteurs dans les yeux. Ceux du soldat étaient tristes et ternes. Il avait l'air de penser qu'il ne reverrait pas sa terre. Dan se dit qu'il avait de la chance malgré tout, puisqu'il n'était pas au front. Une chance relative car lui aussi risquait sa peau tous les jours, dans les bassins où il trimait sans relâche et qui risquaient à chaque instant de s'embraser.

Ce fut le tour de Khiêm de s'étonner quand Dan lui raconta ce qu'il faisait à Paulilles, comment les Annamites étaient voués à des tâches harassantes et dangereuses. Au début, ni lui ni les autres n'avaient eu conscience de la réalité. On ne leur avait pas expliqué grand-chose, juste les gestes simples et répétitifs à accomplir.

Au premier accident, ils avaient réalisé le péril permanent dans lequel ils travaillaient. Ils avaient très bien compris aussi qu'au brassage et au lavage, il n'y aurait que des Annamites. Les Français ne s'étaient-ils pas débrouillés pour s'affranchir de certains travaux ? Ils étaient plus qualifiés et cela leur valait d'être employés dans d'autres ateliers à des opérations certes pénibles et qui pouvaient les tuer mais pas autant qu'au fond des bassins.

Dan n'avait encore qu'une perception confuse de la quasi-absence de solidarité entre ouvriers français et annamites. Elle était impensable pour un homme qui, depuis l'enfance, avait toujours connu cette assistance spontanée à l'égard de son frère, de son ami ou de son voisin, voire d'un inconnu.

Quand les « volontaires », venus de tous horizons, attendaient l'embarquement à Saïgon, les réflexes d'entraide avaient joué entre tous les hommes. Ici, les Français pouvaient se montrer gentils mais ils n'allaient pas jusqu'à considérer les « exotiques » comme leurs semblables, soumis à des souffrances qui avaient été les leurs ou pouvaient le devenir. N'auraient-ils pas pu les avertir des risques, les mettre en garde contre certains gestes inconsidérés dans une dynamiterie ? On peut toujours arriver à faire comprendre l'essentiel avec des gestes et des mimiques quand la parole est impossible. Il avait fallu des semaines de présence à Paulilles pour que les Annamites sentissent un peu de chaleur humaine de la part des Français.

En s'écoutant l'un l'autre, le tirailleur et l'ouvrier découvraient l'ampleur de leur malheur. Habitués à rester impassibles, ils ne se révoltaient pas. Ils ne se résignaient pas non plus mais une sagesse naturelle les incitait à réfléchir, à tirer si possible les leçons de ce qu'ils vivaient malgré eux.

Durant les derniers mois, Khiêm avait eu le temps de prendre des distances avec un vécu fait de contrastes. En octobre 1916 il avait participé avec son bataillon à la reprise du fort de Douaumont ; tant de ses camarades n'étaient plus là pour en témoigner. Il avait cru sa dernière heure arrivée lorsque les obus s'étaient mis à tomber dru tout autour du bataillon qui progressait avec obstination pour remplir sa mission et ravitailler en munitions les premières lignes. Plusieurs camarades avaient sauté à côté de lui et il avait vu avec horreur leurs membres éparpillés. Un autre – était-il plus chanceux ? – avait perdu la vue.

Khiêm avait encore dans les oreilles le bruit de la canonnade, les cris des blessés, les gémissements des mourants qu'on ne pouvait aller chercher. Mais, contrairement à Dan, il avait connu la fraternité avec les autres soldats, blancs ou noirs. Les chefs, qui imposaient une rude discipline, savaient reconnaître le courage et se montrer justes. Médailles militaires et croix de guerre avaient récompensé des frères d'armes et Khiêm se sentait fier d'avoir été cité. Blessé en avançant dans un étroit boyau noyé de brouillard, il avait été porté, soutenu par un Français, et s'il était encore là aujourd'hui, c'était grâce à lui.

\ \ \

Les premières confidences avaient rapproché le tirailleur et l'ouvrier au moins autant que leur origine commune. Dan saisit la première occasion de revenir à Perpignan avec la ferme intention de revoir son nouvel ami.

Khiêm, assis au fond du café, l'aperçut le premier : il l'appela. Un large sourire illuminait son visage amaigri car lui aussi était heureux de cette nouvelle rencontre. Ils étaient déjà trois autour de la table. Dan arrivait à point pour faire le quatrième aux cartes.

Ils entamèrent une partie de *tam cuc*, jeu devenu très populaire chez eux avec ses figures familières et colorées. Chanceux, Khiêm réalisa d'emblée la combinaison la plus forte : l'empereur, l'érudit et l'éléphant. La partie se poursuivit avec acharnement. La passion des joueurs était telle qu'on eût dit que leur vie en dépendait. Peut-être s'agissait-il plutôt de leur survie dans un monde étranger dont ils tentaient de s'évader ne fût-ce qu'un moment.

Vint cependant l'heure de fin du jour où Khiêm et Dan eurent envie de s'isoler à l'écart des autres, de leurs éclats de voix et de rire bruyants. Ils s'installèrent dans une encoignure de la salle, le verre à la main. Dan s'enquit de la santé de son compagnon qui s'améliorait doucement, puis il parla d'une lettre qui lui était parvenue la veille. Il ne recevait du courrier que de loin en loin. Quasi illettré, son père devait avoir recours à plus instruit que lui et bien réfléchir avant de faire écrire ce qu'il voulait dire. Au final, chaque missive ne contenait pas grand-chose d'important, c'étaient les petites nouvelles de la famille, les considérations sur les récoltes en cours et le temps qu'il faisait. Mais Dan, à chaque fois transporté de bonheur, lisait et relisait sa lettre, la déchiffrant d'abord avec peine puis la dévorant de plus en plus vite car il finissait par la savoir par cœur.

Il sortit de sa poche la dernière arrivée, en un geste large et fier. Khiêm écouta la lecture et c'était un peu comme si c'était lui qui avait reçu des nouvelles car son père aurait pu écrire la même chose ou presque. Dan raconta qu'à l'usine, plusieurs ouvriers mangeaient leurs lettres, une fois leur contenu connu. C'était une façon de s'approprier ce qui avait été touché et préparé par les membres de leur famille. Dan comprenait ce geste mais il préférait enfouir ses trésors de papier dans ses poches, les tâter, les déplier, les replier cent fois. Il finissait par n'avoir en main que des feuilles amincies, jaunies, fendues aux pliures. Il redoublait alors d'attention pour conserver son précieux bien.

Dans sa lettre, le père évoquait l'inquiétude d'un cousin à eux sans nouvelles depuis huit mois de son fils, tirailleur engagé de la première heure. Il demandait conseil pour savoir quelles démarches entreprendre. Khiêm hocha la tête devant l'air interrogateur de Dan puis lâcha d'un ton laconique :

– Il est mort.

– Comment peux-tu dire ça ? Tu le connais ? Tu sais quelque chose ?

– Non, je ne le connais pas. Mais je sais. S'il n'a pas écrit depuis huit mois, c'est qu'il est mort. Les Français sont comme ça, ils ne préviennent pas les familles, sinon il n'y aurait plus de volontaires. Ils n'annonceront son décès qu'après la fin de la guerre.

Dan en resta muet. Il regarda autour de lui. Dans le café, soldats et ouvriers, qu'ils fussent français ou annamites étaient mélangés. Il avait même des camarades qui s'étaient initiés à la belote ! Dans un coin, tout un groupe, mêlant des Français, des Vietnamiens et des Espagnols, jouait aux dés. On ne se comprenait pas toujours très bien, on parlait un étrange sabir, mais on riait ensemble, on se donnait de grandes bourrades amicales. Dan se dit que jamais on ne verrait chose pareille en Annam. Les colons gardaient leurs distances et il ne viendrait même pas à l'idée d'un Annamite de passer outre cette séparation de fait entre les « Blancs » et les « Jaunes ». Tout à l'heure, en venant, il avait croisé une très jolie femme au bras d'un tirailleur de son pays. Il s'était retourné sur ce couple impossible en Indochine et s'était imaginé avec Marie à ses côtés.

Dan était troublé par ce qu'il voyait. Il se disait que tous ces hommes, ici en France, ne lui étaient en rien supérieurs, comme il l'avait cru, que les femmes de France étaient attirantes et cent fois plus accessibles que les belles dames, épouses ou filles des colons. Lui, Dan, n'avait-il pas réussi à se faire aimer de la jolie Marie ?

Bien sûr, à l'usine, il y avait de grosses différences entre les ouvriers de la dynamiterie et les ingénieurs, sans parler du directeur pour ainsi dire jamais vu, ou alors de loin. Mais il avait déjà entendu des pétrisseurs ou des nitreurs, même des encartoucheuses, hausser le ton face à un chef. On lui avait aussi raconté des grèves mémorables ; en France les ouvriers mécontents avaient le droit d'arrêter le travail pour protester.

Quand il en parla à Khiêm, celui-ci tempéra l'information. Des camarades bien informés lui avaient raconté que des Annamites avaient été envoyés à Paris pour remettre de l'ordre justement et faire cesser une grève. Et puis, parmi les combattants également, il y avait eu des mouvements de révolte qui s'étaient très mal terminés. Certains avaient été fusillés. Là encore, on avait parfois envoyé des soldats coloniaux contre des Français mutinés. Enfin c'était ce qu'on disait parce que lui, il n'avait jamais participé à rien de tel, heureusement.

\ \ \

Les deux Annamites étaient perturbés. Dans leur tête, ce qu'ils avaint vécu au Viêtnam était diamétralement opposé à ce qu'ils vivaient en France. Il y avait du bon et du mauvais. Ils avaient l'impression confuse qu'ils ne seraient plus jamais comme avant, qu'un voile se déchirait sur une réalité qu'ils ne soupçonnaient pas et sur un futur qui restait à bâtir si, du moins, ils rentraient un jour au pays.

Aux incertitudes de Dan liées à son retour s'ajoutait l'inquiétude née de son amour pour Marie. Il n'imaginait pas se séparer d'elle un jour. Mais plus les semaines passaient, plus il devenait assez lucide pour comprendre que leur liaison, fatalement, n'aurait qu'un temps. Qu'avait-il à lui offrir, lui, l'« exotique » en exil ? Son mari reviendrait de la guerre, auréolé du prestige d'avoir défendu une patrie qui était bien plus la sienne que celle des Annamites. Augustin représentait la sécurité que Dan serait dans l'impossibilité de lui garantir. À la passion dévorante pour une femme unique se superposaient les aléas d'une réalité cruelle.

Lors de leurs moments volés, ni l'un ni l'autre n'évoquaient ces perspectives chargées de chagrins. Dan et Marie choisissaient de vivre dans l'instant, comme deux jeunes gens à peine sortis de l'adolescence s'accrochent à une utopie.

La guerre paraissait ne jamais devoir finir. La vie était de plus en plus difficile. Les privations inclinaient à l'égoïsme et partout, le chacun pour soi prévalait.

Marie, habituée depuis l'enfance à la solidarité chaleureuse de Paulilles, se sentait prise dans un engrenage nouveau qui la broyait. Elle aspirait à un monde fait de tendresse, de douceur et d'insouciance. Malgré ses conditions de vie terribles, Dan lui apportait ce dont elle avait un si impérieux besoin.

Elle rêvait. Elle n'avait pas fini de grandir.

\ \ \

L'humeur de Marie changea. D'un jour à l'autre, elle passait de la joie la plus exubérante à la tristesse la plus profonde. Dans ces moments-là, tout son être lui faisait mal. Seul Dan parvenait à faire resurgir son sourire, au prix d'efforts de plus en plus grands.

L'air était suave en cette nuit de juin. Des parfums mêlés entraient par les fenêtres laissées ouvertes. Marie avait peu dormi, se tournant et se retournant dans son lit. La veille au soir, se sentant fatiguée, elle s'était couchée de bonne heure. Presque aussitôt, son dos était devenu si douloureux qu'elle n'avait su quelle position adopter.

Elle avait fini par s'assoupir mais s'était réveillée dix fois. Puis elle eut mal au ventre : ce fut d'abord une souffrance sourde qui s'amplifia par vagues successives et cette houle déferla en elle plusieurs heures durant, source d'une indicible angoisse. Quelque chose lui échappait, elle ne comprenait pas ce qui lui arrivait. Des sensations inconnues envahissaient son corps.

Qu'avait-elle donc mangé, qui ne passait pas ? Une soupe et une pomme ! Elle avait expédié son dîner en quelques minutes car elle n'avait pas faim du tout ; sa mère avait grommelé qu'elle n'était pas raisonnable et que si elle continuait à grignoter, elle finirait par tomber malade. Elle serait bien avancée alors ! Il fallait travailler, pas question de s'arrêter ! Marie savait tout cela et s'inquiétait de se sentir si lasse depuis quelques jours.

Elle finit par se lever de sa couche. Courbée en deux, les mains posées à plat contre son ventre, elle se dirigea vers la cuisine avec difficulté. Sa gorge était sèche, elle avait envie de boire un verre d'eau. Elle s'accrocha au bord de la table. La tête lui tournait. et elle dut s'asseoir sur la chaise de paille qu'elle avait tirée vers elle en la traînant. Elle ferma les yeux. Ses jambes s'écartèrent d'elles-mêmes et elle eut l'impression un instant d'être soulagée.

Une contraction plus brutale encore que les précédentes lui arracha un cri qu'elle ne put retenir. Sans même s'en rendre compte, elle se laissa glisser à terre sur le carrelage froid et ses gémissements déchirèrent l'espace tandis qu'un flot rouge jaillissait d'entre ses cuisses.

Alertée par le bruit, Madeleine surgit, juste à temps pour saisir entre ses mains une petite chose qui gigotait et fit entendre un miaulement de chat.

C'est ainsi que naquit Maria, le premier jour de l'été dix-sept. Sa mère était en état de sidération. Madeleine, saisie d'une rage soudaine, trancha le cordon puis, avisant une pile de torchons fraîchement repassés, en prit un pour essuyer l'enfant, tête en bas, un autre pour l'envelopper, avant de la déposer dans la corbeille à linge vide.

Quelques minutes seulement s'étaient écoulées. Alors, Madeleine se tourna d'une pièce vers sa fille, la mit sur ses pieds sans douceur et hurla :

– Qu'est-ce que c'est que ça ? Pourquoi tu m'as caché ça, à moi ?

Hébétée, Marie restait muette. Sa mère la secoua sans rien obtenir : la jeune femme glissa entre ses bras rudes et retourna au sol.

– Ah non ! Tu ne vas pas t'en tirer comme ça !

Madeleine gifla sa fille dans un aller-retour puissant qui eut l'avantage de faire revenir à elle la pauvre Marie. Sa mère la traîna dans sa chambre et brusquement se radoucit devant le spectacle ensanglanté de ce corps martyrisé. Elle la déshabilla, la lava. Ses gestes précis et efficaces aidèrent les deux femmes à recouvrer leurs esprits. Marie regarda Madeleine et elles s'étreignirent en silence.

– Je ne comprends pas, murmura Marie.

Quand elle eut dans ses bras la toute petite, elle ajouta :

– C'est impossible, ce n'est pas mon bébé…

– Il est pourtant sorti de ton ventre, je te le certifie !

– Impossible, répéta Marie ; je n'étais pas enceinte.

– Bien sûr que tu étais grosse et tu ne vas pas me dire que tu ne le savais pas !

Madeleine s'arrêta et revit par la pensée le ventre plat de Marie, sa silhouette filiforme. Hier encore, elle la trouvait trop maigre, toute fluette. Où l'avait-elle casé ce bébé ? S'approchant du nouveau-né, elle le prit dans ses bras, écarta le torchon et contempla le petit corps grassouillet, les joues rebondies : c'était une belle petite fille. Elle la posa sur les seins de Marie :

– Regarde comme elle est potelée. Elle fait bien dans les six livres, six livres et demie !

Marie se mit à pleurer des larmes silencieuses qui tombèrent en grosses gouttes sur les cheveux noirs et drus de son enfant. Elle pensa à Augustin, là-bas, loin, si loin, qui se battait et ne savait rien. Madeleine aussi pensait à Augustin et comptait les mois écoulés depuis sa permission de décembre. Le compte n'y était pas : moins de sept mois. Qui pourrait croire que cette petite n'était pas née à terme ? De nouveau, la rage la saisit. Les yeux étincelants, les lèvres serrées, elle siffla plus qu'elle ne dit :

– Pas d'histoires à dormir debout. Avec qui as-tu fauté, sale coureuse qui ne respecte même pas l'honneur de son homme au front ?

Marie ne répondit pas et ses larmes redoublèrent. Elle tourna les yeux vers sa fille : sa peau couleur vanille contrastait avec ses cheveux d'un noir bleuté, son nez minuscule semblait englouti dans les joues rondes, le visage tout entier, un peu triangulaire, surprenait, ses yeux encore aveugles étaient deux fentes à peine ouvertes sous des paupières presque plates. Le beau visage juvénile de Dan lui apparut et une immense détresse la submergea.

\ \ \

27

Banyuls s'enfonce dans la brume de novembre. De lourds nuages planent sur le port. Le ciel et la mer se confondent en un gris opaque. Marine remonte le col de son manteau et hâte le pas.

Sans réfléchir, elle remonte le boulevard Lassus en direction du cap d'Osne. Par beau temps, la vue est magnifique depuis le jardin suspendu au-dessus de l'eau. Aujourd'hui, on n'arrive pas à distinguer le faîte des pins, tous inclinés d'un même mouvement. Peut-être marche-t-elle dans les pas de Dan, venu rêver devant l'immensité.

Marine s'assied un moment sur le banc offert aux amateurs de pique-nique, appuyant un coude sur la table en bois luisant. Il ne fait pas froid mais l'humidité s'insinue partout et la fait frissonner. L'atmosphère ouatée qui l'entoure lui convient. Son esprit aussi baigne dans un univers cotonneux d'où surgissent des images : Madeleine, Marie, Maria, Marion, femmes de Paulilles sans qui elle n'existerait pas. Comment a-t-elle pu penser qu'elle n'était que leur fille adoptive ? Elle en sourit maintenant mais sans oublier combien elle a souffert en silence des incertitudes qu'elle nourrissait sur ses origines. Toutes les familles, dit-on, cachent leurs blessures. Les temps ont changé depuis celui où Marie devait dissimuler ses amours secrètes au point de ne pas se permettre l'idée qu'elle portait l'enfant de Dan.

Ce déni de grossesse émeut Marine plus que tout. Elle aurait voulu recevoir la confidence que Marie en a faite à Marion, sa petite fille. Elle aurait cherché les mots à lui dire pour alléger le poids de ce souvenir, pour lui expliquer le sens que l'on donne de nos jours à ces maternités enfouies. Un jour, elle racontera à Iaia Maria comment elle, sa grand-mère, elle est venue au monde et elle le fera d'une manière telle que ce sera une évidence belle à entendre.

Marine a froid maintenant. Elle quitte son refuge et redescend d'un pas rapide vers la place Paul Reig. Elle aime la rondeur de cet espace qui reprend l'harmonieuse courbe de la plage déroulée devant lui. Soudain, un rayon de soleil troue les nuages et vient caresser le dallage. Comme à un signal, surgissent à gauche et à droite des passants qui se suivent ou se croisent et un début d'animation réveille le lieu endormi.

La jeune fille s'amuse un moment à essayer de deviner dans quel café Dan est venu jouer aux cartes. Et si c'était celui où son père vient de temps à autre retrouver ses amis ? Décidément, les fantômes de Paulilles savent quitter la baie et hanter d'autres endroits !

La curiosité concernant son arrière-grand-père est loin d'être satisfaite. Sans doute n'apprendra-t-elle plus grand-chose désormais. Sa mère lui a certifié qu'elle lui avait dit l'intégralité de ce qu'elle savait et elle la croit. Toute trace de ces hommes venus à Paulilles depuis leur lointaine contrée semble effacée. Pas une tombe, pas une stèle, rien nulle part. Pas de document non plus. L'apprentie archéologue qu'est Marine n'en revient pas. Peut-on faire ainsi disparaître un pan d'Histoire ?

Au moins aura-t-elle réussi à reconstituer une partie du passé familial. Ce qu'elle voudrait mieux comprendre désormais, c'est comment le pauvre Dan a pu mourir au fond d'un bassin, quelles conditions de travail ont été les siennes et celles de ses compagnons. Elle cherchera encore jusqu'à ce qu'elle trouve. Peut-être les morts se moquent-ils bien qu'on leur rende justice et hommage, comme le lui a fait observer son père. Mais c'est d'abord pour elle qu'elle veut poursuivre sa quête, pour elle et aussi pour sa mère et pour sa Iaia. Maria n'est plus toute jeune mais il n'est jamais trop tard pour regarder en arrière et apprendre d'où on vient.

\ \ \

28

Un bref coup d'œil aux alentours, personne en vue. Marine et son ami Jean-Michel se glissent sous la clôture à un endroit qui, manifestement, a donné passage à d'autres curieux avant eux.

Les voici sur la « montagne neuve », en principe interdite au public comme l'étaient dans les années 90 l'ensemble du site de l'usine et même la plage !

Seize ans ont passé depuis que Marine a entendu parler pour la première fois de son ancêtre annamite. Sa soif de savoir n'est toujours pas étanchée. Plus que jamais, elle éprouve une irrésistible envie de comprendre mieux encore ce qui s'est passé il y a près d'un siècle sur cette « montagne » où est mort celui dont elle ignora si longtemps jusqu'à l'existence. Elle a parlé de lui avec tant de flamme à son ami chimiste qu'elle a attisé sa curiosité. Des conversations à n'en plus finir, des doutes et de multiples interrogations.

Intrigué, Jean-Michel s'est laissé convaincre de prendre sa voiture et de venir passer un week-end à Banyuls : deux heures de route depuis Toulouse, une promenade, a dit Marine, pour achever de le décider.

Il est à peine arrivé que la jeune femme l'entraîne à Paulilles. Il a plu la nuit précédente, la terre est spongieuse et quelques mètres suffisent pour que les deux visiteurs se retrouvent avec les bas de pantalon trempés. Il en faut davantage pour les décourager mais ils redoublent de prudence. La végétation sauvage et dense, hérissée d'épines, tantôt les retient, tantôt leur masque des trous ou des pentes glissantes. Un plan sommaire à la main, Marine essaie de se repérer.

– Montons d'abord jusqu'en haut, suggère Jean-Michel, nous aurons une vision d'ensemble.

Ils grimpent jusqu'à une masse sombre et trapue dont ils savent déjà qu'il s'agit d'un réservoir d'eau. Parvenus au sommet, ils sont déçus. Arbres et arbustes masquent la vue et ils ont beau se tourner de côté et d'autre, rien de significatif ne leur saute aux yeux. Adossés un moment à une sorte de citerne métallique, ils réfléchissent tout haut.

– D'après ce que tu m'as raconté, il y avait ici une fabrique de balistite. Je te l'ai dit tout à l'heure, cela s'inscrivait tout à fait dans la logique de l'époque. Pendant le conflit de 14-18, les besoins ont été énormes et une participation à l'effort de guerre a été exigée de chacun. Alors, tu penses, à l'usine de dynamite de Paulilles, ils étaient forcément concernés. La géniale invention de Nobel était une nouveauté précieuse.

– Une nouveauté ?

– Oui bien sûr. Depuis 1884, on se servait de la poudre sans fumée de Vieille, tu sais la poudre utilisée pour les fameux fusils Lebel.

– Euh, si tu le dis !

– Quand même, tout le monde sait ça ! Le Lebel, c'était LE fusil de la Grande Guerre. Avant, les soldats avaient des fusils qui dégageaient énormément de fumée noire quand ils faisaient feu et c'était plus que gênant. Enfin, je ne vais pas te faire un cours d'armement ! Ce qu'il y a d'intéressant, c'est que Nobel, en 1887, avait trouvé une amélioration très intéressante, la balistite, poudre sans fumée elle aussi mais beaucoup plus puissante que celle de Vieille. Je ne rentrerai pas dans les détails d'une véritable polémique. Toujours est-il qu'à partir de 1916, c'est la balistite qui a prévalu, en tout cas pour les mortiers de l'armée française. Je trouve donc tout à fait logique qu'ici à Paulilles, dans un fief Nobel, on ait fabriqué de la balistite.

– Je suppose qu'il fallait des installations particulières.

– Forcément, mais surtout, à mon avis, il a fallu concevoir quelque chose d'opérationnel, à moindre coût et en utilisant au maximum ce qu'on avait sur place.

– Avec une main-d'œuvre bon marché : les Annamites !

– Pas si vite ! J'aperçois des murs, des vestiges ici et là, qui doivent correspondre à ce que nous avons vu sur les plans.

– Ici, pas de doute, c'est bien le réservoir. Il y a des tuyaux qui sortent de partout.

– C'est énorme, ce machin, observe le chimiste.

Les deux jeunes gens décident de faire le tour de la monstrueuse masse grise. Ce n'est pas facile : herbes, ronces, buissons et arbres s'enchevêtrent, barrant le passage comme pour protéger l'ensemble de toute intrusion.

– Tiens donc, dit Jean-Michel, s'approchant d'une sorte de cube plus sombre situé à l'autre extrêmité du réservoir.

– Qu'est-ce que c'est que ce truc ?

– Une chaudière, c'est certain. Par conséquent, on pouvait chauffer l'eau.

– Pour quoi faire ?

– Pour pas qu'ils gèlent sur place, plaisante Jean-Michel, c'est la première idée qui vient à l'esprit !

– Qui ça ils ?

– Tes Annamites, bien sûr. Tu m'as dit toi-même qu'ils travaillaient dans des bassins du matin au soir. Tu imagines s'ils l'avaient fait dans une eau à quinze degrés ? Disons que cela rend déjà la « trempette » crédible... Au fait, j'aimerais bien les voir de plus près, tes fameux bassins.

Marine et son compagnon descendent avec d'infinies précautions. Il vaut mieux regarder où on met les pieds ! Épineux et ronces défendent les lieux. Ils arrivent en surplomb des bassins mais il paraît difficile de les atteindre par là, ils sont encore trop haut. Après un détour par la gauche qui leur permet de repérer l'entrée de mystérieux souterrains, ils atteignent leur but. Comme ils s'y attendaient, ils découvrent un ensemble de seize bassins avec un mur de séparation au milieu.

– Sûrement pour des raisons de sécurité, commente Jean-Michel.

Levant les yeux vers le ciel, il comprend que jadis existait une structure de hangar avec un toit culminant à une dizaine de mètres. Un fossé unique et continu court tout autour des bassins, communiquant avec chacun par une trentaine d'orifices de quatre ou cinq centimètres de diamètre.

– Je les voyais plus grands, dit Marine. Tu es capable d'évaluer leurs dimensions ?

– Six mètres de long pour un mètre cinquante de large, à peu de chose près. Leur profondeur est intéressante : ils font bien deux mètres et tu vois cette différence de couleur pas tout à fait au milieu, je dirais à quatre-vingt-dix centimètres au plus ?

– Oui, c'est plus clair en haut qu'en bas. La corrosion, tu crois ?

– C'est probable, ça va dans le sens d'une eau chargée en produits. Lesquels, c'est une autre histoire… Peut-être des acides, du carbonate, ou les deux… Mais surtout, on peut tirer une première conclusion. Pour faire de la balistite, il faut mélanger en proportions égales de la nitroglycérine et du coton azotique. Or si une chose est bien impossible, c'est que CE mélange ait été fait dans CES bassins…

– Pourquoi ?

– Parce qu'ils sont beaucoup trop grands, l'opération aurait été très dangereuse. D'ailleurs la nitroglycérine ne se manipule qu'en petites quantités : c'est évident qu'il n'y en a jamais eu dans ces bassins.

– Mais alors ils servaient à quoi ?

– En procédant par élimination, je ne vois plus que le coton. Cela rejoint ce que tu m'as déjà dit, que les Annamites passaient leur temps à brasser du coton. Eh bien oui, ils brassaient ici même, et la balistite devait se faire ailleurs, en aval. Du coup se posent un certain nombre de problèmes…

– Et d'abord, comment les hommes entraient-ils là-dedans ? Tous les côtés sont fermés, c'est curieux.

– Non, ce n'est pas curieux. As-tu remarqué comme les parois sont lisses ? C'était une bonne précaution afin d'éviter les adhérences. Pour entrer et sortir, on peut imaginer qu'il y avait des échelles, sans doute amovibles. Regarde, on ne voit la trace d'aucun point d'ancrage. Toujours les risques d'adhérences…

– Tu as l'air obsédé par les adhérences !

– Je pense aux accidents qui se sont produits plusieurs fois. Si des hommes ont brûlé ici, c'est qu'il y avait des risques d'inflammation. Et comme nous avons éliminé la nitro, je ne vois plus que le coton azotique. Tout se tient. Le coton azotique est un produit qu'on peut qualifier d'intermédiaire, et qui est par nature extrêmement instable.

– Instable ?

– Je veux dire qu'il peut prendre feu pour un oui, pour un non. Avant toute utilisation, il faut donc le rendre non pas inoffensif, c'est impossible, mais plus résistant à une inflammation spontanée, qui peut se produire au moindre contact avec l'air, ou encore si des impuretés se mélangent au coton. Dans ce contexte, les adhérences sont le mal absolu. Elles peuvent favoriser la constitution de « grumeaux » qui se détachent de la liasse de coton nitré en cours de stabilisation et se fixent n'importe où...

– Et alors ?

– Eh bien tu n'as qu'à imaginer ce qui peut se passer après, quand on vide les bassins, ou simplement qu'on baisse le niveau d'eau.

– Brrr, tu me donnes la chair de poule, conclut Marine en frissonnant. En tout cas, les ouvriers ne pouvaient s'accrocher nulle part. Ils devaient se sentir comme dans une prison, entre leurs quatre murs.

– Surtout que les Annamites étaient des hommes de petite taille, pas plus d'un mètre soixante à l'époque, moins pour certains. Ça veut dire que le bord devait leur paraître vraiment haut au-dessus de leur tête.

Tous deux sont émus. Ils se doutaient bien que les Asiatiques employés ici l'avaient été dans des conditions extrêmes. Mais les lieux qu'ils découvrent en ce moment les bouleversent. Si vraiment, comme en attestent les bribes transmises par la mémoire collective, des hommes ont travaillé là, ils ont été soumis à un régime de bagnards. Pour endiguer l'émotion qui monte en eux, Jean-Michel et Marine poursuivent leurs investigations, adoptant d'instinct l'attitude respectueuse et concentrée des chercheurs et des archéologues. Certes, ils sont là en infraction mais leur curiosité trouve sa légitimité dans le lien puissant que Marine a commencé à renouer avec son arrière-grand-père.

– Je n'arrive toujours pas à imaginer que des hommes aient pu trimer là-dedans, reprend Jean-Michel.

– Pourtant c'est ce que Iaia Marie a raconté à ma mère ! Et elle n'a pas été la seule à le dire. D'autres personnes en ont gardé le souvenir, plus ou moins précis mais quand même.

Marine est scandalisée, révoltée. Elle connaît depuis des années les conditions affreuses dans lesquelles Dan, son aïeul, est mort, mais chercher à comprendre comment on a pu en arriver là ravive une douleur qui fut d'abord celle de Marie, une jeune femme amoureuse obligée de cacher son désespoir.

– Tu sais, continue Jean-Michel dont la voix s'est altérée, on n'a pas toujours été très regardant sur les conditions de travail des hommes, des Annamites en particulier, et pas seulement à Paulilles. Comme tu m'avais parlé de cette dynamiterie pendant la Grande Guerre, j'ai cherché à m'informer. Et j'ai lu des études très documentées sur l'exploitation des travailleurs vietnamiens en 14. Entre parenthèses, on a recommencé en 40 !

– J'ai honte de ce que j'ai appris toutes ces dernières années jusqu'à aujourd'hui. On parle de plus en plus de la Retirada, de ce qui s'est passé à Argelès, à Saint Cyprien, à Perpignan et ailleurs… Mais les Annamites ! On n'en parle pas ! Je n'arrive pas à trouver d'informations officielles. C'est le black-out total ! Des hommes ont vécu ici – si on peut dire –, ils ont travaillé pour la France, et il ne reste que des ruines !

Marine devient véhémente et Jean-Michel partage son indignation. Il la prend par les épaules et l'assure de sa compassion :

– Je voudrais t'aider à mieux comprendre… Dis-toi bien qu'on ne peut que formuler des hypothèses et essayer qu'elles cadrent avec le peu qu'on sait.

– Alors toi, tu en es où de ton raisonnement ?

– Ce qui m'intrigue, c'est que sur le plan, tes fameux bassins sont dits de « gélatinisation ».

– Et alors ?

– Alors rien. C'est bizarre. Pour qu'il y ait gélatinisation, il faut d'abord avoir nitré le coton. Et avec les techniques que je connais, pour transformer le coton brut en coton nitré il faut qu'il baigne un certain temps dans de l'acide nitrique concentré. C'est une raison suffisante pour ne pas y faire tremper des hommes, même si on ne fait pas grand cas de ceux qu'on a sous la main.

– Alors, c'est l'impasse ? Tu ne vois pas comment les choses pouvaient se passer ?

– J'ai du mal. Cela dit, on parle d'une autre époque. C'était il y a presque cent ans.

– Tu sais ce que j'ai lu ? Qu'il y a eu mille Annamites à Paulilles ! Tu te rends compte ? Mille !

– Je l'imagine difficilement. En tout cas, je pense qu'il n'y en a pas eu mille en même temps.

– Oui, mais on peut supposer qu'ils étaient beaucoup, tu en conviendras. Marie disait qu'ils étaient surveillés par des Sénégalais impressionnants.

– Je sais. Ils avaient un statut militaire. C'était commode d'ailleurs. Un militaire se doit d'obéir. La moindre incartade est sanctionnée.

– Y avait une prison près de la voie ferrée.

– Tu parles de Sénégalais, dis-toi qu'il faut imaginer tout un encadrement militaire de ces hommes, surtout pour des fabrications pareilles et même, c'est certain, un contrôleur des poudres. Mais revenons à ce qui a pu ou dû se passer ici. Nous allons remonter plus haut.

Quelques instants plus tard, Marine et Jean-Michel se trouvent à nouveau en surplomb par rapport aux bassins. Au passage, ils notent dans le sas d'entrée la présence d'une prise d'eau aérienne sur laquelle devait être fixée une lance d'arrosage branchée en permanence, afin d'intervenir très vite au moindre début d'incendie. Ils obliquent ensuite en direction des restes du vaste bâtiment, dit d'« imbibition » sur le plan, qui s'élevait visiblement sur deux étages, bien qu'il ne reste rien du niveau supérieur ; ils devinent, cachés sous la végétation, des sortes de lavoirs rectangulaires et découvrent un double tuyau de grand diamètre relié aux bassins des Annamites.

– Tu sais ce que c'est que l'imbibition ? demande Jean-Michel.

– Pas du tout.

– Dans le processus classique de fabrication de la balistite, on « imbibe » le coton azotique dans la nitroglycérine, c'est l'expression consacrée. On pouvait très bien le faire ici, l'avantage c'est qu'il n'y avait pas loin à aller depuis les bassins. Tu me diras, quand auparavant on fait tremper le coton dans l'acide pour le nitrer, c'est aussi une forme d'imbibition, et on ne devait pas le faire à des kilomètres...

– Comment ça, tremper dans l'acide ?

– Patience, je vais y revenir. Par contre, dit-il en levant la tête et en tournant sur lui-même avant de scruter à nouveau les broussailles en contrebas, ce bâtiment devait aussi servir à autre chose.

– Qu'est-ce qui te fait dire ça ?

– Par exemple ses deux étages, tous deux traversés par des tunnels comme tu peux voir. C'était un dispositif compliqué. À mon avis, l'eau descendait par gravité du réservoir que nous avons vu tout à l'heure et ici, on pouvait doser tous les adjuvants qu'on voulait lui ajouter avant de l'envoyer par les deux gros tuyaux que voici. Il fallait aussi régler son débit, voire sa température, ainsi que la hauteur d'eau atteinte dans les bassins. Dans ma tête, je vois plein d'appareils de mesure et de vannes.

– Impressionnant ! Dommage qu'on ne puisse pas descendre en bas, dit Marine, penchée au-dessus du trou.

– Soit dit en passant, il devait y avoir une station de pompage pour renouveler régulièrement l'eau du réservoir, ajoute distraitement Jean-Michel. Peut-être était-elle couplée avec la centrale en bas de la colline, là sur le plan ; c'était sans doute l'endroit idéal pour recueillir l'eau du Cosprons.

Très concentré, Jean-Michel se prend alors les tempes entre les mains et ferme les yeux.

– Excuse-moi, j'essaie de reconstituer dans ma tête l'enchaînement des opérations. Récapitulons. D'après les historiens, du coton brut arrivait à l'usine. Je le conçois tout à fait. Auparavant, je crois que le coton azotique était directement importé de Norvège ou de Hongrie. En 14 la nouvelle carte géopolitique de l'Europe a forcément posé des problèmes d'approvisionnement.

– Tu dois avoir raison, je n'y avais pas pensé !

– En outre le besoin était beaucoup plus important pour la balistite que pour les diverses variétés de dynamite. Le plus simple était donc d'arriver à fabriquer sur place du coton azotique à partir du coton brut.

– Et ce coton brut pouvait arriver par les mêmes voies maritimes que les Annamites eux-mêmes ! Pas de problème cette fois !

– Exactement, mais les linters qui arrivaient, il fallait les purifier.

– Les linters ? Je m'y perds ! De quoi tu parles ?

– Linters, coton brut, c'est pareil. Je disais qu'il fallait d'abord les purifier, les débarrasser de toutes les impuretés et débris divers. Gardons en tête que le coton brut, quand on le cueille, contient encore des grains, des brindilles, des petits cailloux, de la terre… Voilà pourquoi on doit le laver.

– Dans les bassins, avec de l'eau.

– Je vois que tu comprends vite. En effet, quitte à avoir des bassins…

– Pardon ? l'interrompt Marine interloquée. « Quitte à avoir… » ? Qu'entends-tu par là ?

– Je veux dire que ce n'était pas le rôle premier de ces bassins. Rappelle-toi qu'ils sont qualifiés de bassins de « gélatinisation », c'est toi-même qui me l'as dit. Revenons-en au lavage. Dans un premier temps, on procède avec de l'eau pure, par égrenage, brassage. Il devait d'ailleurs rester des épluchures, les unes au fond de l'eau, les autres en surface, les plus légères.

– Donc, on envoyait l'eau dans les bassins par le fossé et les trous qu'on a repérés tout à l'heure.

– Logiquement. Mais cette eau, ces saletés, fallait ensuite les enlever. L'eau, on devait la vider au maximum et les saletés qui n'avaient pas pu s'évacuer par les trous, on les enlevait à la main.

– À la main ? Quel travail interminable !

– Et minutieux. Il importait que tout soit impeccablement propre. Il y allait de la sécurité de la suite des opérations. Puis on devait renouveler l'eau en continu jusqu'à ce que les linters soient parfaitement dégraissés.

– Peut-être qu'on ajoutait quelque chose dans l'eau ?

– Possible, mais selon moi ce n'était pas indispensable à ce stade. Tout simplement, chaque Annamite avait sa liasse de coton à brasser, malaxer, à presser comme une éponge pour la faire dégorger.

– Combien d'hommes dans les bassins, d'après toi ?

– Difficile d'avoir des certitudes : au moins deux ou trois, peut-être quatre, pas plus sinon ils se seraient gênés.

– Après ce lavage, quand tout était propre, qu'est-ce qu'on faisait ?

Jean-Michel ne répond pas tout de suite. L'air absorbé, il va et vient plusieurs fois jusqu'à l'entrée des bassins où il observe l'enfilade de tunnels qui a résisté au temps. Dans sa tête, une noria de wagonnets circule dans un grand bruit de ferraille. Enfin il se décide :

– Après cette première opération, il fallait nitrer la cellulose…

– La cellulose ?

– Le coton purifié, si tu préfères… Pour passer de la cellulose à la NITROcellulose, il faut de l'acide nitrique, et même d'autres acides, surtout sulfurique, pour catalyser la réaction.

– Alors cette fois, c'est de l'eau avec des acides qu'on envoyait ?

– Non, impossible. La nitration de la cellulose ne peut s'effectuer que dans des conditions bien définies. Si la concentration en acide n'atteint pas au moins 80 %, les nitrates ne se fixeront pas, ou mal. Et ça, vois-tu, on ne peut l'imaginer dans des bassins de cette taille. Il faut des récipients fermés, de taille relativement modeste pour de simple raisons d'efficacité et… de sécurité.

– Continue, dit Marine attentive.

– Donc on nitrait le coton dans un autre local. Forcément. Ce n'était pas le plus difficile, à première vue les aménagements nécessaires n'ont pas dû être très onéreux… C'est ensuite que les choses se corsaient. Pour stabiliser la nitrocellulose obtenue par la réaction chimique, on enlevait tous les ingrédients résiduels dont elle regorgeait, en particulier l'acide nitrique et l'acide sulfurique. Il fallait en faire un produit « prêt à l'emploi ».

– Attends, plus je t'écoute et moins je vois l'intérêt de cette énorme structure…

– Justement si ! Un lavage long et précis était nécessaire pour finaliser le coton azotique…

– Le coton azotique ou la nitrocellulose ?

– Ou le coton nitré, ce sont des noms différents pour une même chose. Selon moi, la Nobel a dû reculer devant l'investissement qu'impliquait la mise en place d'un appareillage qu'elle savait coûteux, qui plus est pour une production provisoire qui ne durerait que le temps de la guerre. C'est là qu'interviennent tes providentiels Annamites, une main-d'œuvre quasiment gratuite.

– C'est révoltant, siffle Marine entre ses dents !

– Je ne peux pas te donner tort. A partir du moment où les nitrates sont fixés, c'est tout, absolument tout, qui devient dangereux. Le scenario qui s'esquisse est proprement effarant. Les hommes qui participaient au processus risquaient leur vie en permanence.

– Et c'est quoi ton scenario ?

– Il faut déjà ramener le coton dans les bassins en veillant à ce qu'il reste toujours dans l'eau, sans contact avec l'air. Crois-moi, c'était pas évident. Ils devaient utiliser des wagonnets, peut-être équipés d'une benne basculant sur le côté. A l'intérieur, des liasses de coton baignant dans une sorte de bain relativement acide. Ce n'était plus de l'acide concentré, mais quand même.

– Ben voyons !

Absorbé par la vision qui se précise en lui, Jean-Michel semble offrir un regard absent. Joignant le geste à la parole, les genoux légèrement fléchis, les bras arrondis vers l'avant, il poursuit :

– Dans le bassin, l'eau et les Annamites sont prêts. Arrive le wagonnet qui déverse sa cargaison. Vu la taille de chaque bassin, le bain acide va se diluer tout de suite, ce n'est pas le plus dangereux, il faut juste faire attention à ne pas se faire éclabousser.

– Sinon ?

– Sinon ça fait des trous dans les vêtements et des brûlures sur la peau. Il faut surtout prendre immédiatement en main chaque liasse de coton nitré. S'il y a plusieurs liasses pour un même bassin, chaque ouvrier doit s'assurer d'une et d'une seule, et veiller à la fois à ce qu'elle reste sous l'eau et à ce qu'elle ne se fractionne pas.

– Si je comprends bien, s'indigne Marie, de mettre en danger la vie des ouvriers, ça leur permettait de sécuriser le processus, enfin si l'on peut dire…

– Avec une adresse individuelle, une concentration de tous les instants, une organisation qui ne souffraient pas la moindre défaillance.

– Et ensuite ?

– Ensuite commence le long travail de malaxage que tu m'as si bien décrit. Regarde, on le voit comme si on y était.

– Et c'est ce qu'ont toujours dit Marie et quelques autres. Les Annamites passaient leurs journées dans les bassins, pétrissant, malaxant jusqu'à épuisement, jusqu'à obtenir le fameux coton azotique.

– Ah oui, j'y pense, une dernière remarque concernant le malaxage : on n'aboutit pas au même résultat qu'en phase de purification du coton. Cette fois les mêmes gestes consolident la fixation de l'azote et continuent de casser la structure fibreuse de la liasse, achevant à la longue un processus déjà amorcé lors de la nitration. C'est ce qui peut expliquer l'emploi du mot « gélatinisation ». À force chaque ouvrier devait se retrouver avec entre les mains une sorte de galette de pâte. Une pâte nitrocellulosique toute prête à se marier avec la nitroglycérine pour faire de la balistite !

– J'en reviens à cette marmite de l'enfer. N'y avait-il aucun moyen de réduire les risques d'incendie et de diminuer l'angoisse des travailleurs ?

– En théorie, tu as raison. On pouvait rajouter à l'eau du carbonate de sodium, qui facilite la stabilisation, ou des produits ignifuges. Dans le bâtiment qui précède les bassins, il y avait certainement tout ce qu'il fallait pour effectuer ces mélanges. Mais…

– Mais ?

– Vu la fréquence des accidents, je suis un peu sceptique sur le fait qu'ils aient été utilisés. Toi-même as évoqué des on-dit à ce sujet. Si tu veux, excuse-moi d'être si direct, tout dépend du prix que la direction de l'usine attachait à la vie humaine.

– A celle des Annamites surtout, renchérit Marine, rouge de colère.

Sans se concerter, Jean-Michel et sa compagne sont retournés sur leurs pas. Ils sont à nouveau au bord des bassins qu'ils regardent avec un mélange de tristesse et d'horreur.

– Tu vois, Marine, il faut se représenter des équipes d'hommes qui se succèdaient sans interruption, peut-être jour et nuit, et qui brassaient, qui malaxaient sans fin. On ne pouvait pas abandonner plus de quelques instants le coton azotique.

– Ce qui confirme qu'ils étaient nombreux à Paulilles. Il en fallait des ouvriers pour faire ce travail. Comment acceptaient-ils de pareilles conditions ?

– Tu crois qu'on leur demandait leur avis ?

Silence. Marine et Jean-Michel voient devant eux des hommes frêles, courbés dans leur prison de béton. Sans transition, la jeune femme les imagine dehors, sous le ciel de l'Annam, penchés sur les rizières comme l'ont toujours fait leurs ancêtres de génération en génération. En 1916, s'est-on donné bonne conscience en se disant qu'au fond des bassins de Paulilles, après tout, ils accomplissaient des gestes familiers qui ne les changeaient guère ?

– C'est horrible, murmure Marine pour la centième fois. Ils devaient être épuisés, moralement et physiquement, la peau abîmée à force de toucher cette saleté.

– Ce n'était pas le pire, corrige Jean-Michel avec maladresse. Pense à ton arrière-grand-père qui est mort ici.

– Tu n'avais pas besoin de me dire d'y penser. Depuis le début, j'y pense ! Je le vois, avec son beau visage d'homme doux. Il a brûlé dans ce bassin ou dans celui-là… Est-ce qu'on n'aurait pas pu le sauver ? Est-ce qu'on a essayé ?

– Ce devait être pratiquement impossible.

Jean-Michel a levé les yeux vers l'installation en surplomb d'où, pense-t-il, on pouvait arroser les bassins. Dérisoire recours qui n'a pas dû contribuer au sauvetage de beaucoup d'hommes. Pour ne pas alimenter l'imaginaire de Marine, obsédée par l'image de son aïeul en feu, le chimiste renonce à lui dire ce qu'il ne voit que trop bien.

Tant que les Annamites travaillent, le coton nitré est brassé en continu, sans contact avec l'air. Arrive la relève.

Un par un, les hommes remontent par l'échelle. Ceux de la nouvelle équipe descendent l'un après l'autre. Les galettes de coton en cours de gélatinisation flottent entre deux eaux. En voici une tout près de la surface, elle affleure. Un ouvrier s'approche du bord tandis qu'arrive son remplaçant. Soudain, un frisson court et se propage. Des flammèches jaillissent, grandissent et se répandent. L'homme veut sortir, il se hâte. Trop tard. Transformé en torche vivante, il hurle sa douleur. Aucune issue. Juste un misérable arrosage venu du ciel et qui ne sert à rien. C'est Dan qui meurt. Et un autre avant lui, et un autre après lui et d'autres… combien ? Comment s'appelaient-ils ? Qui le sait aujourd'hui ?

Prenant Marine par la main, le jeune chimiste l'entraîne vers le haut de la « montagne » à travers broussailles et arbustes. Bientôt, ils rejoignent le trou dans la clôture qui leur a permis d'entrer.

À quoi pense la jeune femme ? Elle ne dit rien. Elle s'est tue aussi dans sa tête. Quels mots peut-on mettre sur l'inimaginable et l'indicible ?

Epilogue

29

Marine redescend de Cosprons. La voiture connaît le chemin et roule toute seule. Depuis son divorce, elle n'est revenue que deux fois par ici. Elle est heureuse de retrouver le décor familier de son enfance.

Les années n'ont pas altéré le sourire de Maria, surtout quand elle voit entrer chez elle sa petite-fille et son arrière-petite-fille. À quatre-vingt-onze ans, elle n'a rien perdu de sa vivacité d'esprit. Certes, son corps est un peu plus menu, sa peau un peu plus transparente, sa chevelure un peu plus neigeuse. Ses yeux craignent davantage l'éclat du soleil. Elle oublie parfois ce qu'elle a fait la veille ou même le matin, et surtout, elle n'entend que ce qu'elle veut. Mais, pour peu qu'on le lui demande, elle se rappelle tout ce qu'elle a vécu à Paulilles, comme si c'était hier. Réconciliée avec un passé trop longtemps occulté, elle vit au jour le jour, plus ou moins perdue dans des rêveries qui l'entraînent loin de la Côte Vermeille, par-delà les mers, sous d'autres cieux, dans un pays qu'elle invente et redessine au gré de sa fantaisie pour un père mythique.

– Elle décline, a répondu Marion à Marine qui, dès son arrivée, a demandé des nouvelles de sa grand-mère.

La jeune femme s'éloigne du village, rassérénée : Iaia reste égale à elle-même. En tout cas, sa douceur et sa jeunesse intérieure sont intactes.

Dans le rétroviseur, Marine voit le visage de sa fille, assise à l'arrière. L'enfant contemple le paysage et son profil délicat inspirerait n'importe quel artiste. Au rond-point, la voiture tourne à droite et s'arrête sur le parking du site de Paulilles, au pied du majestueux micocoulier épargné par les travaux d'aménagement. Sous la brise légère qui le parcourt, l'arbre aux souvenirs agite à peine ses branches étalées. Les quelques visiteurs qui passent à côté de lui ne l'entendent pas mais pour les enfants de Paulilles, il est bavard et Marine se réjouit de révéler à sa fille les secrets qu'il garde.

Toutes les deux viennent ici ensemble pour la première fois. Il est temps pour la fillette de savoir qu'elle aussi est l'héritière du passé qu'on protège en ces lieux. Bien sûr, il manque beaucoup de choses. La gare n'est plus qu'une ombre au long des rails qui continuent à serpenter sur la butte. Les hautes cheminées jumelles sont tombées, il ne reste plus que celle de la « montagne vieille ». Les casernes, l'école ont été rasées. Le chemin piétonnier qui conduit à l'ancienne maison du directeur de l'usine n'a plus rien à voir avec ce qui fut autrefois. « Dommage », pense Marine qui aurait bien voulu qu'on fît revivre le village ouvrier où vécurent tant de familles.

– Regarde, dit-elle à sa fille, lui montrant un fouillis végétal derrière une clôture, ici, c'était l'école.

Un figuier trapu et des oliviers éparpillés sont tout ce qui subsiste de la cour où retentirent les cris des écoliers. Comme c'est silencieux maintenant… Marine ne veut pas se laisser envahir par la tristesse et, sans s'arrêter, elle conduit son enfant vers la maison de maître devenue maison du site.

Sur le pignon ouest, la fresque monumentale qui accueille les visiteurs impressionne la petite fille. La couleur sépia évoque la photo ancienne qu'elle reproduit : plusieurs jeunes femmes aux coiffures démodées, aux amples blouses d'ouvrières, viennent de franchir le portail de l'usine, elles bavardent, on dirait des écolières s'égaillant à l'heure de la sortie ; à l'arrière plan, un homme appelle, mais en vain comme en témoigne son geste d'impuissance ou d'impatience. Le temps semble suspendu avec les mouvements, les pas, les regards arrêtés des travailleurs. Et l'on voit bien qu'ils appartiennent à un monde révolu.

– Regarde, dit Marine, regarde la brune, tout à fait à droite, avec son panier, c'était, paraît-il, la grande amie de ton arrière-arrière-grand-mère, je la trouve très belle…

La petite jette un coup d'œil distrait à la dame brune et presse le pas. Elle a envie d'aller jusqu'à la mer tout de suite et refuse d'entrer voir l'exposition, comme le lui suggère sa mère désappointée.

– Tout à l'heure, répond l'enfant. Montre-moi la plage et les rochers.

Du haut des marches, on découvre le jardin du directeur. À droite et à gauche s'étale un tapis de feuilles d'acanthe aux contours dentelés. Les hampes florales se dressent, telles des cierges. Plus loin, des arbres exotiques ornent l'espace, imposants ou insolites comme ces pieds d'éléphant qui foulent le sol sans bouger, laissant retomber leur chevelure rubanée. Dans la pièce d'eau ronde, l'eau frémit et miroite. Au passage, Marine montre le lavoir où jadis ont trimé les lavandières mais la petite fille distraite n'y voit qu'un banal bassin de pierre.

Les visiteuses traversent la prairie en empruntant le cheminement de béton gris, imprimé de végétaux légers. Un âne, animal emblématique de la région, les regarde passer. Voici la Vigie, ancien château d'eau reconverti. Elles montent l'escalier en bois jusqu'à la galerie vitrée qui permet une vue panoramique du paysage. La fillette s'exclame en découvrant la mer. L'eau est son élément. Elle ne rêve que jeux aquatiques et plongeons acrobatiques, elle n'a qu'une idée en tête : vite redescendre !

Sur l'esplanade ont rebondi des pommes de pin, tombées des quelques conifères que l'on a conservés, survivants du petit bois presque disparu.

Sur la plage déserte, Marine a lâché la main de sa fille qui court vers les vaguelettes du bord. Sans la quitter des yeux, sa mère se met à creuser des trous dans le sable, ramasse un bâton pour tracer une enceinte ce qui ne manque pas d'attirer l'attention de l'enfant.

– Regarde, explique sa mère, c'est un jeu vietnamien ! Il paraît que les ouvriers annamites qui travaillaient ici pendant la guerre de 14 ont fait quelques bonnes parties pour se distraire.

– Qu'est-ce qu'il faut faire ? Qu'est-ce qu'on lance dans les trous ?

– Tu as deviné : deux équipes s'affrontaient. Il fallait lancer une sorte de balle dans le trou du camp adverse pour marquer des points. Nous sommes dans la cour du temple. Moi, je joue de ce côté, et toi de l'autre. Chacune de nous doit envoyer le plus de balles possible dans le trou d'en face.

– Mais nous n'avons pas de balle !

– Les ouvriers de Paulilles non plus ! Dans leur pays, elles étaient en bois. Nous allons utiliser des pommes de pin !

– C'est ce qu'ils faisaient, tu crois ?

– Je n'en sais rien ! Peut-être qu'ils s'en fabriquaient avec des chiffons remplis de grains, de riz ou de petits cailloux…

Marine a aligné sur le côté une dizaine de pommes qu'elle est allée ramasser sous les pins.

– On part de là. On court ramasser une pomme et on la lance dans le trou. On court en chercher une autre et on se dépêche !

Marine a imaginé une variante au *cuop câu*, comme l'a fait pour elle sa grand-mère quand elle était petite. Il n'y a pas longtemps qu'elle connaît l'origine et le nom de ce jeu rituel qui fait rire aux éclats sa partenaire tandis qu'elle court en tous sens à l'intérieur du « temple ».

Après la partie de *cuop câu* – nom que la petite fille s'amuse à répéter sur tous les tons – les joueuses se reposent un moment, assises sur le mur des Allemands, jambes pendantes. La mer poursuit sa chanson monotone et apaisante.

Quand vient le moment de remonter par le petit escalier du bout de la plage, au pied de « la montagne neuve », Marine hésite.

Elle ne se sent pas le courage de raconter ce qui est arrivé au trisaïeul, mort dans l'un des bassins qu'on devine sous la végétation. Ils sont tout près d'elles, au-dessus du lit du ruisseau asséché. On ne les voit que si on sait qu'ils sont là, derrière le grillage. Elle renonce pour l'instant à donner des détails sur le travail de bagnard et la tragique disparition du jeune Annamite. Sa fille est si petite. Il faut attendre avant de lui raconter la dramatique histoire.

Elle préfère évoquer la Fête du Dragon, la gentillesse de ces ouvriers asiatiques qui avaient su conquérir le cœur de femmes catalanes, leur goût du jeu et leur capacité à s'amuser d'un rien.

Revenues sur leurs pas, les visiteuses examinent en détail l'expo qui entend retracer la vie de la dynamiterie sur près d'un siècle. La petite fille cherche en vain les visages des Annamites. Que lui dire, sinon qu'il ne reste rien de ces hommes, juste quelques souvenirs de plus en plus flous, comme des photos d'autrefois qui peu à peu pâliraient.

– Tu sais, murmure Marine, plus tard, quand tu seras grande, nous partirons toutes les deux pour un grand voyage. Nous irons découvrir ensemble la mer de Chine et ses côtes découpées, le pays des arbres immenses, des dragons gentils et des rizières. Un jour, Dany, je te le promets, nous poserons le pied sur la terre d'Annam.

FIN

Remerciements

- À Michel Yrle, dont l'aide fut précieuse tout au long de ce travail de longue haleine.

- À Mireille Le Van Ho, auteur de : *Un milieu porteur de modernisation : travailleurs et tirailleurs vietnamiens en France pendant la première guerre mondiale* (thèse Paris, Ecole des Chartes, 1986), ouvrage du plus haut intérêt que j'ai pu consulter tout à loisir grâce à l'intervention bienveillante de son auteur.

- À tous les membres de l'association « Paulilles mon village » et plus particulièrement à Michèle Boos, sa Présidente, Jean-Jacques Berta, Annie Labroue, Monique Corriu et Henri Vignes, dont les témoignages et le soutien m'ont été fort utiles

- À Pierre Laurent, dont les recherches sur l'histoire de l'école de Paulilles ont été pour moi une mine d'informations.

- À Jean-Claude Xatart, auteur de *Paulilles, L'arbre de vie* (Presses Littéraires), qui a évoqué pour moi ses souvenirs et ceux de tous les siens.

- À tous ceux dont j'ai lu les émouvants témoignages réunis par L'Amic dans : *Paulilles, la mémoire ouvrière* (Presses littéraires).

- À Jean-Dominique Évrard, ingénieur chimiste, dont les connaissances et les analyses m'ont beaucoup aidée à imaginer ce qu'avait pu être le travail des Annamites à Paulilles pendant la Grande Guerre.

Table des matières

www.cap-bear-editions.com

du même auteur
http://www.yrle.com/nic

La pierre de Rose, nouvelles, 2007, réédité en 2009
Nous nous sommes tout dit, récit, 2008, réédité en 2010
Amertume et Douceur, nouvelle, 2008
Noces de lavande, roman, 2009
Histoires brèves, nouvelles, 2009–2010

Mondial Livre - Nîmes
Achevé d'imprimer
Mai 2013